Tee mit Milch und Mord

EIN OXFORD-TEAROOM-KRIMI

BAND 2

VON

H.Y. HANNA

AUS DEM ENGLISCHEN VON

JEANNETTE BAUROTH
UND **SONJA GLÜCK**

Die Originalausgabe des Romans erschien 2016 unter dem Titel „Tea with Milk and Murder"

Copyright © der Originalausgabe 2016 by H. Y. Hanna
Deutsche Erstveröffentlichung 2020
Copyright © der deutschsprachigen Übersetzung 2020 by Jeannette Bauroth und Sonja Glück. Lektorat der deutschsprachigen Übersetzung: Corinna Wieja. Korrektorat: Julia Funcke

 www.indie-translations.com

Inhaltsverzeichnis

Kapitel 1

Dein Privatleben lässt definitiv zu wünschen übrig, wenn der erste Abend seit Monaten, an dem du ausgehst, mit einem Mord endet.

Dabei war ein Mord garantiert das Letzte, was mir in den Sinn kam, als ich über die Köpfe der Menschenmenge hinwegspähte und herauszufinden versuchte, worauf sich alle Blicke richteten. Bei der aufgeregten Art, wie die Leute miteinander flüsterten und mit den Fingern deuteten, erwartete ich beinahe, ein fürchterliches Blutbad zu sehen – oder zumindest eine nackte Frau.

Doch es stellte sich heraus, dass es lediglich um einen roten Farbfleck in der Mitte eines großen grauen Quadrats ging. Aus der hitzigen Diskussion zwischen den beiden Gästen neben mir erfuhr ich, dass der rote Farbklecks entweder den Surrealismus perfekter geometrischer Formen darstellen könne oder die verzweifelte Angst des Künstlers, der die Anerkennung seiner Mutter suche. Sicherlich zeige sich hier aber nicht die aufgestaute Aggressivität der heutigen Jugend.

Seufzend wandte ich mich ab. Das bestätigte mir nur wieder, dass ich von moderner Kunst nichts verstand. Zu Recht kann man fragen, warum ich dann an einem kostbaren arbeitsfreien Samstagabend durch eine Galerie mit zeitgenössischer Kunst spazierte. Nun, um meine beste Freundin Cassie zu unterstützen, eine Künstlerin – wenn auch nicht der „Graues Quadrat mit rotem Farbfleck"-Typ –, die zum ersten Mal ihre Werke ausstellte. An diesem Abend war ihre Vernissage.

Mein Blick schweifte durch den Raum und fand Cassie, deren Augen leuchteten und deren Wangen gerötet waren. Dabei war ich mir nicht sicher, ob die Aufregung von ihrer ersten Ausstellung herrührte oder zum Teil auch von der körperlichen Nähe des großen, attraktiven Mannes neben ihr. Jon Kelsey, Inhaber der Galerie, Kunsthändler der besonderen Art und allgemein ein schleimiger Zeitgenosse. Ich beobachtete, wie Cassie noch tiefer errötete, als Jon besitzergreifend den Arm um ihre Taille legte und sich zu ihr hinunterbeugte. Er sagte etwas, das sie zum Kichern brachte, dann sah sie sich um, und unsere Blicke trafen sich. Rasch zwang ich mein grimmiges Gesicht zu einem Lächeln.

Ja, ich gebe zu, dass ich Cassies neuen Freund nicht besonders mochte. Ein wenig schämte ich mich dafür. Ich wusste, ich sollte mich für meine Freundin freuen, darüber, dass sie verliebt und glücklich war – und ich hatte versucht, Sympathie für ihn aufzubringen –, aber Jon Kelsey hatte etwas an sich, das mich abstieß. Er war ein bisschen zu gut aussehend, zu aalglatt, zu selbstbewusst auf arrogante Weise. Jemanden abzulehnen, nur weil er zu charmant war, mag ungerecht erscheinen, aber bei Jon Kelsey stellten sich mir die Nackenhaare auf.

Ehrlich gesagt fragte ich mich durchaus, weshalb Cassie mit ihm zusammen war. Sie war die typische Künstlerin, hatte ein hitziges Temperament, aber sie war auch warmherzig und bodenständig. Jon Kelsey passte gar nicht in ihr Beuteschema. Normalerweise gönnte sie jemandem mit einem vornehmen Londoner Akzent, einem protzigen Wagen und auffälliger Designerkleidung höchstens einen verächtlichen Blick.

Mit Schmeicheleien kommt man weit, heißt es. Vielleicht war ihr die Ehre, von einem angesehenen Kunsthändler protegiert zu werden, zu Kopf gestiegen. Oder in diesem Fall direkt in ihr Herz. Aus ihrer zufälligen Begegnung in der Tate-Modern-Galerie in London hatte sich schnell eine stürmische Romanze entwickelt, und jetzt, knapp vier Wochen später, glänzte Cassie als Star der neu eröffneten Galerie in Oxford.

Dabei passten ihre Werke hier nicht wirklich rein. Auch das war mir ein Rätsel. Meines Wissens spezialisierten sich Kunsthändler auf eine bestimmte Richtung, und wenn ich mich so umsah, bevorzugte

Jon große leere Leinwände mit willkürlich angeordneten Farbklecksen und seltsame postminimalistische Kunstwerke, die wie frisch aus der Müllpresse wirkten. Cassies Stil hingegen war traditioneller, und ihre farbenprächtigen Gemälde stachen heraus wie der sprichwörtliche bunte Hund. Mir war völlig unklar, warum Jon ihre Werke in die Ausstellung aufgenommen hatte.

Als ich erneut zu meiner Freundin hinüberblickte, dachte ich plötzlich, dass ich es eventuell doch verstand. Cassie war knapp eins sechzig groß, mit weiblichen Rundungen, um die ich sie immer beneidet hatte. Rubens hätte sie für sein Leben gern gemalt. Nicht nur wegen ihrer Figur. Sie hatte große dunkle Augen, volle Lippen und eine warme, sinnliche Ausstrahlung, die Männer anzog wie das Licht die Motten.

Ihre Premiere schien auf jeden Fall ein durchschlagender Erfolg zu werden. In der Galerie drängten sich etliche Kunstkritiker und vermögende Sammler aus Oxford, und vor Cassies Gemälden standen ebenso viele Bewunderer wie vor den Werken bekannterer Künstler. Das Gebäude aus dem 18. Jahrhundert bot nach dem Umbau einen perfekten eleganten Rahmen für die Galerie, und selbst ich musste zugeben, dass Jon sich mit dieser Premierenfeier jede erdenkliche Mühe gegeben hatte. In einer Ecke hatte er sogar eine Bar aufbauen lassen, hinter der eine Barkeeperin Cocktails nach Wunsch für die Gäste mixte.

Ich nippte an meinem Limetten-Daiquiri. Gewöhnlich trank ich kaum Alkohol – ich vertrage ehrlich gesagt nicht viel –, aber für Cocktails hatte ich eine Schwäche, und der hier war köstlich. Mein Blick wanderte zu der Frau hinter der Bar, die dieses Getränk kreiert hatte und eben dabei war, für einen Mann an der Theke den Inhalt des Cocktailshakers in ein Glas zu schenken. Vermutlich eine Studentin. Ihr dünnes, blondes Haar trug sie lang, und sie hatte eine süße Stupsnase. Der schmollend verzogene Mund und eine Aura von Bitterkeit, die sie umgab wie eine dunkle Wolke, passten allerdings nicht zu ihrem umwerfenden Äußeren. Mit einem Blick auf das Glas in meiner Hand beschloss ich, dass ich sie im Lauf des heutigen Abends besser nicht gegen mich aufbrachte. Wer wusste schon, was sie mir sonst in den nächsten Cocktail mixen würde!

Wieder sah ich sie an. Sie wirkte so jung ... dann musste ich über mich selbst lächeln. Wenn man selbst erst neunundzwanzig Jahre alt ist, ist es doch ziemlich albern, jemand anders, der vermutlich nur sechs oder sieben Jahre jünger ist, als „so jung" zu bezeichnen. Auf gewisse Weise hatte ich seit meiner Rückkehr nach England die Jugendzeit abgeschlossen, war erwachsen geworden und jetzt Geschäftsinhaberin. Acht Jahre lang hatte ich in Australien die Karriereleiter erklommen, dann hatte ich dort alles aufgegeben, war nach Hause zurückgekehrt und hatte aus einer Laune heraus einen Tearoom eröffnet. Er lag in einem beschaulichen Dorf in den Cotswolds, am Rande von Oxford.

Jetzt taten mir die Füße weh, da ich den ganzen Tag gestanden hatte. An Samstagen war bei uns am meisten los, und heute war der Tearoom überfüllt gewesen mit Touristen, die einen typisch englischen Nachmittagstee hatten erleben wollen. Hätte ich doch nur nicht die High Heels für die Vernissage angezogen. Verstohlen sah ich mich nach einer Sitzgelegenheit um. Warum mussten Galerien immer so minimalistisch möbliert sein? Da entdeckte ich hinter einer Säule einige mit Samt bezogene Stühle. Den Weg dorthin versperrte mir aber eine Menschentraube, die einen riesigen Bilderrahmen an der Wand neben mir betrachtete.

„Erstaunlich", fand eine Dame, die bewundernd den Kopf neigte.

„Schauen Sie nur, wie die weiße Fläche verwendet wird, um auf die Leere der kollektiven Seele anzuspielen", sinnierte eine andere Frau.

Der Mann zu ihrer Linken nickte. „Fantastisch, wie es zu uns spricht, ohne etwas zu sagen."

Eifrig beugte ich mich vor, um das betreffende Werk zu sehen. Möglicherweise fehlte mir das Gen für die Wertschätzung von Kunst, denn es wirkte, als ob sie ein weißes A4-Blatt bewunderten, das auf einer Tafel befestigt war. Bei Jon Kelsey konnte man sich darauf verlassen, dass er angeberischen Quatsch ausstellte, der die Obertrottel von Oxfordshire in seine Galerie lockte ...

„Hey, du ... amüsierst du dich?"

Ich fuhr herum und erkannte beschämt, dass Cassie neben mich getreten war. Merkte man mir meine Ansicht über ihren Freund an? Rasch setzte ich ein strahlendes Lächeln auf.

„Ja, hervorragend."

Cassie blickte mich an. „Gemma, mich kannst du nicht täuschen. Ich weiß, dass du dich langweilst."

Hilflos zuckte ich mit den Schultern. „Affige moderne Kunst ist halt nicht so meins ..."

„Pst", machte Cassie und schaute sich hastig um. Die Leute neben uns unterhielten sich weiterhin über das brillante Talent, das nötig war, um ein leeres Blatt Papier zu kreieren. Erleichtert seufzte sie auf, dann sah sie mich streng an. „Gemma, das ist hohe Kunst!"

„Ach, Cass, jetzt komm ...", erwiderte ich ungeduldig. „Sag bloß nicht, dass du mit denen einer Meinung bist und irgendwas von dem Zeug hier für großartig hältst."

Sie wich meinem Blick aus. „Na, du weißt ja, dass ich eher im traditionellen Stil male. Daher kann ich mir nicht wirklich ein Urteil erlauben ..."

„Blödsinn. Das ist wie bei ‚Des Kaisers neue Kleider', wo keiner zugeben will, dass der Kaiser nackt ist – beziehungsweise dass diese sogenannte Kunst dämlich ist."

„Nicht so laut", zischte Cassie mit einem hektischen Blick durch den Raum.

Stirnrunzelnd fragte ich mich, seit wann meine

Freundin sich darum kümmerte, was andere dachten. Bisher kannte ich sie als skrupellos offenherzig und geradeheraus. Das war eines der Dinge, die ich an ihr schätzte und um die ich sie beneidete. Im Gegensatz zu ihr war ich nicht in einer lauten Großfamilie aufgewachsen, die aus kreativen Köpfen, Tänzern und Künstlern bestand und die Ehrlichkeit und Selbstdarstellung hochhielt. In dem steifen Haus der britischen Mittelklasse, dem ich entstammte, galten Zurückhaltung und höfliche Reserviertheit als Ideale. Seit wir kleine Mädchen gewesen waren, hatte Cassie immer die Dinge gesagt und getan, zu denen ich gerne den Mut gehabt hätte. Seit Kurzem jedoch schien der freie Geist meiner Freundin zu verblassen.

Den Grund dafür kannte ich. Mein erbitterter Blick fand den weltmännisch wirkenden Mann in der Brokatjacke am anderen Ende des Raumes. Jon Kelsey, dieser Mistkerl.

Obwohl ... Mein Gewissen meldete sich. War ich diejenige, die sich unvernünftig benahm? Heute war ein wichtiger Abend für Cassie – die Vernissage ihrer Ausstellung –, und da war es doch verständlich, dass sie einen guten Eindruck machen wollte.

„Tut mir leid, Cass." Reuevoll lächelte ich ihr zu. „Vielleicht liegt es an mir, dass ich es nicht verstehe."

„Nein, nein", wehrte sie ab, sichtlich betreten. „Das ist nicht deine Schuld. Hm, eventuell brauchst du jemanden, der die Kunst mit dir zusammen betrachtet. Du weißt schon, mit dem du darüber diskutieren kannst, welchen tieferen Sinn die Werke haben ...“

Und wenn ich zehn Jahre lang mit einer Reihe Gelehrter dieses leere Blatt Papier studieren würde, hätte ich noch immer keine Ahnung von seinem Sinn. Doch ich biss mir auf die Zunge und behielt meine Meinung für mich.

„Du hättest heute Abend gerne jemanden mitbringen können“, deutete Cassie an. „Warum hast du nicht Devlin gefragt, ob er freihat?“

„Und wieso ausgerechnet ihn?“

Beiläufig zuckte sie mit den Schultern. „Ach, ich weiß nicht. Weil er mal die Liebe deines Lebens war und ihr inzwischen beide wieder in Oxford seid ...“ Grinsend fuhr sie fort: „Und dann ist da ja auch die Tatsache, dass er ein schnuckeliger Kommissar ist, der James Bond alle Ehre machen würde.“

„Ich hab dir doch schon gesagt, dass es zwischen Devlin und mir aus ist. Das ist acht Jahre her, und wir haben uns beide verändert.“

„Genau.“ Ihr Grinsen wurde breiter. „Deshalb habt ihr diesmal eine Chance.“

Ich verdrehte die Augen. Bei dem Thema war sie wie ein Terrier mit seinem Knochen. „Halt dich aus meinem Liebesleben raus, und kümmer dich lieber um dein eigenes.“

Sie lachte. „Da wir gerade von Liebesleben sprechen: Hat Seth eigentlich jemanden? Eine Freundin oder so? Als er mir für heute Abend abgesagt hat, war ich überrascht und habe nach dem

Grund gefragt. Er hat aber sehr ausweichend geantwortet. Normalerweise ist er doch bei allem dabei, was uns betrifft. Ich meine, er unterstützt uns sonst immer." Ihr Tonfall wurde wehmütig. „Da habe ich mich gefragt, ob eine Frau im Spiel ist. Hat er sich verliebt und vernachlässigt jetzt seine ältesten Freunde?"

Ich warf Cassie einen Seitenblick zu, denn ich konnte mir durchaus vorstellen, weshalb Seth heute Abend nicht gekommen war. Der Grund war nicht eine Frau, mit der er zusammen war, sondern eine Frau, mit der er nicht zusammen sein *konnte*. Seit unseren Studienjahren waren Seth, Cassie und ich ein unzertrennliches Trio gewesen, schon seit der allerersten Woche, als wir als Freshmen angefangen hatten zu studieren. Und seit damals hatte Seth Cassie heimlich angehimmelt. Sie hatte in ihm aber immer nur den guten Kumpel gesehen, und der schüchterne, strebsame Seth hat sich nie ein Herz gefasst, um sie davon zu überzeugen, dass daraus mehr werden konnte.

Eigentlich hatte ich erwartet, dass sich die Beziehung zwischen den beiden endlich verändern würde. Ich wusste nicht, ob meine Rückkehr nach England der Auslöser dafür gewesen war, aber in letzter Zeit unternahm Seth zaghafte Versuche, bei Cassie zu landen – hier eine schüchtern hervorgebrachte Einladung zum Dinner, da ein Blumenstrauß –, doch dann war Jon Kelsey aufgetaucht und hatte Cassie den Kopf verdreht.

Meiner Meinung nach würde Seth an diesem Abend alles andere lieber tun, als hier herumzustehen und Zeuge von Cassies und Jons Geturtel zu werden.

Unvermittelt merkte ich, dass Cassie noch auf meine Antwort wartete. „Äh ... ich weiß nicht. Ich glaube nicht. Vielleicht hat er Verpflichtungen an der Uni."

Nach dem Studium war Seth in den geheiligten Hallen der Oxford University geblieben und hatte Karriere in der Wissenschaft gemacht. Vor Kurzem war er zu einem der jüngsten wissenschaftlichen Mitarbeiter am chemischen Institut des Gloucester College ernannt worden.

„Hm, ich finde das ziemlich armselig, und das werde ich ihm sagen, wenn wir uns wiedersehen", knurrte Cassie. „Ich meine, ich habe schließlich auch drei Stunden lang seinem Kammermusik-Ensemble zugehört. Und ich war bei dem Pantomimenspiel seiner Institutskollegen, bei dem es um Chemie ging!"

Ehe ich etwas erwidern konnte, trat Jon Kelsey zu uns und legte sofort wieder besitzergreifend einen Arm um Cassies Taille. Meine innere Abwehr meldete sich, obwohl ich nicht wusste, warum. Ich war keine eiserne Feministin, aber ich hatte den Eindruck, als sei Cassie eine Trophäe für ihn. Es lag an der Art und Weise, wie er mit ihr umging. Ihr scheint es aber nichts auszumachen, und das ist doch das Wichtigste, sagte ich mir.

„Worüber quasselt ihr Mädels denn?", fragte Jon

und lächelte herablassend.

„Nichts Besonderes", antwortete ich schnell, um Cassie mit der Antwort zuvorzukommen. „Die Vernissage ist spitze, Jon."

„Ja, meine Veranstaltungen sind immer erstklassig", sagte er mit einem Blick auf Cassie und drückte sie an sich. „Nur das Beste für meine Künstler, vor allem für meine Lieblingskünstlerin."

Cassie errötete kichernd. Ungläubig starrte ich sie an. Sonst kicherte sie nicht, sondern lachte laut und aus vollem Herzen, oder sie amüsierte sich – nur wie ein kleines dummes Schulmädchen zu kichern, war gar nicht ihre Art. Zumindest nicht, bevor sie Jon Kelsey begegnet ist, dachte ich bitter.

„Oh, du hast ja die neuen Manschettenknöpfe an, die ich dir geschenkt habe!", bemerkte Cassie plötzlich und schob Jons Ärmel zurück. „Aber ... hattest du nicht vor, die von Cartier zu tragen?"

„Das wollte ich erst, aber dann konnte ich einen davon nicht finden. Und da heute dein besonderer Abend ist, fand ich es passender, die von dir zu tragen. Ist ja nicht so, als ob ich nicht ohnehin die ganze Zeit an dich denken würde ..." Er drückte sie erneut.

„Oh, du ...!" Cassie kicherte wieder und warf ihm einen verliebten Blick zu.

Ich hielt es nicht mehr aus, ihr dabei zuzusehen, wie sie mit Jon flirtete.

„Entschuldigt mich, ich gehe kurz aufs Klo", erklärte ich mit einem strahlenden Lächeln.

Sie nahmen mich kaum wahr. Erleichtert verschwand ich und bahnte mir einen Weg durch die Menge, in Richtung des Gangs auf der anderen Seite der Galerie, über den man in den rückwärtigen Gebäudeteil gelangte. Während ich auf die Schwingtür vor den Toiletten zuging, bemerkte ich am hinteren Ende des Korridors eine Tür, die einen Spaltbreit geöffnet war. Der kalte Luftzug, der hereinströmte, verriet mir, dass sie ins Freie führte, vermutlich in den Garten.

Spontan trat ich nach draußen und fand mich in einem Hinterhof mit Bonsaibäumen und Topfblumen wieder. Langsam schritt ich über die Steinplatten und atmete dankbar die frische Nachtluft ein. Alle hatten mich gewarnt, dass mir die kalten Winter in England nach dem sonnigen australischen Klima zusetzen würden, doch das eigentliche Problem war die Zentralheizung. Das Wetter war jetzt, Ende November, plötzlich frostig geworden, daher schien alle Welt die Heizung voll aufgedreht zu haben, weshalb ich mich die Hälfte der Zeit wegen der übermäßigen Wärme reizbar und wie benommen fühlte.

Am Ende des Hofs führten mehrere Stufen hinauf zu einer höher gelegenen Terrasse, die üppig mit Bäumen und Sträuchern bepflanzt war. Oben entdeckte ich in einer Ecke, leicht versteckt hinter einem Busch, eine Steinbank. Dankbar ließ ich mich daraufsinken. Obwohl ich meinen Mantel drinnengelassen hatte, störte mich die kühle

Nachtluft nicht, so überhitzt war ich in dem Moment.

Ich lehnte mich zurück und nahm das Panorama in mich auf. Der Garten lag auf einem Hügel, und ich überblickte nicht nur das komplette Grundstück, sondern auch die angrenzenden Dächer: die mittelalterlichen Türme, gotischen Torbögen, eleganten Kuppeln und hohen Brüstungen, die die Silhouette von Oxford ausmachten, der Stadt der „träumenden Türme".

Die Galerie lag mitten im historischen Universitätsviertel, und mir wurde aufs Neue bewusst, wie atemberaubend schön Oxfords Architektur war, die Touristen anzog wie ein Magnet.

Mit geneigtem Kopf betrachtete ich den Himmel – bis auf die Mondsichel und einige wenige Sterne erstreckte er sich klar und dunkel über mir. Der Sternenhimmel wirkte auf mich merkwürdig wie auf den Kopf gestellt, da ich mich an den Anblick der Sternenkonstellation auf der Südhalbkugel der Erde gewöhnt hatte. Ich entdeckte den Gürtel des Orion, und zum ersten Mal seit acht Jahren sah ich den hell leuchtenden Polarstern am Nachthimmel ...

Der beißende Geruch von Zigarettenrauch drang in meine Gedanken und störte mich. Ich sah mich um. Meine erhöhte Position eröffnete mir zwar die Sicht auf den kompletten Garten, doch vieles lag wegen Blattwerk und Schatten im Dunkel. Durch die Baumkronen direkt unterhalb nahm ich eine Bewegung wahr. Als ich mich vorbeugte, um durch einen Spalt zwischen den Ästen hinunterzuspähen, erkannte ich die Barkeeperin. Ihr blassblondes Haar schimmerte im Mondschein. Sie war soeben aus der Tür getreten und hielt ihre Hände vor den Mund. Eine Flamme flackerte auf, dann zog wieder Rauch zu mir herauf. Offensichtlich war sie zu einer Zigarettenpause nach draußen gekommen. Ich beobachtete, wie sie ein paar hektische Züge nahm, die Zigarette ausdrückte und etwas aus ihrer Tasche holte. Eine Plastikverpackung wurde aufgerissen, dann klebte sie sich murmelnd ein kleines quadratisches Pflaster auf den Arm.

Unwillkürlich verspürte ich Mitleid. Ich hatte nie angefangen zu rauchen, doch ich konnte mir vorstellen, wie schwierig es war, sich von dieser Abhängigkeit zu lösen. Ich lehnte mich wieder zurück und überlegte, dass ich zu der Vernissage zurückkehren sollte – Cassie würde sich bestimmt schon fragen, wo ich blieb –, aber die friedliche Stille und das Alleinsein taten mir so gut. Nur noch ein paar Minuten, sagte ich mir.

Da hörte ich ein Flüstern.

Erst dachte ich, es sei die Barkeeperin, doch dann merkte ich, dass es vom anderen Ende des Gartens kam, aus dem Schatten unter den Bäumen zu meiner Rechten. Ich setzte mich anders hin, um in der Dunkelheit Ausschau zu halten. Vage konnte ich in dem tiefer gelegenen Gartenteil zwei Gestalten ausmachen. Genau genommen ging es mich nichts an, aber das Flüstern hatte etwas Dringliches und Heimliches an sich, das meine Neugier weckte.

Vornübergebeugt spitzte ich die Ohren, um die Worte zu verstehen.

„Machen wir es heute Abend?"

„Bleib ruhig ... alles zu seiner Zeit."

„Ich ... ich halte es nicht mehr aus. Diese Anspannung bringt mich noch um!"

Ein kühles Lachen. „Du wusstest, worauf du dich einlässt. Erzähl mir nicht, dass es dir nicht gefällt."

Fand diese Unterhaltung tatsächlich statt? Ich kam mir vor, als wäre ich in irgendeinem Agentenfilm über den Kalten Krieg gelandet. In dem Versuch, im Dunkeln etwas zu erkennen, lehnte ich mich noch weiter vor. Ja, definitiv zwei Personen, und der Größe nach zu urteilen, schätzte ich, ein Mann und eine Frau. Die erste Stimme hatte nach einer Frau geklungen. War es am Ende doch die Barkeeperin? War sie unbemerkt an das andere Ende des Gartens gehuscht, um dort jemanden zu treffen?

Gerade als ich darüber nachdachte, ob ich mich näher heranschleichen sollte, waren Schritte von der gegenüberliegenden Seite zu hören. Jemand trat aus der Tür, ich vernahm ein Husten, dann wurde unverkennbar ein Streichholz angezündet. Wieder der beißende Zigarettenqualm. Noch ein Raucher, der seiner Sucht frönte.

Von dem Paar im Schatten war nichts mehr zu hören. Einige hektische Bewegungen, und im nächsten Augenblick war wieder alles still. Rasch erhob ich mich und näherte mich den Stufen, in der Hoffnung, noch einen kurzen Blick auf die beiden zu erhaschen. Keine Ahnung, warum, aber ich wollte unbedingt wissen, wer sie waren. Da sie aus der Hintertür der Galerie aufgetaucht waren, handelte es sich vermutlich um Gäste der Vernissage. Und eine der Stimmen war mir entfernt bekannt vorgekommen. Beim Flüstern war das schwer zu beurteilen – eine Stimme hatte dann nicht den Klang und das Timbre, an denen man sie normalerweise wiedererkannte –, aber der Tonfall erschien mir definitiv vertraut ...

Hastig lief ich die Stufen hinab, immer eine auslassend, aber die Eile wurde mir zum Verhängnis. An meine High Heels hatte ich nicht mehr gedacht. Ich rutschte aus und fiel nach hinten.

„Ahh!"

Auf dem Hintern legte ich die letzten Stufen zurück und landete unsanft am Fuße der Treppe.

„Au ...", stöhnte ich.

„Geht es Ihnen gut?"

Ich hob den Kopf und entdeckte den Mann, der zum Rauchen herausgekommen war. Besorgt musterte er mich. Als er mir seine Hand anbot, ließ ich mir von ihm aufhelfen.

„Alles in Ordnung, danke", antwortete ich verlegen und blickte rasch umher. „Haben Sie hier draußen sonst noch jemanden gesehen? Ein Paar?"

„Ein Paar?" Verwundert schaute er in den leeren Garten. „Die Barkeeperin ist an mir vorbeigegangen, als ich rauskam, aber ansonsten habe ich außer Ihnen niemanden bemerkt. Ich hab Sie schreien gehört und beobachtet, wie Sie gefallen sind. Deshalb kam ich näher, um zu helfen."

Was für ein Glück, dass das hier kein Agentenfilm ist, denn ich würde eine lausige Spionin abgeben. Die Aufregung um meinen Ausrutscher hatte das Paar vermutlich genutzt, um unbemerkt wieder in die Galerie zu verschwinden. Es gab keinen Grund, noch länger in der Kälte herumzustehen und zu grübeln. Ich musste einfach akzeptieren, dass dieses Rätsel ungelöst bleiben würde. Ich rieb mir den schmerzenden Po, dankte dem Mann und ging wieder hinein in den Ausstellungsraum.

Kapitel 2

Als ich die Galerie wieder betrat, schlug mir eine einladende Wärme entgegen. Mir war gar nicht aufgefallen, wie kalt mir geworden war, während ich auf der Bank gesessen hatte. Augenblicklich bemerkte ich, dass die blonde Barkeeperin wieder an ihrem Platz stand. Sie konnte nicht zu dem Paar gehören, wurde mir klar, denn der Mann hatte gesagt, dass er ihr auf dem Weg nach draußen begegnet war. Und beide Personen hatten noch flüsternd gesprochen, als er herausgekommen war und sie gestört hatte.

Wer waren die beiden also? Ich ließ meinen Blick durch den Raum wandern, schaute jeden in der Menschenmenge genau an und versuchte herauszufinden, ob irgendjemand zu den dunklen Gestalten passte, die ich draußen gesehen hatte. Plötzlich stutzte ich, als ich auf der anderen Seite der Galerie vier kleine ältere Damen entdeckte. *Oh mein Gott. Die Silberlocken. Was um alles in der Welt machen die denn hier?*

Die Anführerin der Gruppe, eine untersetzte, Respekt einflößende, ungefähr achtzigjährige Frau mit einem Helm aus wollig weißem, leicht blaustichigem Haar, hielt zielstrebig auf eine Leinwand zu, die an Drahtseilen von der Decke hing, und betrachtete sie eingehend. Mrs Mabel Cooke. Vermutlich die schlimmste der vier Silberlocken. Wenn sie Informationen wollte, konnte sie so hartnäckig sein wie die Spanische Inquisition. Zusammen mit ihren Freundinnen Glenda Bailey, Florence Doyle und Ethel Webb herrschte sie über das Dorf Meadowford-on-Smythe, wo sich auch mein Tearoom befand. Allerdings gab es Gerüchte, dass ihr Einfluss sogar bis in die höchsten Kreise der Stadtverwaltung von Oxford reichte.

Eine Hand legte sich auf meinen Arm, und Cassie erschien neben mir, mit vor Aufregung schimmernden Augen.

„Oh, Gemma! Jon hat mir gerade erzählt, dass er am Montag nach Italien zu einer Auktion fährt. Sie ist in Florenz, und er hat mich gefragt, ob ich ihn begleiten möchte!" Sie zögerte. „Meinst du, du kommst im Tearoom eine Weile ohne mich klar? Montags ist ja geschlossen, also geht es eigentlich nur um den Dienstag. Am Mittwoch bin ich schon wieder da, und unter der Woche ist sowieso nicht ganz so viel los ..."

„Fahr ruhig", antwortete ich meiner Freundin lächelnd. „Mach dir keine Gedanken, wir kommen schon zurecht. Du bist doch keine Sklavin des Tearooms, Cassie! Ich bin dir wirklich dankbar, dass du so viel aushilfst, auch über deine normale Arbeitszeit hinaus. Meinst du, dass du Zeit haben wirst, die Uffizien, Michelangelos David und all das zu besichtigen?"

Cassie nickte eifrig. „Ja, am Dienstag vor dem Rückflug. Ich war natürlich schon mal dort, aber mit Jon wird es ganz anders sein!" Verträumt seufzte sie auf. „Seine Sicht der Dinge ist einzigartig, und er kennt sich mit Kunstgeschichte so gut aus ..."

Mein Magen verkrampfte sich. Mir ihre Schwärmereien über Jon Kelsey anzuhören, zählte nicht zu meinen Lieblingsbeschäftigungen. Hastig wechselte ich das Thema und deutete mit dem Kopf in Richtung der älteren Frauen. „Was machen die hier?", fragte ich mit gedämpfter Stimme.

„Oh ...", machte Cassie, als sie meinem Blick folgte, und wirkte leicht perplex. „Weiß ich nicht. Ich meine, ich habe sie eingeladen, aber ..."

„Du hast sie eingeladen?"

Hilflos zuckte sie mit den Schultern. „Mabel hat sich bei mir nach meiner Ausstellung erkundigt, da habe ich ihr von der Vernissage heute Abend erzählt. Und dann ... ich weiß auch nicht ... habe ich ihnen die Einladungen gegeben. Natürlich war Jon etwas genervt darüber, weil sie höchstwahrscheinlich niemals Kundinnen der Galerie werden ..."

„Nein, wohl kaum", gab ich trocken zurück und dachte an die exorbitanten Preise, die ich an manchen Gemälden gesehen hatte. Für das gleiche Geld könnte man eine kleine Villa kaufen! Ich wusste natürlich, dass Kunst subjektiv ist und ihr Wert im Auge des Betrachters liegt, aber trotzdem konnte ich einfach nicht verstehen, wie zwei zufällig angeordnete Farbkleckse so viel wert sein konnten. Andererseits freute ich mich für Cassie, wenn sie einen Anteil am Gewinn erhielt.

Ich hob den Kopf und musste ein Grinsen unterdrücken, als ich sah, wie die Silberlocken auf Jon Kelsey zusteuerten, der sich gerade mit einer Gruppe Bewunderer eines Ausstellungsstückes unterhielt. Dieses Mal hatte ich ausnahmsweise kein Mitleid mit Mabel Cookes Opfer. Cassie entschlüpfte ein entsetzter Laut, und sie eilte ihrem Freund rasch zu Hilfe. Ich folgte ihr, eher in schadenfroher Erwartung als mitfühlend und hilfsbereit, muss ich gestehen.

Das „Kunstwerk", das die Gäste mit Jon betrachteten, stand auf einem kleinen Tisch. Von meiner Position aus wirkte es wie ein Klümpchen aus einer weichen blauen Masse, das in die Oberfläche des Tisches gepresst war. Darauf war sogar ein Daumenabdruck des Künstlers zu sehen.

„Dies ist ein Paradebeispiel für abstrakten Expressionismus. Im Mittelpunkt steht das Nebeneinander von Ewigkeit und allem Vergänglichen", erklärte Jon. „Der blaue Klebstoff zieht den Blick auf sich und deutet auf eine Erforschung des Umgangs mit Transsexualität im

20. Jahrhundert."

Mabel schob ihre Brille höher und lehnte sich vor, um das Klebstoffklümpchen zu inspizieren.

„Ich weiß ja nicht", dröhnte ihre Stimme laut durch die Galerie. „Für mich sieht es aus wie ein Stück Klebeknete auf einem Tisch."

„Oder Kaugummi", fügte Ethel eifrig hinzu. „Die Kinder haben manchmal ihre Kaugummis auf die Unterseite der Tische geklebt, als ich noch in der Bücherei gearbeitet habe. Das war wirklich eklig! Und es sah ganz genauso aus wie das."

Entsetztes Aufkeuchen und wütende Laute waren aus der Menge zu hören. Auch Jon wirkte verärgert.

In arrogantem Tonfall belehrte er sie: „Madam, das ist ein zeitgenössisches Kunstwerk von unschätzbarem Wert."

Mabel blickte ihn erstaunt an. „Sind Sie sicher?"

„Vielleicht war da etwas dran befestigt, das abgegangen ist. Manchmal verwendet man doch diese Klebeknete, damit nichts verrutscht", warf Florence hilfsbereit ein und schaute sich suchend auf dem Boden rund um das Tischchen um. „Ist es eventuell heruntergefallen?"

Jon wurde noch röter im Gesicht. „Ich kann Ihnen versichern, dass an diesem Kunstwerk nichts fehlt. Das hier ist das ganze Kunstwerk. Seine Schlichtheit ist bezeichnend für die Vision des Künstlers."

Glenda wandte sich zur Seite und sagte in lautem Flüsterton zu den anderen Silberlocken: „Meiner Meinung nach sollte der Künstler mal seine Sehkraft überprüfen lassen. Meint ihr, er kennt das Sonderangebot ‚Zwei zum Preis von einer', das es beim Optiker gerade gibt? Meine Zweistärkenbrille habe ich dort zum Schnäppchenpreis bekommen."

Ein ersticktes Geräusch kam aus Jons Kehle, und Cassie mischte sich rasch ein.

„Wie ich sehe, haben Sie ja gar nichts zu trinken", sagte sie. „Warum gehen Sie nicht hinüber zur Bar? Die Barkeeperin mixt Cocktails für die Gäste."

Als die Silberlocken langsam von dannen zogen, entspannte sich Jons Miene.

Beruhigend tätschelte Cassie ihm den Arm. „Sie meinen es gut", erklärte sie. „Wenn man sie besser kennt, merkt man das."

„Ich bin mir nicht sicher, ob ich sie besser kennenlernen möchte", knurrte Jon und atmete tief ein und aus, dann lächelte er Cassie milde an. „Aber heute ist dein Abend, Cassie, und ich lasse nicht zu, dass er durch irgendwas verdorben wird."

Mit sehnsuchtsvollem Blick studierte Cassie das Preisschild, das unterhalb des Kunstwerks mit dem blauen Klebstoff hing. „Wenn meine Werke eines Tages nur auch so viel wert wären."

Jon lächelte sie an. „Alles zu seiner Zeit."

Mir stockte der Atem, und ich starrte ihn an. Plötzlich kam mir wieder das Getuschel im Garten in den Sinn: *Bleib ruhig ... alles zu seiner Zeit.*"

Hatte ich womöglich Jon im Garten belauscht? Aber mit wem hatte er gesprochen? Und worüber? Es hatte geklungen, als planten die beiden etwas ... aber was?

Plötzlich wurde die Tür zur Galerie schwungvoll aufgerissen. Eine junge Frau wankte herein, auffällig geschminkt und in einem teuren grellrosa Cocktailkleid, mit funkelndem Schmuck um den Hals und an den Ohren. Sie strahlte das arrogante Selbstvertrauen eines Menschen aus, der von Geburt an Privilegien gewohnt war und von allem nur das Beste kannte, was sie auf eine oberflächliche Weise erwachsen erscheinen ließ. Vermutlich war sie im gleichen Alter wie die Barkeeperin, obwohl sie durch das Make-up und die feine Kleidung älter wirkte. Sie kam mir vage bekannt vor – so als hätte ich sie schon mal getroffen –, aber ich konnte sie nicht genau einordnen.

Ihr Blick glitt durch den Raum und blieb an Jon hängen. Ihre Mundwinkel hoben sich in einem kleinen Lächeln. Sie warf ihr langes blondes Haar über die Schultern und stolzierte quer durch die Galerie zu ihm hinüber. Einige Male stolperte sie dabei, und mehrere Leute streckten instinktiv die Arme aus, um sie aufzufangen. Ich fragte mich, ob sie angetrunken war. Ein Blick auf Cassies Freund und seine grimmige Miene zeigten mir, dass er angespannt war. Wachsam beobachtete er, wie sie sich näherte.

„Jon", gurrte sie und griff nach seinem Revers, als sie vor ihm stand.

„Miss Waltham", grüßte er und trat elegant einen Schritt zur Seite, sodass ihre Hand das Ziel verfehlte.

Sie lachte bitter. „Warum so förmlich, Jon? Hast du Angst, alle könnten erfahren, wie nahe wir uns stehen?", lallte sie.

Jon warf einen Blick auf die umstehenden Gäste, die alles aufmerksam beobachteten, dann trat er näher zu ihr und sagte leise: „Miss Waltham ... Sarah ... gehen wir doch in mein Büro. Dort sind wir unter uns ..." Er wollte eine Hand unter ihren Ellenbogen schieben.

Grob schüttelte sie ihn ab. „Wozu? Das will ich nicht. Ich bin zur Vernissage gekommen. Obwohl du mich nicht eingeladen hast ..." Schmollend verzog sie den Mund. „Aber macht nichts. Jetzt bin ich ja da."

Kichernd stolperte sie zur Seite, Jon fing sie gerade noch rechtzeitig auf.

„Sie sind betrunken." Sein Tonfall war vorwurfsvoll.

Sie schüttelte den Kopf. „Nein, bin ich nicht. Außer du meinst vielleicht: trunken vor Liebe ...?" Ein weiteres Kichern.

Jon warf einen Blick zu Cassie, deren Miene inzwischen versteinert war. Er unternahm einen weiteren Versuch, die junge Frau in eine andere Richtung zu lenken. „Sarah, lassen Sie uns doch in mein Büro gehen und dort reden. Wenn Sie mit meinem Service nicht zufrieden waren ..."

„Service?" Sie lachte schrill. „Nein, der ließ nichts zu wünschen übrig. Der war echt gut." Mit einem anzüglichen Grinsen fragte sie Cassie: „Bekommen Sie von ihm auch den vollen Service?" Lachend bohrte sie einen Finger in die Luft vor Cassies Gesicht. „Ich hoffe, Sie wissen, worauf Sie sich einlassen ... der große Jon Kelsey. Alle halten ihn für so wunderbar, so charmant, so genial ... und keiner checkt, was für ein Scheißkerl er ist!"

Die Menge keuchte auf, und Jon lief vor Wut rot an. Cassie schien nicht zu wissen, was sie sagen sollte. Meine Freundin tat mir entsetzlich leid, weil sie in einer so peinlichen Situation steckte.

„Wenn Sie sich nicht sofort zusammenreißen, Miss Waltham, sehe ich mich gezwungen, Sie von der Polizei aus diesen Räumen entfernen zu lassen", presste Jon hervor. „Ich werde nicht zulassen, dass Sie meine Kunden bedrohen oder belästigen."

Sarah hob eine Augenbraue. „Ach, ist sie das? Eine Kundin?" Erneut lachte sie. Als Jon sich ihr drohend näherte, hob sie abwehrend die Hände. „Schon gut! Hole ich mir halt einen Cocktail und amüsiere mich."

„Ich glaube, das wäre nicht ratsam", warf Jon ein. Sein Blick suchte den der Barkeeperin hinter der Theke, und er schüttelte vehement den Kopf. Laut rief er: „Miss Waltham kann gerne eine Tasse Tee bekommen, wenn sie möchte, aber keinen Alkohol mehr."

„Toll", knurrte Sarah. „Wusste ich doch, dass du einen Weg findest, mir das hier zu verderben."

Sie drehte sich um und schwankte durch die Galerie in Richtung der Bar. Die Menschen teilten sich wie das Rote Meer. Manche reagierten mit offener Neugier oder geflüsterten Spekulationen, andere blickten aus Höflichkeit beiseite oder täuschten Gleichgültigkeit vor.

Jon beugte sich zu Cassie und flüsterte: „Es tut mir leid, dass du das erleben musstest."

„Wer ist sie?", verlangte Cassie zu wissen.

Jons Lippen bildeten eine dünne Linie. „Sarah Waltham ist eine Kundin. Sie kam in meine Londoner Galerie und hat mir erzählt, dass sie ein Geburtstagsgeschenk für ihren Vater suche. Natürlich habe ich mich bemüht, ihr bei der Auswahl behilflich zu sein, doch ich habe schnell gemerkt, dass sie eigentlich nur an einem Date mit mir interessiert war. Sie war sehr aufdringlich, und ich habe mir gedacht, wenn ich freundlich zu ihr bin und einmal mit ihr essen gehe, würde sie sich zufriedengeben. Ich wollte ihr zeigen, dass wir nur Freunde sein können, verstehst du, aber mehr nicht. Leider ist der Schuss ganz schön nach hinten losgegangen", meinte er bedauernd. „Sie hat sich nur noch mehr Illusionen gemacht. Nach dem Abendessen schien sie zu denken, dass wir ein Paar sind, und hat angefangen, sich als meine Freundin zu bezeichnen. Jeden Tag ist sie in der Galerie aufgekreuzt, hat mich bis nach Hause verfolgt und sogar vor meiner Londoner Wohnung auf mich gewartet, um mich abzupassen. Und als ich klipp und klar gesagt habe, dass ich keine Beziehung mit ihr will, wurde sie gehässig und rachsüchtig. Sie tauchte in der Galerie auf und machte hässliche

Szenen, die meine Kunden verschreckten."

Cassies Augen blitzten. „Was für eine Ziege."

Er seufzte. „Dass ich nach Oxford gegangen bin, um hier eine neue Zweigstelle der Galerie aufzumachen, würde der Sache ein Ende setzen, dachte ich. Eine Weile Abstand von London, und sie würde sich hoffentlich beruhigen. Was ich nicht wusste: Sie wohnt in Oxford und ist nur wegen mir regelmäßig nach London gefahren! Das nenn ich mal vom Regen in die Traufe kommen. Ich habe gehofft, dass sie nichts von meiner Anwesenheit hier erfährt, aber ..." Sein Blick glitt durch die Galerie, dann wieder zurück zu Cassie. „Heute Abend hat sie es wohl rausgefunden."

„Kann die Polizei nichts machen?", fragte ich.

Jon schüttelte den Kopf. „Wenn sie mich nicht körperlich angreift, nein. Es ist nicht gesetzlich verboten, dass sie in meine Galerie kommt. Ich ignoriere sie einfach weiterhin und hoffe, dass sie irgendwann aufgibt und mich in Ruhe lässt." Er ergriff Cassies Hand. „Tut mir so leid, dass sie dir den Abend verdorben hat, Cassie."

Sie drückte seine Hand. „Aber nein, er ist doch nicht verdorben! Das ist der tollste Abend meines Lebens!" Sie zog ihn zu sich, er umfing ihre Taille, und beide versanken in einem innigen Kuss.

Igitt. Würg.

Unbehaglich wandte ich den Blick ab und bemerkte, dass Sarah am anderen Ende des Raumes an der Bar stand und Cassie und Jon mit finsterem

Gesichtsausdruck beobachtete. Sie drehte sich zur Barkeeperin und schnauzte sie an. Diese blickte sie daraufhin so hasserfüllt an, dass ich ihre Wut quer durch den Raum spüren konnte.

Sarah lehnte sich über die Theke und sagte etwas zu der Frau, die rot anlief. Dann verschränkte Sarah selbstgefällig die Arme, während die Barkeeperin heißes Wasser aus einem Wasserkocher in eine Tasse goss, dann einen Teebeutel einige Male hineintauchte, einen Schuss Milch und einen Löffel voll Zucker dazugab und das Ganze widerwillig umrührte. Schließlich schob sie die Tasse auf der Untertasse über die Theke.

Ich überlegte, ob Sarah überhaupt einen Tee bekommen sollte, denn es schien mir keine gute Idee zu sein, ihr etwas Flüssiges, insbesondere eine heiße Flüssigkeit, zu überlassen. Sichtlich schwankend hatte sie Schwierigkeiten, ihre Bewegungen zu koordinieren, als sie nach der Tasse griff. Mehrere Leute blickten gespannt, als sie die Untertasse in die Hand nahm und damit die Galerie durchqueren wollte. Neben mir ließ Jon stirnrunzelnd Cassie los. Zweifellos stellte er sich das Chaos vor, wenn sie stolperte und den heißen Tee auf die kostbaren Kunstwerke ringsum verschüttete.

Auf halbem Weg durch die Galerie blieb sie vor einem von Cassies Werken stehen. „Sie ist also dein neuer Schützling, ja?", bemerkte sie mit einem Blick über die Schulter zu Jon. Sie verzog spöttisch den Mund und hob provozierend ihre Tasse. „Dann trinke ich besser auf ihr Wohl!"

Sie nahm einen großen Schluck und drehte sich wieder zu dem Gemälde. Ein Kellner sprang hastig mit einer Serviette hinzu, zweifellos um etwaige Kleckereien zu verhindern. Sie wedelte missmutig mit der Hand, um ihn zu vertreiben, wodurch etwas Tee überschwappte. Neben mir atmete Cassie hörbar scharf ein, doch glücklicherweise landete nichts von der Flüssigkeit auf ihrem schönen Bild.

Jons Stirnrunzeln vertiefte sich. „Entschuldigt mich, ich muss kurz etwas mit meiner Assistentin besprechen ..."

Er ließ uns stehen und ging zu der blonden jungen Frau in dem eleganten Pullover und dem eng anliegenden Rock, die Sarah von der Tür zu seinem Büro aus sorgenvoll beobachtete. Als Jon bei ihr war, hob sie den Kopf. Er sagte etwas zu ihr, woraufhin sie kurz nickte und im Büro verschwand. Nach einem letzten besorgten Blick auf Sarah folgte Jon seiner Assistentin, und ich fragte mich, ob er nun doch die Polizei verständigen würde.

Langsam schwoll der Geräuschpegel von den Unterhaltungen wieder an, doch eine unangenehme Vorahnung, dass gleich etwas geschehen würde, lag über dem Raum.

Cassie wandte sich ab und zischte mir zu: „Unglaublich! Was für eine dumme Kuh! Anscheinend ist sie eine reiche, verwöhnte Prinzessin, die es gewohnt ist, dass sie bekommt, was sie will, und nun einen Trotzanfall hat, weil sie ihn nicht haben kann. Armer Jon!"

Mir fiel keine Antwort ein. Klar, die Frau war echt nervig, aber mir fiel es schwer, Mitleid mit Jon zu haben. Vielleicht war das fies von mir, aber meiner Meinung nach konnte er durchaus auf sich selbst aufpassen. Gerade als ich zu einer inhaltslosen Erwiderung ansetzte, hörten wir einen lauten Aufschrei.

Die Frau – Sarah – taumelte und fuchtelte mit den Armen durch die Luft. Ihre Teetasse zerschellte auf dem Boden, der Inhalt verteilte sich ringsum. Sarah stolperte, fiel und brach zusammen. Ihre Arme und Beine zuckten wild.

Aus der Menge schrie jemand: „Oh mein Gott, sie hat einen Krampfanfall!"

Mit etlichen anderen Leuten eilten Cassie und ich zu Sarah, unsicher zwar, was wir tun sollten, doch wir wollten helfen. Ich bemerkte, wie Jon aus seinem Büro trat und große Augen bekam, als er sah, was los war. Um uns herum brach das Chaos aus, Schreie und Rufe waren zu hören.

„Schnell einen Notarzt!"

„Rollt sie auf die Seite! Bei einem Anfall muss man das – damit sie sich nicht auf die Zunge beißt …"

„Nein, nein, man muss ihre Arme und Beine festhalten, damit sie sich nicht verletzt!"

„Vielleicht hat sie so ein Ding, so einen Stift, mit dem man sie spritzen muss – schaut mal jemand in ihrer Tasche …"

„Quatsch, das braucht man nur bei einem

allergischen Schock ..."

„Ist sie gegen irgendwas allergisch?"

„Kann mal jemand Wasser für sie holen!"

„Ihre Kleidung muss gelockert werden."

Als ich an Sarahs Seite ankam, hielten mehrere Leute sie an Armen und Beinen fest. Ich beugte mich über sie, um ihren Kopf zu fassen zu bekommen, der wild umherschlug. Nach einem letzten heftigen Zucken versteifte sie sich. Ihre gequälten Atemzüge wurden schwächer, bis nur noch Stille zu vernehmen war.

Mit einem Ruck fuhr ich nach hinten. Der Mann neben mir zögerte, dann drehte er sie sanft auf den Rücken. Wir konnten es alle sehen, bevor seine vom Schreck heisere Stimme die furchtbare Wahrheit verkündete.

„Sie ist tot."

Kapitel 3

Polizei und Notarzt trafen zur gleichen Zeit ein. Ich weiß nicht, wie viele Gäste schnell einen Notruf abgesetzt hatten, aber die Anzahl hatte die Leitstelle wohl veranlasst, dem Ganzen oberste Priorität einzuräumen. Sanitäter marschierten in die Galerie, und nur Sekunden später standen uniformierte Polizeibeamte in der Tür.

„Wo ist der Patient?", wollte einer der Sanitäter wissen.

Die Menschen traten einen Schritt zurück und deuteten auf die reglose Frau. Ein Blick genügte, und die Ersthelfer verlangsamten sogleich ihre Schritte. Selbst auf die Entfernung erkannten sie, dass keine Eile mehr geboten war. Einige Leute wandten sich diskret ab, während die Sanitäter sich um die Leiche kümmerten. Gleichzeitig übernahmen die Beamten das Kommando.

„Oh Gott, ich kann ... es gar nicht ... glauben", stammelte Cassie neben mir.

Besorgt sah ich sie an. Sonst war sie nicht der Typ Frau, der leicht in Ohnmacht fiel, aber im Moment wirkte sie zutiefst erschüttert und schockierter, als ich sie je erlebt hatte. Das passiert, wenn man dem Tod ins Gesicht blickt, vermutete ich. Ich war dagegen wohl schon etwas abgestumpft, aufgrund meiner Erfahrungen vor einigen Wochen, als ich in meinem Tearoom einen Toten am Tisch sitzend vorgefunden hatte. Obwohl ich seitdem von Albträumen geplagt wurde, kam es mir so vor, als ob ich dadurch auf gewisse Art gegen den Schock „geimpft" worden sei. Cassie hingegen war zwar auch an der Mordermittlung beteiligt gewesen, aber sie war noch nie so direkt wie heute mit dem Tod in Berührung gekommen.

„Was ist passiert? Was glaubst du?", fragte sie mich heiser. „Hatte sie einen Krampfanfall oder so was?"

„Keine Ahnung", antwortete ich. Ein düsterer Verdacht stieg in mir auf. Energisch schüttelte ich den Kopf. Meine Fantasie ging mit mir durch. Nur weil ich es kürzlich mit einem Mord zu tun gehabt hatte, bedeutete das ja nicht, dass jeder Tod unnatürlich war. Und es war auf jeden Fall nicht mein Problem. Die Polizei war hier und kümmerte sich bereits.

Und die Beamten schienen ihre Arbeit gut zu machen. Sie versammelten die Gäste in einer Ecke der Galerie und sicherten den Tatort ab. Sirenengeheul von draußen verriet, dass

Verstärkung eintraf, und im nächsten Augenblick betrat ein Mann in einem eleganten Maßanzug den Raum.

Groß, dunkelhaarig und gut aussehend ... Auf Devlin O'Connor traf jedes Klischee so sehr zu, dass es schon fast lustig war. Ich bemerkte mehrere Frauen, die ihn interessiert musterten, und Männer, die sich unbewusst aufrichteten und damit zweifellos auf die kühle Autorität reagierten, die Devlin so mühelos ausstrahlte. Seinen stahlblauen Augen schien nichts zu entgehen, als er den Blick durch die Galerie wandern ließ. Ich setzte eine unverbindliche Miene auf und bemühte mich, die plötzlichen Hüpfer zu ignorieren, die mein Herz vollführte, als Devlins Blick kurz auf mir ruhte.

Er stellte sich mitten in den Raum und sprach mit ruhiger, befehlsgewohnter Stimme. Die aufgeregten Gespräche verstummten sofort. Die Leute drehten sich um und hörten zu, als er uns informierte, dass wir hierbleiben müssten, bis die Todesursache festgestellt sei. Einige murrten leise, aber die meisten schienen froh zu sein, dass sie einen Grund hatten, noch eine Weile zu bleiben und der Polizei bei der Arbeit zuzusehen. Obwohl ich diese makabre Neugierde schon bei dem Mord in meinem Tearoom erlebt hatte, erstaunte sie mich trotzdem. Vielleicht lag es daran, dass keiner die Tote besonders gut gekannt hatte und daher keiner persönlich betroffen war.

Devlin schaute sich um. „Wem von Ihnen gehört

die Galerie?"

„Mir." Jon Kelsey trat vor. Er hatte sein weltmännisches Gehabe eingebüßt und wirkte blass. „Ich heiße Kelsey, Jon Kelsey, und bin der Veranstalter dieser Vernissage."

„Ich würde Ihnen gerne einige Fragen stellen", verkündete Devlin. Sein Ton war überaus höflich, doch Jon schluckte und wirkte nervös.

„Selbstverständlich. Wenn Sie wollen, können wir in mein Büro gehen", erwiderte er und deutete auf eine Tür im hinteren Teil der Galerie.

„Soll ich mit...?", begann Cassie, die sich anschickte, Jon zu begleiten.

„Nein, nur Mr Kelsey, bitte", unterbrach Devlin sie. Sein Blick glitt nach unten. Ihm fiel auf, wie Cassie an Jons Arm hing, und er nahm die Vertrautheit zwischen den beiden wahr. Kurz zuckte sein Blick zu mir, und er hob ganz leicht eine Augenbraue, dann wandte er sich ab, um Jon in sein Büro zu folgen.

Als Devlin nicht mehr da war, schien dem Raum jegliche Stabilität entzogen worden zu sein. Die Menschen liefen unruhig hin und her, gedämpfte Gespräche setzten ein. Ein Mann mit sandfarbenem Haar, der hinter Devlin die Galerie betreten hatte – es war Devlins Sergeant, erkannte ich –, ging jetzt durch den Raum und teilte uns in zwei Gruppen ein: die einen, die mit der Toten Kontakt gehabt hatten, und die anderen, die im Hintergrund Zeugen geworden waren. Ich wurde der ersten Gruppe zugewiesen und fand mich mit Cassie, einigen anderen Gästen sowie mehreren Leuten vom Cateringpersonal in einer Ecke des Raumes wieder.

Der Sergeant kam herüber und erklärte, dass er mit den anderen Polizisten die Aussagen der zweiten Gruppe aufnehmen würde, Devlin jedoch mit jedem persönlich sprechen wollte, der mit der Frau direkten Kontakt gehabt hatte. Wir mussten also warten, bis er das Gespräch mit Jon Kelsey beendet hatte, und wären dann der Reihe nach dran. Seufzend lehnte ich mich an die Wand und streifte meine High Heels ab. Wie es aussah, würde es eine lange Nacht werden.

Mein Handy piepte in meiner Handtasche. Ich zog es heraus und blickte auf das Display. Es zeigte eine Textnachricht meiner Mutter:

Schatz, möchtest du Christmas Pudding?

Äh? Die Nachrichten meiner Mutter waren für gewöhnlich etwas wirr, aber diese hier erreichte ein ganz neues Niveau. Ich zögerte, dann schrieb ich zurück:

Nicht jetzt. Warum?

Die Antwort kam umgehend:

Und was ist mit Hausschuhen? Die gibt es in sechs verschiedenen Farben. Und unterschiedlichen

Modellen. Die Elfenschuhe mit den Glöckchen sind bezaubernd. Und versandkostenfrei bis zum nächsten Wochenende.

Oh Gott. Meine Mutter hatte vor Kurzem entdeckt, wie Online-Shopping funktionierte. Was sie mit dem „Jetzt kaufen"-Button alles anstellen konnte, war echt unheimlich. Schnell schickte ich eine Antwort:

Nein, danke. Trage keine Hausschuhe.

So leicht ließ meine Mutter sich nicht abwimmeln. Eine Sekunde später kam eine weitere Nachricht:

Die haben auch Nackenkissen. Mit exzellenter Stützwirkung. Im Augenblick gibt es eine Aktion: 10 Nackenkissen zum Preis von 5! Lieferung direkt nach Hause.

Panik stieg in mir hoch. So schnell ich konnte, textete ich:

Mutter, ich will keine 10 Nackenkissen! Nicht mal eins!

Mit leicht schlechtem Gewissen fügte ich rasch hinzu:

Aber danke, dass du an mich denkst. Ganz lieb von dir.

Eine Sekunde später piepte mein Handy erneut:

Dann kaufe ich dir nur eins, Schatz. Willst du Neonrosa oder Lindgrün?

AARRRGGHH. Ich knirschte mit den Zähnen und bereute den Tag, an dem ich meiner Mutter ein Tablet besorgt und ihr geholfen hatte, ins Internet zu gehen. Ein erneuter Piepton.

Oje. Die sind gerade nicht lieferbar.

Halleluja. Dann tat sie mir aber doch leid, und ich schrieb:

Macht nichts. Sicher bekommen sie bald welche nachgeliefert. Und denk dran, im Weihnachtsgeschäft gibt's wieder Extra-Rabatte.

Ich hielt inne. Am besten informierte ich sie gleich darüber, was los war, für den Fall, dass ich hier noch länger festsaß.

Wahrscheinlich komme ich heute spät heim, Mutter. Ein Unfall bei der Vernissage. Die Polizei ist da.

Eine kurze Pause, dann ihre Reaktion:

Oh, das sind wunderbare Neuigkeiten, Schatz. Das freut mich.

Was? Etwas verspätet begriff ich, dass sie sich auf meine vorherige Nachricht bezog. Also wartete ich, ob sie noch etwas zu meiner zweiten Nachricht sagen würde. Aber es kam nichts. Nach einigen Minuten des Schweigens gelangte ich zu dem Schluss, dass meine Mutter den Einkauf von Nackenkissen für wichtiger hielt als die Tatsache, dass ihre Tochter in einen Zwischenfall mit Polizeieinsatz geraten war.

Als ich das Mobiltelefon zurück in meine Handtasche schob, hörte ich neben mir eine vertraute dröhnende Stimme. „Ich habe gesehen, wer es war."

Als ich hochschaute, traf mein Blick Mabel Cooke, die sich mit den anderen Silberlocken neben mir eingefunden hatte. Alle sprühten nur so vor Aufregung.

Verwirrt starrte ich sie an. „Wer was war?"

Sie beugte sich zu mir. „Wer das Mädchen umgebracht hat."

Ich riss die Augen auf. Sie hatte meinen finsteren Verdacht ausgesprochen, aber ich weigerte mich noch, die Vorstellung zu akzeptieren.

„Wovon sprechen Sie?", wollte ich wissen. „Sie hatte einen Krampfanfall."

„Anfall, so ein Quatsch. Sie wurde vergiftet", erwiderte Mabel.

„Das ist doch absurd", sagte ich schnell. „Diese

Dinge passieren nur in Romanen und Filmen, nicht im echten Leben. Außerdem: Wie sollte es jemand schaffen, sie in einer Galerie voller Leute zu vergiften?"

„Oh, das ist doch einfach!", kam es nun von Florence, die vor Aufregung große Augen machte. „Man hat ihr das Gift in den Tee getan!"

Glenda nickte, die Wangen röter als das Rouge, das sie so großzügig auftrug. „Wir standen direkt neben ihr an der Bar und haben alles beobachtet."

„Was haben Sie beobachtet?", wollte ich nun wissen.

„Das andere Mädchen, also die hinter der Bar, muss ihr Gift in den Tee gerührt haben."

„Das Mädchen hinter der Bar ...?" Meine Stimme verstummte, als mein Blick auf die Barkeeperin fiel, die auf dem Boden saß, mit dem Rücken an die Wand gelehnt, einige Meter entfernt. Zum Glück war sie offensichtlich außer Hörweite. Sowieso schien sie nicht besonders auf die Leute im Raum zu achten. Ihr Blick war fest auf die Leiche geheftet, und sie war ziemlich blass im Gesicht.

Ich fuhr herum und fragte die Silberlocken: „Haben Sie wirklich gesehen, dass sie es getan hat?"

„Na ja, nicht direkt", gab Mabel zu. „Aber wir haben gesehen, *was* sie getan haben könnte."

Ethel nickte eifrig. „Ja, es war in dem Zucker, den sie in den Tee gerührt hat. Jeder weiß doch, wie einfach man Gift wie Arsen in Zucker verstecken kann."

„Und sie haben sich gestritten", ergänzte Florence. „Das haben wir gehört. Sie haben sehr hässliche Sachen zueinander gesagt."

„Was für Sachen denn?"

„Oh, die Tote hat über die Barkeeperin gespottet, sich über ihre Arbeit lustig gemacht, und die Barkeeperin hat geantwortet, dass sie nur in dieser Lage wäre, weil das tote Mädchen so einen … äh, Dung … gemacht hätte."

„Klingt, als ob die beiden sich kannten", überlegte ich.

Mabel nickte. „Ja, definitiv. Zwischen diesen Mädels gab es böses Blut, das sage ich dir."

Auf einmal drehte sie sich um, weil Devlin aus dem Büro herauskam und sich der Gruppe näherte. Jon Kelsey war ihm dicht auf den Fersen und sah irgendwie aus wie vom Blitz getroffen. Cassie eilte an die Seite ihres Freundes, während Devlin auf uns zusteuerte. Er wandte sich an den Kellner, der Sarah eine Serviette angeboten hatte, aber ehe er etwas sagen konnte, marschierten die vier Silberlocken zu ihm.

„Ich muss Sie sprechen, junger Mann", begann Mabel und wedelte mit der Hand, als riefe sie sich ein Taxi.

Ärger blitzte in Devlins attraktivem Gesicht auf. „Wenn Sie bitte warten würden, bis Sie an der Reihe sind, Mrs Cooke, ich komme in Kürze zu Ihnen. Zuerst muss ich mich noch mit einigen anderen Zeugen unterhalten, die vielleicht wichtige

Informationen für mich haben."

„Nun, wir haben die wichtigste Information von allen." Mabel verschränkte die Arme. „Wir wissen, wie das Mädchen getötet wurde, und wir kennen die Identität des Mörders."

Devlin musterte sie eindringlich. „Wir sind noch nicht einmal sicher, dass es sich um Mord handelt", entgegnete er argwöhnisch.

Mabel rümpfte die Nase. „Dann kann ich Ihnen Zeit sparen, Inspector. Sie wurde ermordet. Und wir haben beobachtet, wie. Sie wurde vergiftet."

In der Menge keuchten Leute auf, und ich hörte schockiertes Getuschel: „Vergiftet?"

Devlin sah sich um und seufzte schließlich. „Ich glaube, wir sollten uns unter vier Augen unterhalten, Mrs Cooke. Hier entlang." Er deutete auf die Bürotür.

Mabel nickte majestätisch und begleitete ihn mit den anderen drei Silberlocken in Jons Büro. Ich beobachtete ihren Abgang und fragte mich, ob Devlin ihre Anschuldigungen ernst nehmen würde. Mein Blick schweifte zurück zu der Barkeeperin. Mir fiel wieder der hasserfüllte Ausdruck auf ihrem Gesicht ein, und ich erschauerte.

Gift.

Es schien absurd zu sein. Und doch ... hatten die Silberlocken womöglich recht?

Kapitel 4

Devlin lehnte sich an den Schreibtisch in Jons Büro. „Hast du Kelseys Geschichte über seine Beziehung zu der toten Frau geglaubt?"

Ich zuckte mit den Schultern. „So wie er es erzählt hat, klang es für mich plausibel."

Er sah mich scharfsinnig an. „Du wolltest es aber nicht glauben."

Mist. Dem Mann entgeht einfach nichts.

„Ich würde sagen, Jon Kelsey zählt nicht gerade zu meinen Lieblingsmenschen", erklärte ich schließlich.

Er zog die Augenbrauen hoch. „Gibt es dafür einen bestimmten Grund? Immerhin ist er der Freund deiner besten Freundin, oder? Und so wie ich das sehe, wirkt Cassie sehr glücklich mit ihm."

Mir zog sich der Magen zusammen. Wie konnte ich meine irrationale Abneigung gegen Jon nur erklären? „Nein, es gibt keinen besonderen Grund ... Ich denke, es liegt einfach an einem

Aufeinandertreffen nicht zusammenpassender Persönlichkeiten." Ich beugte mich vor. „Aber du hast ihm anscheinend auch nicht geglaubt, sonst würdest du mich doch nicht so ausfragen."

„Das habe ich nicht gesagt. Es ist Routine, alles doppelt zu überprüfen, also verschiedene Zeugenaussagen zum gleichen Ereignis zu sammeln."

„Aber du hältst es schon für einen Mord?"

„Das Spurensicherungsteam ist gerade erst hier eingetroffen, und der Rechtsmediziner hat die Untersuchung der Leiche noch nicht abgeschlossen. Bisher konnte ich nur kurz mit ihm sprechen, also ist noch nichts bestätigt, und gesicherte Aussagen bekomme ich von ihm vermutlich sogar erst nach der Obduktion."

„Ach komm. Er muss dir doch angedeutet haben, dass es hier nicht mit rechten Dingen zuging! Warum sonst verbringst du so viel Zeit damit, alle zu befragen? Glaubst du, Mabel Cooke und die Silber... ich meine, ihre Freundinnen haben recht? Dass sie vergiftet wurde?"

Devlins Miene verriet nichts. „Wir stellen keine Vermutungen an. Und wir haben ja auch gerade erst mit der Ermittlung begonnen."

Grrr.

In Devlins Augen trat ein amüsiertes Glitzern, als er meinen Gesichtsausdruck sah, und er lenkte ein. „Aber ich halte es in der Tat für einen ungewöhnlichen Todesfall. Wie ich gehört habe, hatte sie einen Anfall mit krampfartigen Zuckungen, bevor sie starb? Wenn sie nicht an Epilepsie litt oder einer anderen Krankheit, die Krampfanfälle auslösen kann, könnte das tatsächlich auf eine Vergiftung hindeuten." Er sah mich durchdringend an. „Du warst doch unter denen, die zu ihr hingelaufen sind. Hast du sie angefasst?"

Ich verneinte kopfschüttelnd. „Ich wollte, aber sie hat den Kopf so wild hin und her geworfen … und ich wusste nicht, was ich tun sollte. Einige andere haben sie an Armen und Beinen festgehalten, aber ich hatte Angst, ihr wehzutun. Um ehrlich zu sein", fuhr ich beschämt fort, „stand ich leicht unter Schock."

Seine Stimme wurde sanft. „Das ist völlig normal, Gemma. Bis auf die Leute, die extra für so was ausgebildet sind, wissen die meisten nicht, was sie in einem solchen medizinischen Notfall tun sollen."

Ich schluckte, fühlte mich unbehaglich. „Ja, schon … aber man fragt sich eben, ob man nicht etwas hätte tun können …"

„Darüber solltest du dir keine Gedanken machen. Was auch immer den Tod dieser Frau verursacht hat – was es auch war, das in ihrem Kreislauf wirkte –, es war zu stark, als dass irgendjemand ihren Tod hätte verhindern können."

„Also denkst du doch auch, dass Mabel Cooke mit ihrer Giftmord-Vermutung recht haben könnte!", rief ich.

Mit einem sarkastischen Blick erwiderte er: „Mrs Cooke und ihre Freundinnen haben eine interessante Theorie aufgestellt, die mehr Ähnlichkeit mit einem Krimi von Agatha Christie hat als mit der Realität. Ich habe natürlich nachgehakt, und sie haben zugegeben, dass sie nicht mit eigenen Augen gesehen haben, wie die Frau hinter der Theke etwas in die Teetasse geschüttet hat. Sie nehmen bloß an, dass sie das getan haben könnte und vermutlich getan hat. Beweise dafür haben sie nicht. Und weil das so ist, ziehen wir erst mal alle Möglichkeiten in Betracht."

„Nun, dann ...", begann ich zögernd.

„Ja?"

„Ich bin nicht sicher, aber ... als ich mich über sie gebeugt habe, kam es mir so vor, als ob sie leicht süßlich roch. Wie nach ... Mandeln."

Sein Blick wurde eindringlicher. „Mandeln? Bittermandeln vielleicht?"

Ich zuckte mit den Schultern. „Ich weiß nicht. Wo ist der Unterschied zwischen beidem? Es war dieser süßliche Mandelgeruch, den man von Kuchen, Marzipan, Cremes und Shampoos kennt." Neugierig fragte ich: „Hat das was zu bedeuten?"

„Es gibt ein bekanntes Gift, das den charakteristischen Geruch nach Bittermandeln im Atem des Opfers hinterlässt", sagte Devlin nachdenklich. „Blausäure."

„Blausäure?" Ich starrte ihn an. „Ich dachte, du hast gesagt, das hier ist kein Kriminalroman."

Schulterzuckend erwiderte er: „Ich sagte aber auch, dass wir jede Möglichkeit in Betracht ziehen.

Die Symptome von Sarah Waltham würden durchaus zu einer Blausäurevergiftung passen."

Mich durchlief ein Schaudern. *Blausäure?* Das wurde ja immer unglaublicher!

„Es kann aber auch anders sein", beeilte er sich zu sagen. „Ich sollte darüber auch lieber nicht in der Öffentlichkeit spekulieren. Vergiss es einfach." Er sah aus, als ärgerte er sich über sich selbst.

Ich antwortete nicht, aber insgeheim war ich froh, dass Devlin die Bemerkung rausgerutscht war, denn das hieß, dass ich für ihn nicht zur Öffentlichkeit gehörte.

„Wenn das alles war, Gemma ... ich muss noch andere Leute befragen." Er erhob sich.

Gerade als ich auch aufstehen wollte, fiel mir plötzlich das Gespräch im Garten ein, das ich mit angehört hatte, und ich hielt inne. Konnte das etwas mit Sarahs Tod zu tun haben? Das erschien mir so lächerlich – wie eine Szene aus einem zweitklassigen Film –, dass es mir fast peinlich war, die Worte zu wiederholen. Denn was hatte ich wirklich gehört? Zwei Menschen, die planten ... jemanden umzubringen? Nein, da bewegten wir uns langsam im Bereich der Fantasie.

Wenn ich es erwähnte, müsste ich Devlin außerdem erzählen, dass mir eine der beiden Stimmen entfernt bekannt vorgekommen war. Musste ich dann auch zugeben, dass ich Jon verdächtigte? War ich mir überhaupt sicher, dass ich ihn gehört hatte? Mir war klar, dass ich voreingenommen sein könnte, weil ich ihn nicht leiden konnte. Vielleicht suchte ich unbewusst nach einer Möglichkeit, ihm etwas anzuhängen, und meine blühende Fantasie hatte den Rest erledigt. Zwar mochte ich Jon Kelsey nicht, aber ich wollte ihn nicht ohne zwingenden Grund als Hauptverdächtigen in einem Mordfall ins Spiel bringen. Das würde mir Cassie niemals verzeihen.

„Gemma? Ist da noch was?"

„Nein, nichts." Hastig erhob ich mich. „Entschuldige, ich war kurz in Gedanken."

Er musterte mich eingehend, und ich fragte mich unwillkürlich, ob er meine Lüge durchschaute. Während unserer Studienzeit hatte er immer die außergewöhnliche Fähigkeit besessen, meine Gedanken zu erraten, beinahe so, als könne er sie lesen. Zu dieser Zeit hätte er sofort erkannt, dass ich log. Aber jetzt ... Wie ich schon zu Cassie gesagt hatte: Wir hatten uns verändert, und diese besondere Verbindung zwischen uns gab es nicht mehr. Der Gedanke deprimierte mich ein wenig.

Ich öffnete die Bürotür und kehrte zu den anderen Gästen in der Galerie zurück. Da Cassie auch schon befragt worden war, hätten wir nun eigentlich beide gehen können, doch sie bestand darauf, bei Jon zu bleiben. Er musste warten, bis der letzte Gast befragt worden war und die Polizei den Tatort gesichert hatte, bevor er die Galerie verlassen konnte. Daher umarmte ich Cassie fest und trat dankbar in die kühle Nachtluft hinaus.

Kapitel 5

Die Galerie lag in der Innenstadt, aber bis nach North Oxford, wo meine Eltern wohnten, war es zu Fuß nicht weit. Wie die meisten Leute, die hier lebten, fuhr ich normalerweise überall mit dem Fahrrad hin, aber da ich davon ausgegangen war, dass ich wahrscheinlich Alkohol trinken würde, hatte ich an diesem Abend beschlossen, das Rad zu Hause zu lassen. Jon hatte Cassie zu der Vernissage abgeholt und auch mich in seinem Auto mitgenommen. Zurück wollte ich laufen. Das war in Oxford kein Problem, denn die Stadt war nicht groß.

Im Stadtzentrum war man im Allgemeinen auch sicher unterwegs – nun, mit Ausnahme der Knöchel, dachte ich verdrossen, als mein Absatz mal wieder in einer der Ritzen im Kopfsteinpflaster hängen blieb. Im Wegknicken fiel mir jetzt auch wieder ein, weshalb ich als Studentin niemals hohe Schuhe getragen hatte. Kopfsteinpflaster ruinierte die schicksten High Heels. Hätte ich doch nur in weiser

Voraussicht ein Paar Ballerinas in meine Handtasche getan! Doch ich hatte nicht daran gedacht und kam nun immer wieder ins Stolpern. Mein Heimweg führte mich an den historischen Universitätsgebäuden und viereckigen Innenhöfen der Colleges vorbei, deren gotische Turmspitzen und Glockentürme nun in Schatten gehüllt waren, und die lang gezogene Banbury Road hinauf bis in die nördlichen Vororte.

Als ich schließlich erschöpft und mit schmerzenden Füßen in unsere Straße einbog, parkte ein Polizeiauto vor dem viktorianischen Haus meiner Eltern. Mein Herzschlag setzte kurz aus. War ihnen etwas zugestoßen? Ich beschleunigte mein Tempo und atmete erleichtert auf, als ich mich näherte und bemerkte, dass der Beamte vor der Tür des Nachbarhauses stand. Einige neugierige Nachbarn waren herausgekommen, um zu sehen, was vor sich ging. Auch meine Mutter stand vor unserem Haus, am oberen Treppenabsatz – elegant gekleidet wie immer in einem Twinset aus Kaschmir und einem Bleistiftrock aus Tweed.

„Was ist los, Mutter?", fragte ich, als ich sie erreicht hatte.

„Weiß ich noch nicht, Schatz. Die Polizei ist gerade erst gekommen ..."

Wir beobachteten, wie die Haustür unserer Nachbarn geöffnet wurde und eine rundliche Frau im mittleren Alter heraustrat. Der Polizeibeamte nahm seinen Hut ab und sprach mit ihr. Was er sagte, konnte ich nicht hören, aber die Frau riss entsetzt die Augen auf und schlug die Hände vors Gesicht. Sie wirkte unfähig, irgendetwas zu erwidern, und der Polizist sah sich Hilfe suchend um. Da entdeckte er meine Mutter und bedeutete ihr herüberzukommen. Ohne es zu bemerken, schloss ich mich ihr an. Als wir am Gartentor waren, eilte der Polizeibeamte dankbar auf uns zu.

„Ich fürchte, ich musste ihr eine schreckliche Nachricht überbringen", flüsterte er uns zu. „Ihre Tochter ist heute Nacht verstorben. Wäre es Ihnen möglich, Ma'am, eine Weile bei ihr zu bleiben? Normalerweise haben wir weibliche Beamte für so was, aber heute Abend sind wir etwas unterbesetzt …"

Meine Mutter keuchte auf. „Um Gottes willen, wie fürchterlich! Selbstverständlich bleibe ich bei ihr." Schnellen Schrittes ging sie zu der Frau und nahm sie sanft am Ellenbogen.

„Die Kollegen von der Kripo werden bald eintreffen und mit ihr sprechen müssen. Der zuständige Detective Inspector kann nur im Augenblick noch nicht aus der Stadt weg."

Ich starrte ihn an. Konnte das sein? Sicherlich hatte die Kriminalpolizei von Oxfordshire nicht den Tod von *zwei* jungen Frauen in der gleichen Nacht zu untersuchen – das wäre ein zu großer Zufall, oder? Das hier muss Sarahs Mutter sein, begriff ich. Und nun war mir auch klar, warum Sarah mir irgendwie bekannt vorgekommen war. Wir waren uns wohl ein-

oder zweimal auf der Straße begegnet. Sie hatte keinen Blickkontakt gesucht und kein Gespräch angefangen, daher hatte ich sie gar nicht richtig wahrgenommen.

„Ich nehme sie mit zu uns nach Hause", erklärte meine Mutter. „Da kann sie bleiben, bis der Detective Inspector eintrifft."

Der Polizist nickte, anscheinend froh darüber. „Das ist sehr freundlich von Ihnen."

„Kommen Sie, meine Liebe", bat meine Mutter Mrs Waltham. „Sie brauchen jetzt eine Tasse Tee ..."

Natürlich, eine Tasse Tee. Wie für alle typischen Engländer – oder Engländerinnen, in ihrem Fall – war das für meine Mutter die Lösung für jedes Problem, sei es ein gebrochenes Herz oder der Klimawandel. Mrs Waltham nickte wie benommen und ließ sich von meiner Mutter in unser Haus führen.

Schweigend ging ich hinterher und versuchte mir ins Gedächtnis zu rufen, was meine Mutter mir über unsere Nachbarn erzählt hatte. Erst vor Kurzem waren sie ins Nebenhaus eingezogen, etwa vor sechs Monaten, fiel mir ein. Mr Waltham war schon über sechzig Jahre alt. Er war erst spät Vater geworden, was vielleicht erklärte, warum Sarah so verwöhnt worden war. Seine Frau war um einiges jünger. Tatsächlich konnte ich mich daran erinnern, wie meine Mutter in schockiertem Tonfall den Altersunterschied kommentiert hatte.

Ihre Tochter war ein Einzelkind. Außerdem hatten

sie eine „Haushälterin", die anscheinend schon seit Jahren bei der Familie angestellt war, eine tüchtige Frau im mittleren Alter mit freundlicher Miene und einer bodenständigen Einstellung. Obwohl mir in den vergangenen Tagen aufgefallen war, dass eine jüngere Frau dort im Garten werkelte und den Müll rausbrachte. Mehr hatte meine Mutter jedoch nicht über sie erzählt, wenn man davon absah, dass sie die wunderbaren Rosen von Mrs Waltham ausgiebig gelobt hatte.

Ich führte Mrs Waltham in unser Wohnzimmer, während meine Mutter den Tee aufbrühte. Ich wusste nicht recht, was ich sagen sollte – worüber unterhält man sich mit jemandem, der gerade seine Tochter verloren hat? Verstohlen betrachtete ich sie und stellte erstaunt fest, dass sie jung sein musste. Nicht älter als Anfang vierzig. Sie musste Sarah sehr früh bekommen haben. Und die Tochter hatte ihren eleganten Stil nicht von ihr geerbt. Im Gegensatz zu der glamourösen Gestalt, die in die Galerie gekommen war, wirkte Mrs Waltham unscheinbar und altmodisch. Oh, sie trug durchaus teure Kleidung: Die Schuhe schienen eine italienische Marke und handgefertigt zu sein. Ihr Kleid meinte ich im Kaufhaus in der Abteilung mit Designerkleidung gesehen zu haben. Ihr Haar war fachmännisch, vermutlich in einem Top-Friseursalon, geschnitten und gefärbt worden. Aber der Gesamteindruck war irgendwie unecht, so als ob ein kleines Mädchen mit den Klamotten und der Schminke der Mutter

Verkleiden gespielt hätte.

Ihr Blick traf mich, während ich sie betrachtete, und ich errötete. Rasch versuchte ich, diese Peinlichkeit zu überspielen.

„Das mit Ihrer Tochter tut mir leid, Mrs Waltham."

„Ich ... ich kann es noch gar nicht glauben." Wie betäubt starrte sie ausdruckslos ins Leere. „Ich weiß nicht. Wie kann das sein? Es ging ihr doch vorhin noch gut ... Sie wollte zu einer Vernissage ..."

„Ja, da habe ich sie getroffen", platzte ich heraus, ohne nachzudenken. Ich biss mir auf die Zunge, denn ich wollte nicht, dass Mrs Waltham mich nach den grausigen Details ausfragte. Wenn sie allerdings zu einem späteren Zeitpunkt herausfände, dass ich auf der gleichen Veranstaltung gewesen war und es nicht erwähnt hatte, würde das bei ihr vermutlich auch nicht gut ankommen.

Fassungslos drehte sie den Kopf zu mir, und ich fügte eilig hinzu: „Ich war heute Abend bei dieser Vernissage in Oxford, und Sarah war auch da."

Sie schüttelte den Kopf, immer noch mit diesem Ausdruck von Benommenheit und Verwirrtheit. „Der Polizist hat gesagt, es gab einen Zwischenfall in der Galerie und die Rettungssanitäter kamen zu spät. Was für einen Zwischenfall denn? Haben Sie was mitgekriegt?"

Unruhig rutschte ich auf meinem Platz herum. „Es sah so aus, als ob Sarah eine Art Krampfanfall hätte."

„Das ergibt doch keinen Sinn!", rief Mrs Waltham.

„Sarah hatte doch keine Epilepsie."

„Und Diabetes auch nicht?"

Sie schüttelte den Kopf.

„Als sie heute Abend das Haus verließ, wirkte sie da ... ganz normal wie immer?", fragte ich zögernd. Eigentlich wollte ich wissen, ob sie getrunken hatte, aber ich wusste nicht, wie ich das auf höfliche Weise ansprechen konnte.

„Ja, ich glaube schon", antwortete sie. „Viel glücklicher als sonst in der letzten Zeit."

Was sollte das heißen? Ehe ich nachfragen konnte, brachte meine Mutter ein Tablett herein, auf dem ein roséfarbenes Teeservice mit Goldakzenten von Royal Doulton stand. Neben einem Teller mit selbst gebackenem Shortbread lagen ein paar Leinenservietten. Nachdem sie das Tablett auf dem Wohnzimmertisch abgestellt und sich gesetzt hatte, begann sie den Tee zu servieren. Graziös goss sie die rotbraune Flüssigkeit durch das silberne Teesieb und reichte dann jedem von uns eine Tasse.

Bewundernd sah ich ihr zu. Sosehr ich die altmodischen Ansichten meiner Mutter und ihre Hausfrauenart aus den 1950er-Jahren auch ablehnte, so wünschte ich dennoch, dass ich alltägliche Aufgaben wie diese mit einer solch eleganten Haltung ausführen könnte wie sie. In jüngeren Frauengenerationen war diese Kunst etwas verloren gegangen, fand ich. Wir jagten zur Spitze der Karriereleiter und missachteten derartig „damenhafte" Beschäftigungen und

Angewohnheiten.

„Sarah liebt ... ich meine, Sarah liebte Shortbread", erzählte Mrs Waltham plötzlich mit einem Blick auf den Teller. „Unsere frühere Haushälterin, Mrs Hicks, hat es jede Woche gebacken." Ihre Lippen zitterten. „Ich kann gar nicht glauben, dass Sarah sich nie wieder Shortbread aus der Keksdose holen wird ..."

Meine Mutter wirkte leicht beunruhigt über diesen emotionalen Ausbruch. Der Gedanke, über Gefühle sprechen zu müssen, war für ihr typisch britisches Zartgefühl zu viel. Zweifellos war sie der Ansicht, dass ihre Nachbarin angesichts der Tragödie Haltung bewahren müsse.

Sie nahm das Milchkännchen und fragte strahlend: „Milch oder Zucker?", als ob wir uns zum Nachmittagspläuschchen beim Tee verabredet hätten.

Dennoch musste ich meiner Mutter mit dem Tee vielleicht recht geben. Bestimmt lag ein gewisser Trost in dem vertrauten Ritual, und man hatte etwas, auf das man sich konzentrieren konnte. Eine Weile lag eine angenehme Stille über dem Raum, während wir damit beschäftigt waren, Milch und Zucker einzurühren, das Shortbread zu probieren und Servietten weiterzureichen, bis Mrs Waltham auf einmal aufsprang.

„Oh Gott, ich ... ich muss es David sagen."

„Mr Waltham?", erkundigte ich mich.

Sie nickte unglücklich. „Er ist im Moment im

Krankenhaus." Sie bemerkte unsere fragenden Mienen und erklärte: „Er wurde an der Prostata operiert. Leider traten nach der OP Komplikationen auf, und er bekam eine Blutvergiftung. Vor ein paar Tagen ging es ihm ziemlich schlecht, und wir haben uns große Sorgen gemacht. Aber Gott sei Dank ist er nun anscheinend über den Berg, auch wenn er noch einige Tage auf der Intensivstation bleiben muss." Sie schluckte. „Er wird am Boden zerstört sein."

Es klingelte, woraufhin meine Mutter ungeheuer erleichtert wirkte. Schnell lief sie zur Tür, kam gleich darauf zurück und verkündete, dass ein Polizist Mrs Waltham nun zurück in ihr Haus bringen würde, wo Detective Inspector O'Connor ihr noch ein paar Fragen stellen wollte. Ich begleitete Sarahs Mutter noch zur Tür und schaute ihr in Gedanken versunken nach, als sie mit dem Polizisten fortging.

„Was für eine schreckliche Geschichte" war der Kommentar meiner Mutter, nachdem sie die Tür geschlossen hatte und voran ins Wohnzimmer marschierte. „Die arme Frau."

„Kennst du die Walthams gut?", wollte ich wissen, während wir gemeinsam die Teetassen wegräumten.

Sie schüttelte den Kopf. „Eigentlich nicht, Schatz. Sie sind nicht direkt unfreundlich, aber sie bleiben für sich. Sie wohnen ja noch nicht lange hier – nur sechs Monate, deshalb weiß ich nicht viel über sie. Zuvor haben sie in Woodstock gelebt, glaube ich, aber Mr Waltham wollte mehr in Stadtnähe wohnen, weil Sarah im Abschlussjahr war und kein Zimmer mehr im College hatte. Sie ist wieder bei ihren Eltern eingezogen, und da war es für sie natürlich leichter, wenn sie es zur Universität nicht so weit hatte. Du weißt ja, dass die Familie Collins das Nachbarhaus schon seit Längerem verkaufen und in ein kleineres Apartment in London ziehen wollte. So kam es allen gut gelegen."

„Kennst du Mr Waltham?"

„Nur vom Grüßen. Wir sind uns ein paarmal begegnet, du weißt schon, beim Nachhausekommen oder Verlassen des Hauses ... Oh, einmal habe ich ihn in der Stadt getroffen. Das ist schon ein paar Wochen her, er und Mrs Waltham kamen aus der Kanzlei unserer Anwälte. Anscheinend vertrauen sie auch auf Sexton, Lovell & Billingsley. Ich musste nur kurz rein und ein Dokument für deinen Vater abgeben. Da haben wir uns nett unterhalten."

„Was hatten sie denn da zu tun?"

„Das konnte ich ja wohl kaum fragen, Gemma!" Meine Mutter sah schockiert aus. „Auf mich wirkten sie nicht gerade fröhlich, aber Rechtsangelegenheiten sind ja oft mühsam."

„Sarah war nicht dabei?"

„Nein. Mit ihr habe ich überhaupt nur ein einziges Mal gesprochen. Sie ist – äh, war – ein sehr attraktives Mädchen."

„Ja", stimmte ich zu, obwohl ich fand, dass Sarah nur äußerlich attraktiv gewesen war, aber diesen Gedanken behielt ich für mich.

„Nun ja!" Meine Mutter seufzte, dann fuhr sie mit

verändertem Tonfall fort: „Wie war Cassies Vernissage, mein Schatz?"

„Oh, es lief ganz gut, zumindest bis zu dem Vorfall mit Sarah. Es waren eine ganze Menge Leute da, vor allem wichtige Menschen aus der Kunstszene, und Cassies Bilder wurden viel bewundert."

„Ich bin ja überrascht, muss ich sagen, dass du Lincoln nicht gebeten hast, dich zu begleiten." Sie schürzte die Lippen. „So ein netter Junge, gut erzogen und attraktiv ..."

Innerlich seufzte ich auf. *Da haben wir es wieder, Mutters Lieblingsthema.*

„... wirklich, jedes Mädchen würde einen Freudensprung machen, wenn Lincoln sie begleiten würde. Und er ist obendrein ein angesehener Arzt! Und da seine Mutter meine beste Freundin ist, wäre er genau der Richtige für dich! Neulich erst habe ich zu Helen gesagt, wenn ihr zwei im Herbst heiraten würdet, könnten wir die Orangerie im Blenheim Palace buchen und ..."

„Mutter!", presste ich zwischen den Zähnen hervor. „Steiger dich da nicht so hinein! Ich werde Lincoln Green nicht heiraten!"

„Warum denn nicht, Liebes?"

Am liebsten hätte ich den Kopf gegen die Wand geschlagen. „Nun, erstens kenne ich ihn noch gar nicht so gut. Wir gehen nicht miteinander aus."

„Aber du hast dich doch ein paarmal mit ihm getroffen, oder nicht?"

„Nur als Freunde. Ich habe klargestellt, dass diese

Verabredungen nicht romantischer Natur waren."

Meine Mutter wollte davon nichts wissen. „Und morgen Abend gehst du wieder mit ihm aus", stellte sie mit Genugtuung fest.

Misstrauisch blickte ich sie an. Wie hatte sie das herausgefunden?

„Es ist nicht so, wie du denkst. Lincoln hat Tickets für ein Konzert im Sheldonian und hat gefragt, ob ich mit ihm hingehen will."

Freudestrahlend riet mir meine Mutter: „Dann mach dich hübsch, Schatz. Ich habe da diesen wunderschönen Schal im Internet gesehen – soll ich den für dich bestellen? Der Shop liefert auch per Express."

Entsetzt starrte ich sie an. „Nein danke, Mutter." Rasch wechselte ich das Gesprächsthema. „Hast du Müsli schon ihr Abendessen gegeben?"

Ihre Gesichtszüge wurden sanfter. „Ja, habe ich, und ich muss sagen, das kleine Ding ist ziemlich frech. Sie ist einfach um meine Beine herumgeflitzt und die Treppe hinunter, ehe ich sie aufhalten konnte."

Mein Blick glitt rasch durch das Wohnzimmer. „Hast du sie wieder eingefangen?"

„Ja, ja, mit etwas Thunfisch habe ich sie in dein Zimmer gelockt." Sie seufzte. „Ein wenig tut sie mir doch leid, das arme Kätzchen, weil sie den ganzen Tag in deinem Schlafzimmer eingesperrt ist."

„Ja, stimmt, in ihrem vorherigen Zuhause durfte sie durch alle Räume laufen." Hoffnungsvoll blickte ich meine Mutter an. „Vielleicht könnten wir es versuchen und sie rauslassen ...?"

„Würde sie dann nicht die Möbel zerkratzen?"

Mit einem Blick auf die Wohnzimmermöbel seufzte ich. Sie hatte recht. Müsli würde die cremefarbenen Seidendamastbezüge der Couchgarnitur zerschreddern, ganz zu schweigen von den Vorhängen. Mir selbst wäre das egal, aber da ich wieder im Haus meiner Eltern lebte, empfand ich es als unfair ihnen gegenüber. Ich hatte meiner Mutter nach der Adoption von Müsli versprochen, dass die Katze keinen Ärger verursachen würde.

Es ist ja nur noch für eine kurze Zeit, sagte ich mir. Wenn es weiter so gut lief mit dem Tearoom, würde ich mir hoffentlich bald eine eigene Wohnung leisten können. Und dann könnte Müsli zerfetzen, was sie wollte ...

Fünf Minuten später kam die kleine getigerte Katze angerannt, um mich zu begrüßen, als ich mein Zimmer betrat. Ihr Schwanz ragte kerzengerade in die Höhe, und die Spitze zuckte leicht, als sie um meine Beine strich. Obwohl ich bisher keine Katzenliebhaberin gewesen war, musste ich doch zugeben, dass es mir langsam gefiel, wie meine Katze mich jedes Mal begrüßte, wenn ich heimkehrte.

„Hi, Müsli." Ich bückte mich, um ihr das Kinn zu kraulen.

Sie schnurrte wie ein kleiner Motor und stieß ihren Kopf gegen meine Beine. Ich hob sie hoch, drückte sie an mich und ging mit ihr hinüber zum

Fenster. Von meinem Zimmer aus konnte man den rückwärtigen Teil unseres Gartens sehen, sowie einen Teil des Grundstücks der Walthams, das an der Ecke lag, wo die Straße abknickte, und doppelt so groß war wie unseres. Aus den nach hinten gelegenen Fenstern fiel Licht nach draußen.

Ich fragte mich, ob Devlin mit der Befragung von Mrs Waltham inzwischen fertig war, dann wanderten meine Gedanken wieder zur Vernissage. War das wirklich erst ein paar Stunden her? Und Sarah – da war sie noch so dreist und so lebendig gewesen. Unglaublich, dass sie nun tot war. Und kaum vorstellbar, dass es Mord gewesen sein könnte.

Kapitel 6

In dieser Nacht schlief ich schlecht. Von Albträumen gequält, in denen rosafarbene Cocktails und seltsame Gemälde vorkamen, wälzte ich mich unruhig im Bett herum, bis schließlich eine große Teekanne auf meiner Brust landete, deren Gewicht mich zu ersticken drohte und die brummte wie ein laufender Motor ...

Hä?

Ich schreckte hoch und blickte direkt in ein Paar grüne Augen über einer rosa Nase in einem getigerten Gesicht.

„Müsli", grummelte ich. „Geh runter von mir ..."

„Miau!", war ihre Antwort.

Für eine so kleine Katze schien sie enorm viel zu wiegen. Ich schob sie weg, setzte mich langsam auf und rieb mir die Augen. Da durch den Spalt zwischen meinen Gardinen nur Dunkelheit zu erkennen war, schlussfolgerte ich, dass es noch sehr früh am Tag sein musste. So früh, dass mein Wecker noch nicht geklingelt hatte. Mit einem Stöhnen ließ ich mich zurücksinken und zog die Bettdecke über mich, um noch etwas weiterzuschlafen. Müsli kletterte über die Decke und legte sich auf meine Füße. Das Brummen ertönte erneut. Zehn Minuten lang lag ich da und lauschte ihrem Schnurren. Schließlich richtete ich mich resigniert auf.

Müsli blickte mich interessiert an. „Miau?"

Ich seufzte, wusste ich doch, was sie wollte. Wie jeden Morgen wollte sie hinaus in den Garten, um sich dort zu erleichtern. Obwohl ich ihr ein kleines Katzenklo ins Zimmer gestellt hatte, wollte Müsli lieber nach draußen. Dafür würde sie warten, bis sie fast platzte. Na, da ich sowieso hellwach war, konnte ich die zusätzliche Zeit eigentlich auch nutzen. Also erhob ich mich, wusch mir das Gesicht und nahm Müslis Geschirr vom Tisch.

Ich muss gestehen, als ich dieses Geschirr gekauft hatte, hatte ich zuerst gedacht, ich müsse es Müsli nur anlegen und sie würde vor mir hertrotten wie ein Hündchen. Das zeigt nur, wie wenig ich von Katzen verstand. Erstens schienen die sich eher rückwärts als vorwärts zu bewegen. Und sie liefen auch nicht, sondern flitzten, bis das Ende der Leine erreicht war. Dort kauerten sie sich zehn Minuten lang zusammen, ehe sie wieder in eine andere Richtung sausten, bis sich die Leine spannte. Mit einer Katze „Gassi zu gehen" bedeutete, dass ich eine halbe Stunde für eine Strecke von eineinhalb Metern brauchte. Und das auch nur, wenn sie sich nicht gerade umherrollte, in dem Versuch, sich zu befreien. Müsli sah mich böse an, als ich ihr nun die Gurte umlegte.

„Tut mir leid, Müsli, aber diesen Kompromiss musst du akzeptieren. Anders kannst du nicht nach draußen."

Ich hob sie hoch, schlich die Treppe hinunter, um meine Eltern nicht zu wecken, und schlüpfte leise in den Garten hinaus. Es dämmerte bereits, und der Himmel färbte sich von Indigoblau zu Blassgrau. In der noch morgendlich kühlen Luft zitterte ich, als ich Müsli absetzte. An den Büschen schnuppernd, die den Weg aus Steinplatten säumten, zog sie los, und ich folgte ihr in Gedanken vertieft. Schließlich gelangten wir zu dem Schlehdorn, der am Rand unseres Gartens wuchs und dessen Äste in alle Richtungen und über die Mauer bis hinüber in den Garten der Walthams ragten. Am Fuße des Baumes hielt Müsli inne, streckte sich und kratzte mit ihren Krallen an der Rinde.

An den Stamm gelehnt ließ ich meine Gedanken wandern. Ich grübelte über den Zwischenfall in der Galerie vom vorherigen Abend und zog eine Grimasse, während ich die Erinnerung zurückdrängte und mich im Geiste angenehmeren Dingen zuwandte. Meinem Tearoom. Genau. Ich wollte mit meiner Mutter über Veränderungen am Speisenangebot sprechen, eventuell weniger

Sandwiches und mehr Kuchen anbieten. Die Gäste mochten ihre süßen Leckereien. Und kürzlich hatte sie doch ein neues Kuchenrezept erwähnt ...

Nachdem ich vor einigen Wochen meinen Koch verloren hatte, war ich erst nicht davon überzeugt gewesen, dass meine Mutter einspringen sollte. Zwar konnte sie wunderbar kochen und göttlich backen, und ich brauchte jemanden, der sich in Vollzeit um die Küche kümmerte, während ich die Gäste bediente ... da sollte man meinen, das sei die perfekte Lösung: eine fantastische Köchin, die umsonst arbeitete, ohne die Mühe und die Kosten für die Neueinstellung eines Londoner Küchenchefs. Nur, ob meine Nerven und mein Blutdruck es aushalten würden, dass ich jeden Tag so eng mit meiner Mutter zusammenarbeitete, da war ich mir nicht sicher. Dennoch funktionierte es bisher ganz gut.

Ein Ruck fuhr durch meine Hand, und im nächsten Augenblick begriff ich, dass ich Müslis Leine losgelassen hatte. Die kleine Katze war am Stamm des Baumes hochgeklettert, hatte dabei die Leine aus meinen müden Fingern gerissen und saß nun oben auf einem Ast.

„Hey ...!" Ich streckte mich und versuchte, das Ende der Leine, das direkt über meinem Kopf baumelte, zu fassen zu kriegen.

Müsli blickte unschuldig auf mich herab. „Miau?"

„Müsli, komm sofort wieder runter!"

Sie legte den Kopf zur Seite, betrachtete mich

einen Moment lang, drehte sich dann um und spazierte gemächlich den Ast entlang über die Grenze zum Garten der Walthams. Dort sprang sie hinunter und war nicht mehr zu sehen.

„Müsli!", schimpfte ich.

Von der anderen Seite der Mauer drang schwach ein trotziges „Miau" herüber.

Grrrr. Was sollte ich tun? So früh am Morgen wollte ich nicht bei den Walthams klingeln. Aber ich konnte Müsli auch nicht einfach dortlassen. Selbst wenn man davon absah, dass sie wahrscheinlich Mrs Walthams preisgekrönte Rosen ausgraben würde, war es auch potenziell gefährlich. Dieses Haus war das letzte in der Straße und grenzte an eine Kreuzung. Wenn Müsli über die Mauer auf der anderen Seite verschwand, würde sie mitten auf der Straße landen, die an dem Grundstück vorbeiführte.

Doch dann spitzte ich die Ohren. Ich konnte von der anderen Seite der Mauer her hören, wie sich jemand bewegte: Schritte auf dem Weg, das Quietschen der sich öffnenden Gartentür, das Rascheln von Plastikfolie. Ich eilte zu unserem eigenen Gartentürchen und öffnete es genau in dem Moment, als eine junge Frau aus dem Nachbargarten trat. Sie verstaute einen großen schwarzen Sack in einem öffentlichen Müllcontainer in der Gasse, die hinter unseren Grundstücken verlief.

„Hallo", sprach ich sie mit einem Lächeln an. „Ich wohne nebenan und suche meine Katze. Sie ist über die Mauer in euren Garten geklettert ..."

„Eine kleine, grau getigerte? Weiß an Brust und Pfoten? Die habe ich eben gesehen, da drüben bei den Rosenbüschen."

„Dürfte ich rüberkommen und sie einfangen?"

„Ja sicher", erwiderte die junge Frau und lächelte mich schüchtern an. „Ich bin Meg, die neue Haushälterin der Walthams."

„Freut mich", sagte ich gedankenverloren und betrat den wunderschönen, gepflegten Garten. Augenblicklich konnte ich Müsli unter einem großen pinkfarbenen Rosenbusch neben dem Weg ausmachen. Als sie mich sah, versuchte sie wegzurennen, aber ich sprang schnell auf die Leine, wodurch sie jäh ausgebremst wurde.

„Miau!" Müsli machte ein Schmollgesicht.

„Hier enden deine Abenteuer für heute, du kleines Biest", brummte ich und hob sie hoch.

„Was für ein süßes kleines Ding", sagte Meg und schickte sich an, Müsli zu streicheln.

Ich zögerte. Es erschien mir unhöflich, Sarah nicht zu erwähnen, und dennoch kam es mir merkwürdig vor, plötzlich davon anzufangen. „Äh ... schrecklich, was letzte Nacht passiert ist."

Ihre Augen wurden groß. „Meinst du Miss Sarah? Das war wirklich ein Schock heute Morgen beim Zeitunglesen!"

„Kanntest du sie gut?"

Sie zuckte mit den Schultern. „Nein, nicht besonders. Ich arbeite erst seit ungefähr einer Woche hier."

„Ja, ich dachte doch, dass die Walthams eine ältere Dame als Haushaltshilfe hatten. Ist sie in Rente gegangen?"

„Du meinst sicher Nell, also Mrs Hicks. Ja, sie hat viele Jahre hier gearbeitet, aber ..." Meg sah peinlich berührt weg. „Sie haben ihr gekündigt. Ich bin ... als Ersatz da."

„Gekündigt?"

„Oh, sie hat nichts Schlimmes angestellt", beeilte sich Meg zu sagen. Offenbar hatte sie meinen Blick falsch interpretiert. „Es war überhaupt nicht Nells Fehler, aber ... Miss Sarah war nicht zufrieden mit ihr."

„Mit ihrer Arbeit?"

„Nein ..." Sie blickte unbehaglich drein. „Ich sollte mich dazu nicht äußern. Verzeih, aber ich muss jetzt weitermachen."

Sie drängte mich hinaus und schloss das Gartentürchen wieder fest hinter mir. Einen Augenblick lang starrte ich das geschlossene Tor an, dann ging ich schließlich zurück zu uns. Während ich langsam ins Haus zurückschlenderte, dachte ich über Megs Worte nach. Hatte die plötzliche Entlassung von Nell Hicks etwas mit dem Mord an Sarah zu tun? Dann schüttelte ich den Kopf über mich selbst. Jetzt sah ich schon überall Verbrechen.

In der Küche setzte ich Müsli ab, und während ich ihr Frühstück zubereitete, miaute sie ohne Unterlass laut und strich mir um die Beine. Das war ihre Art, sich darüber zu beschweren, dass ich zu lange dafür brauchte. Ich weiß nicht, wieso ich mir Mühe gegeben hatte, leise zu sein, wo sie doch solchen Krach machte. Bis ich den Napf vor ihr abstellte, würde sie schon das ganze Haus geweckt haben.

Meine Mutter allerdings war anscheinend schon eine ganze Zeit lang wach. Gerade als ich die Schüssel vor Müsli hinstellte, kam sie hereingeschneit. In einem Wollkleid mit Gürtel und Bateau-Ausschnitt, die Haare zu einem perfekten französischen Knoten aufgesteckt, sah sie makellos aus, was mir unangenehm bewusst machte, dass ich noch im Flanellschlafanzug und mit ungekämmten Haaren herumlief.

Ich überließ ihr Müsli und eilte nach oben, um zu duschen und mich herzurichten. Eine halbe Stunde später machten wir uns gemeinsam auf den Weg und verließen Oxford Richtung Nordwesten zu dem kleinen Dorf Meadowford-on-Smythe. Wie viele andere Dörfer in den Cotswolds lag Meadowford am Ufer eines malerischen Flusses und bestand aus entzückenden Reetdachhäusern mit bogenförmigen Giebeln. Gassen mit Kopfsteinpflaster durchzogen den Ort, und an der Hauptstraße, der High Street, fand man mehrere Antiquitätenläden und reizende Boutiquen. Das eine Ende der High Street markierte die Kirche, auf der anderen Seite konnte man den Fluss auf einer mittelalterlichen Brücke überqueren. Der Little Stables Tearoom, mein ganzer Stolz, befand sich in bester Lage an der High Street, in einem alten Tudor-Gasthaus aus dem

15. Jahrhundert. Der Hof mit den originalen Ställen, die dem Tearoom seinen Namen gaben, war erhalten geblieben.

Wegen eines Staus trafen wir leicht verspätet ein, und im Dorf wimmelte es bereits von besonders eifrigen Touristen. Einige warteten hoffnungsvoll vor dem Eingang zum Tearoom. Überrascht stellte ich fest, dass wir noch geschlossen hatten. Sonst war Cassie um diese Zeit schon da. War sie auch durch den Unfall aufgehalten worden? Rasch richtete ich den Gastraum her, öffnete die Vorhänge, überprüfte die Tische und stellte Speisekarten auf, während meine Mutter in die Küche ging, sich ihre Schürze umband und anfing zu backen.

Mein früherer Küchenchef hatte viel früher begonnen, aber ich wollte meine Mutter nicht darum bitten, schon im Morgengrauen herzukommen. Also hatte ich einen guten Kompromiss gefunden: Ich hatte die Öffnungszeiten so angepasst, dass wir erst um halb elf öffneten, was meiner Mutter die Möglichkeit gab, etliches frisch zuzubereiten. Frühmorgens hatten wir ohnehin nicht viel Kundschaft gehabt – die meisten fanden sich erst zum „Morning Tea" ein, der traditionell zwischen halb elf und elf eingenommen wurde.

An diesem Morgen allerdings standen die Touristen Schlange bei uns. Den Silberlocken gelang es, sich ganz nach vorne durchzuschmuggeln und als Erste hereinzukommen. Sie setzten sich an ihren gewohnten Tisch am Fenster und bestellten

Crumpets mit hausgemachter Orangen-Marmelade, Rosinenschnecken und eine Kanne English-Breakfast-Tee. Das Ganze war aber nur Tarnung, denn eigentlich waren sie hier, um mit mir über die Ereignisse der vergangenen Nacht zu tratschen.

„Weißt du was Neues, Gemma, über das arme Ding, das gestern Nacht ermordet wurde?"

„Woher sollte ich was Neues wissen?"

„Na ja." Glenda schaute mich mit Geheimniskrämerblick an. „Dieser attraktive Detective Inspector ist doch ganz vernarrt in dich ... da dachten wir, er hat dir vielleicht ein bisschen mehr verraten."

Unwillkürlich wurde ich rot. „Er ist nicht ... ich habe keine besondere Beziehung zu Inspector O'Connor."

Glenda sah zu den anderen, und alle lächelten vielsagend.

Ungehalten fuhr ich fort: „Außerdem hat die Polizei noch keine Beweise dafür, dass es sich wirklich um Mord handelt. Die warten noch auf die Ergebnisse der Obduktion und ..."

„Unsinn!", unterbrach mich Mabel. „Natürlich war es Mord. Das habe ich dem Inspector auch gesagt. Obwohl ich nicht weiß, warum ich angenommen habe, er würde auf mich hören. Die jungen Leute heutzutage sind immer so überzeugt von ihrer Meinung und hören nicht auf den Rat der Älteren." Sie schniefte. „Man sollte doch meinen, dass er unsere Hilfe etwas mehr zu schätzen wissen sollte, nachdem wir ihn beim letzten Fall so tatkräftig unterstützt haben."

Ich musste mich zwingen, nicht die Augen zu verdrehen. Was die Silberlocken zum letzten Fall beigetragen hatten, hatte sich hauptsächlich darauf beschränkt, in Oxford herumzuschleichen und sich in Besenschränken im College zu verstecken. Letztlich war ich diejenige gewesen, die unglücklicherweise herausgefunden hatte, wer der Mörder war.

Mabel beugte sich nach vorne und nickte energisch. „Gestern Abend hat jemand einen Mord begangen. Lass dir das gesagt sein, Gemma. Bei dem Tod dieses Mädchens geht es um mehr, als auf den ersten Blick erkennbar ist. Und wenn dieser Inspector O'Connor weiß, was er zu tun hat, wird er seine Ermittlungen auf die Frau konzentrieren, die bei der Vernissage hinter der Bar stand."

Stirnrunzelnd erwiderte ich: „Sie haben gesagt, dass die beiden sich kannten. Ich kann mir nicht denken, woher. Sie erschienen mir sehr unterschiedlich. Ich kann mir nicht vorstellen, wo sie sich jemals über den Weg gelaufen sein sollen …"

„Sie waren beide Studentinnen hier an der Uni", warf Florence aufgeregt ein. „Beide studierten Kunst."

„Ach ja? Wie haben Sie das rausgefunden?"

„Ich habe mich ein wenig mit ihr unterhalten, meine Liebe", antwortete Ethel. „Mit der jungen Frau an der Bar. Sie hat mich direkt nach Sarah bedient

– hat mir einen leckeren heißen Whisky mit Honig und Zitrone gemacht –, und da sind wir ins Gespräch gekommen. Im Augenblick hat sie es recht schwer, mit dem Studium und mehreren Nebenjobs gleichzeitig, die sie braucht, um ihr Studium zu finanzieren. Um ehrlich zu sein, ich glaube, sie brauchte einfach jemanden, der ihr zuhört und sie versteht, denn sie hat sich darüber aufgeregt, wie Sarah sie behandelt hat."

Ethel hatte früher in der örtlichen Bibliothek gearbeitet. In meiner Erinnerung hatte sie immer ein freundliches Lächeln auf dem Gesicht. Sie war genau die gute Seele, der man seine Sorgen erzählte.

„Sie heißt Fiona Stanley", fügte Ethel hinzu. „Sie ist Studentin im dritten Jahr, genau wie die Tote."

„Also waren sie zusammen an der Kunstakademie?"

Ethel nickte. „Aber man kann wohl nicht behaupten, dass sie Freundinnen waren."

„Freundinnen? Nein!" Mabel hieb verächtlich auf den Tisch. „Eher Feindinnen."

„Devlin behauptet, dass Sie eigentlich nicht wirklich etwas *gesehen* haben", bemerkte ich.

Mabel hob die Schultern, als wäre das völlig unwichtig. „Sie wurde vergiftet", sagte sie mit Unheil verkündender Miene. „Die Frage ist: womit?"

Die Glöckchen an der Tür zum Tearoom verkündeten das Eintreffen eines neuen Gastes, und bedauernd ließ ich die Damen an ihrem Tisch zurück. So gerne ich auch weiter mit ihnen über den

Mord geplaudert hätte – ich hatte hier zu tun. Mehr, als ich schaffen konnte, sollte ich bald feststellen, denn an diesem Vormittag war ich die Einzige, die bediente. Dass die Geschäfte in meinem Tearoom so sagenhaft liefen, war an sich wunderbar, aber an diesem Vormittag drohte alles im Chaos zu versinken. Bestellungen verzögerten sich, das Essen wurde kalt, ehe ich es zum Tisch tragen konnte, und bald merkte ich, dass manche Kunden leicht verärgert aussahen.

„Hat Cassie heute frei?", rief Mabel mir zu, als ich mit einem Tablett voller Gurkensandwiches für die Familie am Nebentisch an ihnen vorbeihetzte.

Ich hielt eine Sekunde inne. „Nein. Ich weiß gar nicht, wieso sie noch nicht da ist. Vermutlich wurde sie irgendwo aufgehalten ..." Ich versuchte, meine Verärgerung über Cassie zu verbergen. Wenn sie sich schon verspätete, wäre es nett gewesen, wenn sie mir Bescheid gesagt hätte. Mehrere Male hatte ich versucht, sie zu erreichen, aber es war nur der Anrufbeantworter rangegangen.

Mabel und die anderen Silberlocken schauten einander an, dann standen sie alle gleichzeitig auf. Mabel drehte sich zu mir um und krempelte dabei die Ärmel hoch.

„Komm, meine Liebe, wir helfen dir."

„Nein, das ist nicht nö..."

„Blödsinn. Wir sehen doch, dass du nicht mehr nachkommst", behauptete Glenda und nahm mir das Tablett aus der Hand.

Die anderen drei marschierten zur Theke und bedienten sich selbst beim Geschirr und bei den Speisen. Wie benommen beobachtete ich, dass Florence eine Rosebud-Porzellan-Teekanne von Shelley mit dazu passenden Tassen, einem Milchkännchen und einer Zuckerdose auf einem Tablett arrangierte. Währenddessen brachte Ethel rasch einen Teller warmer Scones mit Marmelade und Clotted Cream zu dem Tisch mit den japanischen Touristen. Mabel nahm die Speisekarte und den Bestellblock an sich. Ehe ich protestieren konnte, verschwanden die Silberlocken geschäftig in alle Ecken des Raumes, und um ehrlich zu sein, war ich zu dankbar, um große Einwände zu erheben.

Und sollte ich Bedenken gehabt haben, wie die Kunden reagieren würde, dann wurde ich angenehm überrascht. Sie waren sogar begeistert, dass sie von Damen bedient wurden, die der Inbegriff netter älterer Ladys zu sein schienen. Gerade für die Touristen passten sie perfekt ins Bild eines traditionellen englischen Tearooms. Und mein schlechtes Gewissen diesen liebenswürdigen älteren Damen gegenüber beruhigte sich, als ich bemerkte, dass sie selbst enorme Freude an der Sache hatten. Die Gelegenheit, mit den Leuten an den Tischen zu plaudern – und sich zweifelsohne in deren Angelegenheiten einzumischen –, schienen sie außerordentlich zu genießen.

In kürzester Zeit war die Zufriedenheit in meinem Tearoom wiederhergestellt, und ich konnte mir eine wohlverdiente Pause gönnen und mich einen Moment hinter die Theke setzen. Alles wird gut, sagte ich mir und seufzte erleichtert. Trotzdem wurde ich das ungute Gefühl nicht los, dass dies nur die Ruhe vor dem Sturm war ...

Kapitel 7

Es war schon beinahe zwölf Uhr mittags, als die Tür aufflog und Cassie schließlich mit einem betretenen Gesichtsausdruck in den Tearoom stürmte.

„Oh Gott, Gemma, es tut mir so leid! Ich habe völlig verschlafen! Wir haben bei Jon übernachtet und sind erst früh am Morgen zum Schlafen gekommen ..." Sie errötete leicht und ließ keinen Zweifel daran, warum die beiden so lange wach gewesen waren. „Ich dachte, nach dem, was in der Galerie passiert ist, braucht er vielleicht Gesellschaft ... Nachdem ich aufgewacht bin und auf die Uhr gesehen habe, bin ich dann natürlich so schnell wie möglich hergekommen!"

Rasch schluckte ich meinen Ärger hinunter. Letztlich verbockte doch jeder mal was, und das Fiasko von gestern Abend war wirklich ein guter Grund dafür.

„Kein Problem – ‚No worries!‘, wie man in Australien sagt", erwiderte ich lächelnd. „Die

Silberlocken haben mir geholfen."

„Die Silberlocken!" Cassie drehte sich ungläubig zu den weißhaarigen Frauen um, die geschäftig im Gastraum hin und her liefen. „Nicht dein Ernst!"

„Ach ... sie machen sich ziemlich gut. Die Kunden scheinen einen Narren an ihnen gefressen zu haben, und mit ihnen läuft alles viel besser."

Cassie machte wieder ein beschämtes Gesicht. „Entschuldige. Ich habe dich ganz schön hängen lassen, wo doch Sonntag einer der Tage mit den meisten Kunden ist."

„Schon in Ordnung. Wie geht es Jon?"

„Der Arme. Es war ein fürchterlicher Schock für ihn, dass jemand in seiner Galerie zusammengebrochen und gestorben ist."

„Und dann noch jemand, den er kannte", warf ich ein.

Sie runzelte die Stirn. „Na ja, nicht besonders gut. Viel mehr als eine Kundin war sie eigentlich nicht. Jon stand in keiner persönlichen Beziehung zu ihr."

„Hat die Polizei ihm das geglaubt?"

„Wieso sollte sie nicht?", fragte sie mit blitzenden Augen.

Ich verkniff mir einen weiteren Kommentar. „Ach, nur so. Ich dachte nur ... manchmal können Polizisten so misstrauisch sein ..."

Mürrisch erwiderte sie: „Verdammt richtig! Keine Ahnung, auf was Devlin aus war. Ich habe ihn immer für einen anständigen Kerl gehalten, aber in diesem Fall benimmt er sich wie ein kompletter Trottel! Jeder sieht doch, dass Jon das Opfer ist. Die Frau war total bescheuert und hat ihm das Leben zur Hölle gemacht. Dabei hat er seinen Kunden nur den besten Service bieten wollen."

Ihre Stimme war vor Empörung schrill geworden, und an mehreren Tischen drehten sich Leute um und starrten sie an. Mit einem Blick auf die Gäste nahm ich Cassie am Arm und zog sie in den kleinen Verkaufsraum nebenan, in dem wir Oxford-Souvenirs und Zubehör für die britische Teetradition verkauften. Hier waren wir unter uns.

„Die Silberlocken halten anscheinend die Barkeeperin von gestern Abend für verdächtig. Angeblich heißt sie Fiona Stanley. Hast du den Namen von der Polizei gehört?"

Cassie runzelte die Stirn. „Ja, ich habe tatsächlich Devlin so was zu seinem Sergeant sagen hören. Ist sie nicht Studentin hier an der Uni?"

Ich nickte. „Genau wie Sarah. Sie waren sogar beide im gleichen Jahrgang und für Kunst eingeschrieben."

Cassie zog die Augenbrauen hoch. „Kunst? Echt?"

Sie selbst war Kunststudentin in Oxford gewesen, während ich Englisch studiert hatte. Als wir beide die Zusage erhalten hatten, waren wir begeistert gewesen; so hatten wir unsere enge Freundschaft, die seit der Grundschulzeit bestand, während der Studienjahre fortsetzen können. Sogar mein Umzug ans andere Ende der Welt hatte unserer guten Beziehung nichts anhaben können. Zwischen Cassie und mich war noch nie etwas gekommen. Außer Jon Kelsey, fügte ich in Gedanken verbittert hinzu.

Laut fragte ich: „Ob Sarah und Fiona wohl viel miteinander zu tun hatten?"

Sie zuckte mit den Schultern. „Das Institut ist ziemlich klein – sie nehmen nicht mehr als dreißig neue Studenten jedes Jahr auf. Es herrscht eine sehr vertraute Atmosphäre. Man arbeitet Seite an Seite in den Studios. Die Lehrveranstaltungen für die bildenden Künste finden alle im Institut statt und nicht in den Colleges."

„Ach ja?" Das überraschte mich.

Worin sich Oxford von den meisten anderen Universitäten unterschied, das war die Lehrmethode an den Colleges, die Tutorien. Das bedeutete, dass die Studenten einzeln oder in Kleingruppen von den Dozenten an den jeweiligen Colleges unterrichtet wurden. Man hatte natürlich Vorlesungen in den Institutsgebäuden, außerdem in manchen Fächern, zum Beispiel den Naturwissenschaften, Praktika in den Laboratorien, aber die meisten Lehrveranstaltungen fanden nicht in Hörsälen statt. Es waren Einzeltermine, bei denen man aufgefordert wurde, eigene und fremde Ideen zu analysieren, zu verteidigen und zu kritisieren, durch detaillierte Essays und Gespräche mit dem Tutor und anderen Studierenden. Man konnte sich in Oxford nicht in der letzten Reihe eines Hörsaals verstecken oder Dinge schlicht auswendig lernen. Mit dem Abschluss hatte man immer auch die gut trainierte Fähigkeit zu kritischem, unabhängigem Denken erworben.

Die Tutorien – besonders in Kunst – fanden gewöhnlich im dazugehörigen College statt, aber das klang jetzt so, als ob der praktische Teil im Gegensatz dazu im Institut abgehalten würde. Konnte das bedeuten, dass Sarah und Fiona zusammen Tutorien gehabt hatten? Hatte es Spannungen zwischen den beiden gegeben? Konkurrenzdenken oder Eifersucht?

„Es würde mich nicht überraschen, wenn diese Barkeeperin was damit zu tun hätte", sinnierte Cassie düster. „Hat Mabel nicht schon in der Galerie gesagt, dass sie gesehen hat, wie sie Gift in Sarahs Teetasse getan hat?"

„Sie haben eigentlich nicht wirklich gesehen, dass Fiona das getan hat", erwiderte ich rasch. „Das war nur eine Theorie. Und wir wissen noch gar nicht, ob Sarah vergiftet wurde, bis die Ergebnisse der Obduktion vorliegen." Ich seufzte. „Ich weiß nicht ... Die Vorstellung, dass Fiona eine Kommilitonin vergiftet hat, scheint mir weit hergeholt zu sein."

„Viel weniger weit hergeholt als die Vorstellung, dass Jon etwas damit zu tun hat!", empörte sich Cassie.

„Ja ... nun ... hat er der Polizei seine Verbindung zu Sarah erklären können?"

Cassie nickte. „Ja, genau wie er es uns erzählt hat. Er hat Sarah seit ihrem letzten Streit in London nicht mehr getroffen, als er ihr angedroht hat, sie wegen Belästigung anzuzeigen. Daraufhin hat sie ihm eine fürchterliche Szene in seiner Londoner Galerie gemacht. Seine Assistentin hat das bestätigt. Sie war damals anwesend und hat alles beobachtet ..."

Sie verstummte, als sie meinen Gesichtsausdruck bemerkte. „Was ist?"

„Nichts."

„Du glaubst ihm nicht, oder?"

Hilflos zuckte ich mit den Schultern. „Cassie ... du kennst ihn doch erst seit ein paar Wochen ..." Ich zögerte, ehe ich weitersprach. „Über seine Vergangenheit weißt du nicht wirklich viel, oder? Es könnte sein, dass da mehr war zwischen Sarah und ihm, als er zugibt."

Cassies Augen funkelten. „Das glaube ich nicht! Verdächtigst *du* Jon etwa auch?"

„Ich ..."

„Also doch! Du glaubst, er hat was mit dem Mord zu tun!"

„Cassie ..."

„Streite es nicht ab! Ich weiß, dass du ihn nicht magst, Gemma. Du versuchst es zu verbergen, aber ich merke es. Du hast was gegen Jon und bist bereit, das Schlimmste von ihm zu denken."

„Cass, nein, das hast du völlig falsch verstanden!", wehrte ich ab. Ich atmete tief ein und aus. Irgendwie musste ich sie wieder beruhigen, und wenn das hieß, dass ich ein wenig schwindeln musste ... „Natürlich mag ich Jon! Ich finde es wunderbar, dass du so glücklich mit ihm bist. Dass er in den Mord an der Frau verstrickt ist, hatte ich gar nicht gemeint. Ich dachte nur ... du weißt schon, er ist ein sehr attraktiver Mann. Es wäre doch seltsam, wenn er keine anderen Freundinnen vor dir gehabt hätte. Vielleicht ist er ja tatsächlich mit Sarah ausgegangen, wollte aber nicht, dass du das weißt, weil ... weil er dich so sehr liebt und deine Gefühle nicht verletzen will."

Das klang plump und billig, doch was Jon anging, war Cassie so blind, dass sie es nicht bemerken würde, hoffte ich. Und ich hatte recht, sie wirkte etwas besänftigt.

„Nun, meiner Meinung nach sagt er die Wahrheit, und sie war nur eine Kundin", beharrte sie.

Kapitulierend hob ich die Hände. „Vermutlich hast du recht. Tut mir leid, das war dumm ..."

Wir kehrten in den Tearoom zurück, aber Cassie blieb für den Rest des Tages reizbar und zerstreut. Obwohl sie jetzt auch servierte, war sie keine große Hilfe. Wären die Silberlocken nicht gewesen, wären wir in heillosem Chaos versunken. Aber so schafften wir den Ansturm der Mittagsgäste, und als sich der Tearoom gegen drei Uhr nachmittags leerte, ließen wir uns alle mit einem Seufzer der Erleichterung auf Stühle fallen.

„Mabel, Glenda, Florence, Ethel ... ich weiß nicht, wie ich Ihnen allen danken soll." Ich schenkte ihnen ein herzliches Lächeln. „Sie waren fantastisch."

„Unsinn, meine Liebe, das hat uns doch Spaß gemacht!", erwiderte Glenda, und die anderen nickten.

In der Tat sahen sie sehr gut aus, ihre Wangen waren gerötet, und die Augen strahlten von so viel ungewohnter Aktivität. Und über ihr Durchhaltevermögen konnte ich nur staunen, denn für kleine ältere Damen hatten sie unglaublich viel Energie. Sie wirkten weit weniger erschöpft als ich, wenn ich mehrere Stunden auf den Beinen war!

„Wenn du mal wieder zusätzliche Hilfe benötigst, gib uns Bescheid", bot Ethel an.

„Ja, seit wir Rentnerinnen sind, haben wir nicht mehr viel vor", erzählte Florence. „Es ist schön, wenn wir uns nützlich machen können."

„Es ist fast zu wenig als Dankeschön, aber alles, was Sie diese Woche im Tearoom bestellen, geht auf mich. Und bitte bedienen Sie sich in der Küche", sagte ich.

„Oh, wenn das so ist, muss ich unbedingt ein Stück von dem neuen Cheesecake deiner Mutter probieren!", rief Florence.

„Ja, und die Muffins sahen auch sehr lecker aus", kam es von Glenda.

„Eine Kanne Tee dazu?" Ethel war bereits auf dem Weg in die Küche.

Die anderen folgten ihr, ins Gespräch darüber vertieft, was sie essen wollten. Ich sah mich nach Cassie um – sie war sehr still gewesen – und bemerkte, dass sie auf ihr Handy starrte. Offensichtlich schrieb oder las sie gerade eine Textnachricht.

„Cassie, möchtest du auch eine Tasse Tee?"

Sie hob den Blick, und ein beschämter Ausdruck trat auf ihr Gesicht. „Ähm ... also, Gemma, wenn es dir nichts ausmacht ... denkst du, ich könnte heute früher gehen? Die Silberlocken helfen dir ja, und es scheint alles gut zu laufen. Es ist nur so, dass ... Ich reise doch mit Jon nach Florenz. Wir fliegen schon morgen früh, und er will mich heute Abend zum Abendessen ausführen. Deshalb würde ich gerne nach Hause fahren und packen ..."

Das versetzte mir einen Stich, ärgerte und verletzte mich, doch rasch schob ich diese Gefühle beiseite. Ich sollte mich für sie freuen und ihre Aufregung teilen. Natürlich wollte sie Vorbereitungen für ihren romantischen Kurztrip treffen. Und dass sie lieber Zeit mit Jon als mit mir verbrachte, war doch wohl auch völlig normal.

Ich schluckte und setzte ein Lächeln auf. „Sicher, kein Problem. Viel Spaß in Florenz!"

„Danke. Wir sehen uns am Mittwoch", antwortete sie und umarmte mich kurz. Dann zog sie ihre Schürze aus, nahm ihre Tasche und eilte aus dem Tearoom.

Beunruhigt sah ich ihr nach und konnte das Gefühl nicht loswerden, dass ich meine Freundin langsam verlor.

***

Der Rest des Nachmittags verlief ziemlich ruhig.

Zur Teezeit gegen vier Uhr kamen wieder mehr Gäste, doch das hatten wir gut im Griff. In der Tat entwickelten die Silberlocken und ich allmählich einen gemeinsamen Rhythmus als Team, und ich musste feststellen, dass ich ihre Anwesenheit mehr denn je genoss.

Kurz bevor wir schließen wollten, hielt ein schwarzer Jaguar XK am Straßenrand unmittelbar vor dem Tearoom an, und auf der Fahrerseite stieg ein großer, dunkelhaariger Mann aus. Es war Devlin.

„Gemma, kann ich dich kurz sprechen?", fragte er beim Eintreten. Er sah sich um und bemerkte die Silberlocken, die ihn interessiert beäugten. „Unter vier Augen", fügte er hinzu.

„Wir könnten in den Hof hinausgehen", schlug ich vor. „Es ist ein bisschen frisch draußen, aber wir sind unter uns." Devlin nickte und folgte mir zu dem kleinen Hof hinter dem Tearoom. Früher hatte man darüber die Ställe erreicht, die am alten Gasthaus angebaut waren, und durch das Kopfsteinpflaster und die weiß getünchten Fassaden war viel von dem architektonischen Charme der Tudor-Zeit erhalten geblieben. An der Wand neben der Stalltür war sogar ein Original-Hufeisen befestigt. Im Hof standen einige Holztische, dazu wollte ich im nächsten Sommer große Blumenkübel aufstellen. Es wäre eine hübsche Erweiterung des Gastraums, wenn man in der Sonne sitzen, Tee trinken und Kuchen essen könnte. Im Augenblick allerdings war es hier kalt und schmucklos, aber es erfüllte den Zweck.

Ohne Vorrede kam Devlin zur Sache. „Was weißt du über Jon Kelsey?"

„Nicht viel", antwortete ich zögernd. „Cassie ist erst seit ein paar Wochen mit ihm zusammen."

„Auf der Vernissage hast du gesagt, du magst ihn nicht."

„Ich ... na ja, eigentlich nicht", gab ich zu. „Aber das heißt doch nichts", beeilte ich mich hinzuzufügen.

„Nein, sicher nicht", stimmte Devlin mir zu. „Aber ich habe großen Respekt vor deiner Intuition, Gemma."

Ich wurde rot. „Ist er des Mordes verdächtig?"

„Jeder, der irgendeine Verbindung zum Opfer hatte, ist erst mal verdächtig, bis seine Unschuld bewiesen ist", erklärte Devlin. „Es ist auf jeden Fall eigenartig, dass sie zuvor schon in einer Beziehung zu Jon Kelsey stand und dass sie in seiner Galerie gestorben ist."

„Und hast du schon die Ergebnisse der Obduktion?"

Schweigend betrachtete er mich einen Moment lang, als ob er innerlich mit sich ringen würde, doch dann antwortete er: „Die Umstände ihres Todes sind definitiv verdächtig, und es wird eine gerichtliche Untersuchung geben. Und ja, man nimmt an, dass sie vergiftet wurde."

Vergiftet.

Das Wort hing zwischen uns. Es klang viel zu surreal und melodramatisch, doch jedes Mal, wenn ich es hörte, schien es ein kleines bisschen mehr Wirklichkeit zu werden. Jetzt war es auch nicht mehr nur die Spekulation einer Gruppe sensationslüsterner älterer Damen – es stellte die nüchterne Schlussfolgerung eines Gerichtsmediziners dar.

„Dann war es also Blausäure? Dieser Mandelgeruch ..."

„Das ist noch nicht sicher", fiel Devlin mir ins Wort. „Die toxikologische Analyse dauert eine Weile."

„Das verstehe ich nicht. Warum kann man nicht einfach nach dem Gift suchen?"

Devlin seufzte ungeduldig. „Das ist nicht so leicht ... Im echten Leben ist es nicht wie im Fernsehen. Da kann man nicht einfach einen Test durchführen, der einem den Namen des Giftes liefert. Man muss eine ganze Reihe von Tests machen, und die verraten einem gerade mal allgemein, um welche Art von Toxin es sich handelt."

Verwirrt runzelte ich die Stirn. „Wie meinst du das – allgemein die Art?"

„Na ja, das ist so wie ... wenn die Probe positiv auf Schwermetalle getestet wurde, dann könnte es Kupfer sein oder Quecksilber oder Blei, aber man weiß nicht, welches. Also muss man die Probe einzeln auf jedes Metall testen, und das kann Tage, wenn nicht Wochen in Anspruch nehmen."

„Aber ... habt ihr nicht heutzutage moderne Maschinen, in die man die Probe hineingibt, und sie spucken den Namen des Giftes aus?"

Devlin verdrehte die Augen. „Du hast eindeutig zu viele Folgen *CSI* geschaut. Es geht doch nicht um die Maschinen. Die kann jeder bedienen! Entscheidend ist die Interpretation, die Fähigkeit, die Ergebnisse richtig zu lesen. Proben könnten verunreinigt worden sein, oder es könnte sich um etwas handeln, das in unserem Körper in Spuren schon vorhanden ist, wie zum Beispiel Arsen. Wir haben alle ein winziges bisschen Arsen im Körper, das muss der Toxikologe berücksichtigen."

Er lächelte leicht. „Aber wenn man weiß, wonach man suchen muss", gab er zu, „beschleunigt es das Ganze. Ich habe den Toxikologen angewiesen, nach Blausäure zu suchen. Dafür sollten wir also hoffentlich bald Ergebnisse bekommen. Bis dahin vermuten wir, dass Sarah Waltham vorsätzlich vergiftet worden ist, und jeder, der auf der Vernissage war, kommt als Täter infrage."

„Wer ist der Hauptverdächtige? Diese Fiona?"

Zögernd sprach Devlin weiter: „Diese Ermittlungsdetails sollte ich eigentlich nicht an dich weitergeben, Gemma ... Aber da du beim letzten Fall so eine große Hilfe warst und ich weiß, dass ich mich auf dich und deine Verschwiegenheit verlassen kann ... Ja, Fiona Stanley ist eine der Hauptverdächtigen."

„Weißt du, dass Sarah und sie Kommilitoninnen waren? Beide studierten Kunst, und die Silberlocken haben gesagt, dass es böses Blut gab zwischen ihnen."

„Silberlocken?"

Ich musste lachen. „Tut mir leid, ich vergaß …
diesen Spitznamen verwenden Cassie und ich für
Mabel und ihre Gefolgschaft."

„,Die Schnüffelnasen' trifft es wohl eher",
kommentierte Devlin trocken. „Aber wie üblich liegen
sie richtig. Gestern Abend habe ich Fiona befragt und
daraus geschlossen, dass sie Sarah nicht besonders
mochte, was kaum überraschend ist. Wie ich bisher
gehört habe, war Sarah Waltham keine besonders
angenehme Zeitgenossin. Andere Studenten hat sie
gerne mal rumkommandiert, und da sie total
versnobt war, besonders die, die aus der
Arbeiterklasse stammten." Mit einem ironischen
Lächeln sprach er weiter: „Du und ich, wir wissen,
dass der elitäre Ruf der Oxford University nicht
unbedingt stimmt, aber Leute wie Sarah tragen nicht
dazu bei, dieses Klischee loszuwerden."

„Hat Fiona über einen Streit zwischen ihr und
Sarah gesprochen?"

„Ihre Antworten waren eher ausweichend, aber
ich habe den Eindruck gewonnen, dass da durchaus
etwas gewesen ist. Irgendetwas im Kunstinstitut.
Morgen rede ich mit ihrem Tutor."

Bei dieser Befragung würde ich gerne Mäuschen
spielen. Devlin hatte mir bereits mehr verraten, als
er durfte. Dafür hatte ich mich noch nicht
revanchiert. Es gab immer noch etwas, das ich vor
ihm verheimlichte. Bei dem Gedanken an das
Gespräch, das ich im Garten belauscht hatte, bekam

ich Gewissensbisse, weil ich es Devlin verschwiegen hatte. Aber war das wirklich eine wichtige Information? Wenn ich nun eine falsche Fährte legte? Jon wurde zwar von Devlin im Auge behalten, aber Cassies Freund war bisher kein Hauptverdächtiger. Wenn ich jetzt mit Devlin über diese Unterhaltung sprach, könnte das alles verändern.

Meine Gedanken wanderten zu der unschönen Szene mit Cassie und der Art, wie sie sich aufgeregt hatte, und mir wurde übel. Sie würde mir nie verzeihen, wenn ich dafür sorgte, dass die Ermittlungen sich auf Jon konzentrierten, besonders aus so einem windigen Grund wie einem belauschten Gespräch, bei dem eine der Stimmen die von Jon gewesen sein könnte ...

„Gemma?"

Ich blinzelte und hob den Kopf.

Devlin musterte mich mit seinen scharfsinnigen blauen Augen kritisch. „Ist da etwas, das du mir verheimlichst?"

Ausweichend fragte ich: „Ähm ... wie sieht es mit Männern in Sarahs Leben aus?"

„Als ich Mrs Waltham diese Frage gestern Abend gestellt habe, schien sie nicht viel über das Privatleben von Sarah sagen zu können. Ich nehme an, sie standen sich nicht besonders nahe. Und soweit ich das beurteilen kann, hatte Sarah auch keine Freundin, der sie sich anvertraut hat."

Ich gewann den Eindruck, dass Sarah Waltham

ziemlich einsam gewesen sein musste, trotz ihres glamourösen Lebensstils.

„Also kommt es jetzt auf den Bericht des Toxikologen an, oder? Denkst du, dass wir bis heute Abend Ergebnisse haben?"

Devlin lächelte. „Du hast dich nicht verändert, Gemma. Immer noch so ungeduldig wie früher. Heute ist Sonntag, und das ist nicht der einzige Fall, an dem der Toxikologe arbeitet. Wenn ich Glück habe, bekomme ich morgen Ergebnisse, vielleicht auch erst übermorgen." Er zuckte mit den Schultern. „Keine Sorge. Auch wenn es noch etwas dauert, wir werden es bald wissen."

Nachdenklich betrachtete ich ihn. Der Devlin O'Connor, den ich kannte, war noch ungeduldiger gewesen als ich selbst. Unter anderem seine Impulsivität hatte ich besonders anziehend gefunden, als ich neunzehn gewesen war, denn sie war so aufregend und unterschied sich so von meiner eigenen Erziehung voller Hemmungen und Verbote. Inzwischen war Devlin älter und … nun, vielleicht nicht gerade weiser, aber beherrschter. Er hatte diese leidenschaftliche Energie nicht eingebüßt, er hatte nur gelernt, sie in effektivere Bahnen zu lenken.

„Übrigens, Gemma", sagte Devlin beiläufig. „Ich habe mich gefragt, ob du heute Abend vielleicht Zeit hättest."

„Heute Abend?" Überrascht sah ich ihn an.

„Ja, wenn du Zeit hast, könnten wir vielleicht ein

Bier trinken gehen und eine Kleinigkeit essen oder so ..."

Es klang wie eine unbedeutende Bemerkung, so als sei es ihm nicht wichtig, wie meine Antwort ausfiel. Doch ich bemerkte die Enttäuschung, die in seinen Augen aufblitzte, als ich bedauernd ablehnte: „Ich fürchte, das geht nicht. Heute Abend habe ich ... schon was ausgemacht."

„Dann ein anderes Mal", erwiderte er leichthin.

Mit einem Kopfnicken in meine Richtung verschwand er, ehe ich noch etwas sagen konnte. Ich starrte ihm hinterher. Was war das gerade gewesen? Hatte Devlin O'Connor mich tatsächlich um ein Date gebeten?

Kapitel 8

„Heute gibt es das Abendessen etwas später als sonst, Liebes. Ich muss erst noch kurz bei Mrs Waltham vorbeischauen", verkündete meine Mutter.

Auf dem Weg aus der Küche hielt ich inne. „Gehst du rüber?"

„Ja, ich dachte, es wäre nett, ihr etwas zu essen zu bringen." Sie deutete auf die Suppenterrine auf der Küchentheke. „Von der Kartoffel-Lauch-Suppe für heute Abend habe ich extra mehr gemacht."

„Tolle Idee!" Rasch holte ich die Suppenschüssel. „Ich komme mit und helfe dir tragen."

Meine Mutter wirkte leicht überrascht angesichts meiner Begeisterung für nachbarschaftliche Beziehungen, verkniff sich aber jeden Kommentar und ging voran. Meinem Vater rief sie noch zu, wohin wir wollten. Wir hörten eine undeutliche Antwort aus seinem Büro.

„England hat bei den Ashes gegen Australien verloren", informierte sie mich mit gedämpfter

Stimme. „Das hat deinen Vater ziemlich mitgenommen."

Mein Vater war Oxford-Professor im Ruhestand und hatte zwei große Leidenschaften im Leben: seine Lehrbücher und Kricket. Auf dem undankbaren dritten Platz rangierten meine Mutter und ich. Während meine Mutter besonders enttäuscht darüber war, dass ich nichts aus meinem Oxford-Studium gemacht oder geheiratet und ihr Enkel geschenkt hatte, war die größte Enttäuschung für meinen Vater wohl, dass ich nicht das richtige Geschlecht hatte, um für das englische Kricket-Team aufgestellt werden zu können.

Mrs Waltham öffnete uns nach dem zweiten Klingeln die Haustür und führte uns hinein. Ihr Haus war riesig, stammte aus der Zeit Königin Victorias und hatte große Erkerfenster, eine aufwendige Holzvertäfelung und ein beeindruckendes Treppenhaus, das die Eingangshalle dominierte.

„Vielen Dank, Mrs Rose, das ist sehr freundlich von Ihnen", sagte Mrs Waltham, als sie mir die Suppenterrine abnahm. „Möchten Sie etwas trinken? Tee vielleicht?"

„Oh, wir wollten gar nicht bleib...", fing meine Mutter an, aber ich fiel ihr schnell ins Wort.

„Tee wäre fantastisch, Mrs Waltham."

Erstaunt blickte meine Mutter mich an, aber zu meiner Erleichterung wandte sie nichts ein. Triumphierend folgte ich Mrs Waltham ins

Empfangszimmer. Ich hatte vor, Informationen über ihre Tochter aus ihr herauszuholen, und das hier war eine seltene Gelegenheit, mit ihr zu sprechen, ohne Verdacht zu erregen.

Nachdem ich mich auf einer wunderschönen Chaiselongue niedergelassen hatte, schweifte mein Blick umher. Dieses Haus strahlte die luxuriöse Eleganz aus, die man nur mit viel Geld kaufen konnte, obwohl Mrs Waltham wieder nicht so richtig hierherzupassen schien, trotz ihrer Designerkleidung und ihrer im Friseursalon perfektionierten Frisur.

Sie servierte uns Earl Grey mit einem Teller köstlicher Madeleines, und die Unterhaltung drehte sich um unbedeutende Themen. Meine Mutter mit ihrer typisch britischen Neigung, alles Unangenehme nicht zu erwähnen, vermied ein Gespräch über Sarahs Tod ganz bewusst. Ungeduldig ertrug ich eine Diskussion über das Wetter und die besten Tipps dafür, einen Kräutergarten anzulegen, und erfuhr, dass das Moscow City Ballet demnächst im Oxford Playhouse auftreten würde. Als die Unterhaltung schließlich zum ersten Mal ganz leicht ins Stocken geriet, brachte ich mich rasch ins Gespräch ein.

„Ich wollte Ihnen noch einmal versichern, wie sehr mir das mit Sarah leidtut, Mrs Waltham."

„Gemma!" Vorwurfsvoll sah meine Mutter mich an.

„Danke", antwortete Mrs Waltham leise. „Ich kann noch gar nicht glauben, dass sie nicht mehr da ist."

„Hatte Sarah einen Freund?", erkundigte ich mich. Meine Mutter neben mir verschluckte sich fast vor Schreck. „Ich habe mich nur gefragt, ob den jemand informiert hat."

„Oh ja ... da haben Sie recht", erwiderte Mrs Waltham unbestimmt. „Um ehrlich zu sein, weiß ich das nicht. Wie gesagt, Sarah und ich standen uns nicht besonders nahe, und sie hat mir selten etwas Persönliches anvertraut. Ja, ich habe mitbekommen, dass sie ein paarmal ausgegangen ist, mit unterschiedlichen jungen Männern ..."

„War da in letzter Zeit jemand Besonderes?"

Sie legte die Stirn in Falten. „Ich glaube nicht. Zumindest nicht in Oxford."

Ich sah sie scharf an. „Sie denken also, dass sie eventuell woanders jemanden getroffen hat?"

Zögerlich sagte sie: „Nun ... ich kann mich irren, aber Sarah ist vor einigen Monaten relativ oft nach London gefahren. Sie hat mir zwar nie etwas darüber verraten, aber ich hatte den Eindruck, dass da ein Mann im Spiel gewesen ist." Sie lachte verlegen. „Ich habe mich schon gefragt, ob sie sich womöglich mit einem verheirateten Mann eingelassen hat. Sie schien immer so ein Geheimnis daraus zu machen, was sonst gar nicht ihre Art war. Normalerweise gab sie mit ihren Eroberungen an." Wieder ein unbehagliches Lachen, dann schüttelte sie den Kopf. „Verzeihung, das klingt furchtbar. Ich weiß, man spricht nicht schlecht über Tote ..."

„Ja, natürlich, wir müssen überhaupt nicht über

Sarah sprechen", sagte meine Mutter hastig. „Sicherlich regt es Sie zu sehr auf, wenn Sie über ..."

„Nein, das ist schon in Ordnung", erklärte Mrs Waltham mit einem traurigen Lächeln. „Irgendwann muss ich mich der Realität stellen. Ich kann ja nicht ewig den Kopf in den Sand stecken." Seufzend fuhr sie fort: „Ich habe es noch nicht mal geschafft, ihr Zimmer zu betreten. Die Polizei hat es durchsucht, aber ich habe es noch nicht fertiggebracht, selbst hineinzugehen. Dabei sollte ich wohl Sarahs Sachen durchsehen und sie an wohltätige Organisationen spenden. Sie hat – hatte – so viel Kleidung, und das meiste ist in einem Topzustand." Wieder lachte sie verlegen. „Als Einzelkind und weil David so spät noch Vater geworden ist, war sie ziemlich verwöhnt, fürchte ich."

Ich beugte mich nach vorne. „Hat Sarah in der letzten Zeit erwähnt, dass sie sich wegen irgendetwas Sorgen machte? Irgendetwas, das sie beschäftigte oder womit sie Ärger hatte?"

„Das hat die Polizei auch schon gefragt", antwortete sie. „Nein, da fällt mir nichts ein. Aber ... nun, Sarah hat mir nicht viel anvertraut. Sie müssen wissen, dass sie nicht meine Tochter war, sondern meine Stieftochter. Und wir haben uns nicht gerade gut verstanden." Mit einem reuevollen Blick fügte sie hinzu: „Das klingt vermutlich wie ein Klischee, aber ich denke, sie hat es mir verübelt, dass ich den Platz ihrer Mutter eingenommen habe."

„Ist Mr Waltham von seiner ersten Frau

geschieden?", fragte meine Mutter, deren Neugier die Oberhand gewann und sie ihre Zurückhaltung vergessen ließ.

„Nein, nein, seine erste Frau ist gestorben. An Krebs, Leukämie, Anfang des Jahres."

„Meine Güte, das tut mir leid", murmelte meine Mutter.

Ich wusste, dass meine Mutter gerade im Kopf nachrechnete und sich über die schnelle Wiederheirat von Mr Waltham nach dem Tod seiner ersten Frau wunderte. Vielleicht dachte die jetzige Mrs Waltham das Gleiche, denn sie beeilte sich, hinzuzufügen: „Sarahs Mutter war schon einige Monate vor ihrem Tod bettlägerig und wurde zu Hause gepflegt. Ich war damals ihre Pflegerin und muss sagen, dass es sehr schwer für David war. Nach ihrem Tod habe ich ihm Trost spenden können in seiner Trauer, und wir sind uns nähergekommen ..."

Ich musste ein Grinsen unterdrücken angesichts der Miene meiner Mutter, die zwischen höflichem Interesse und entsetzter Ablehnung wegen der kurzen Zeit, nach der die erste Ehefrau ersetzt worden war, schwankte. Nun begriff ich, weshalb Mrs Waltham in diesem luxuriösen Ambiente immer so fehl am Platz wirkte. Vielleicht gab es so was wie eine natürliche Arroganz, die man sich nur schwer aneignete, wenn man nicht mit gewissen Privilegien geboren worden war, die man stets als selbstverständlich erachtete.

Außerdem konnte ich verstehen, dass Sarah dieser langweiligen kleinen Frau Geringschätzung und Groll entgegengebracht hatte, weil sie ihre Mutter so rasch ersetzt hatte. Das wäre nicht so schlimm gewesen, wenn Mrs Waltham die Zweite auch aus der obersten Gesellschaftsschicht stammen würde, aber ihre frühere Stellung als Pflegerin in der Familie war der snobistischen Sarah bestimmt gegen den Strich gegangen.

Mrs Waltham sprach in traurigem Ton weiter: „Ich habe mir wirklich Mühe gegeben mit Sarah, aber ich glaube, sie hat mich nie als Familienangehörige akzeptiert. Sie hat sich bei allem gegen mich gestellt." Mit einem Seitenblick auf uns erklärte sie: „Ich weiß, dass Sie nur zu höflich sind, um es zuzugeben, aber Sie müssen unsere Streitereien gehört haben. Die halbe Straße muss es mitbekommen haben, wenn Sarah mich angeschrien hat."

Unbehaglich verlagerte meine Mutter ihr Gewicht. „Nein, nein, durch diese Wände dringt kaum etwas zu uns", log sie. „Und sicherlich vergisst man sich leicht in der Hitze des Gefechts."

„Ja, wenn ich jetzt daran zurückdenke, was ich zu ihr gesagt habe, fühle ich mich schrecklich schuldig ..." Ihre Unterlippe zitterte.

„Was für wunderschöne Rosen!", unterbrach meine Mutter sie in fröhlichem Tonfall und zeigte auf die Vase mit den rosafarbenen Blumen auf dem Teetisch. „Sind die aus Ihrem Garten? Anscheinend haben Sie es geschafft, die Blattläuse abzuwehren. Darf ich fragen, wie Ihnen das gelungen ist? Die ganzen Mittel, die ich ausprobiert habe, haben sich als nicht sehr wirksam herausgestellt."

„Die, die man im Laden kaufen kann, finde ich alle nicht besonders gut", erwiderte Mrs Waltham, offenbar froh über den Themenwechsel. „Im Internet habe ich ein spezielles Spray gegen Blattläuse gefunden, das nach einer alten Rezeptur hergestellt wird und wirklich gut hilft."

„Ach, ist Online-Shopping nicht etwas Wunderbares?", rief meine Mutter und sprang sofort auf ihr neues Lieblingsthema an. „Ich habe ganz fantastische Sachen dort gefunden, die ich in Läden nie entdeckt hätte! Und es ist so bequem, von zu Hause aus zu bestellen, ohne sich die Füße wund zu laufen. Sogar den wöchentlichen Lebensmitteleinkauf habe ich jetzt probeweise über die Sainsbury's-Homepage bestellt. Natürlich muss man trotzdem noch einiges bei Marks & Spencer holen, aber es ist ausgesprochen komfortabel."

„Ich kann Ihnen gerne die Webadresse geben, bei der ich das Läusespray bestellt habe, wenn Sie möchten", bot Mrs Waltham an.

Meine Mutter strahlte. „Das wäre nett. Außerdem muss ich Sie noch um einen Rat bitten, wann man am besten den Winterschnitt macht. Meine Freundin Dorothy Clarke sagt, dass sie den im späten Herbst vornimmt, aber ich denke ..."

Frustriert lehnte ich mich zurück. Mit meiner

Mutter neben mir würde ich keine weiteren Fragen mehr stellen können. Da kam mir ein Gedanke. Wenn ich nicht fragen konnte, könnte ich mich vielleicht ein wenig umsehen.

Ich richtete mich auf. „Mrs Waltham, darf ich mal Ihr Bad benutzen?"

„Selbstverständlich. Sie müssen aber leider nach oben gehen – unten funktioniert die Spülung nicht richtig. Ich habe bereits einen Klempner angerufen, aber Sie wissen ja, wie die sind ..."

„Oh ja, es ist absolut schrecklich mit den Handwerkern", stimmte meine Mutter ihr zu.

Ich überließ die beiden ihren Geschichten über schludrige Bauarbeiter und arbeitsscheue Elektriker und ging in die Diele. Ehrlich gesagt war ich ausgesprochen dankbar für die schlechte Arbeitsmoral des Klempners, hatte ich so doch den perfekten Vorwand dafür, im ersten Stock herumzuschnüffeln. Leichtfüßig lief ich die Stufen hinauf, bis ich in einem weiten Korridor stand. Die erste Tür zu meiner Rechten führte ins Badezimmer. Ich drehte den Wasserhahn auf und ging wieder zur Tür hinaus. So leise ich konnte, schlich ich den Flur entlang.

Nacheinander spähte ich in die einzelnen Räume. Die vierte Tür war ein Volltreffer, denn sie enthüllte ein ganz in Rosa dekoriertes Zimmer. Da ich in Gedanken Sarahs grelles Kleid von der Vernissage vor Augen hatte, wäre ich jede Wette eingegangen, dass dies ihr Zimmer war. Das gerahmte Foto, das auf der Kommode stand und ein lächelndes Mädchen zeigte, bestätigte meine Annahme. Rosige Farben hatte sie anscheinend besonders gemocht, denn fast alles in diesem Zimmer war in verschiedenen Pinktönen gehalten. Leise schloss ich die Tür hinter mir und betrachtete alles genauestens, mit steigendem Entsetzen.

Kleidungsstücke waren überall verstreut, auf dem Bett und auf den Stühlen, und sie quollen aus den Schubladen und hinter den Schranktüren hervor. Die Frisierkommode am Fenster war übersät mit teuren Parfümflakons, Tuben für Lotions, Cremes und Make-up, Haarschmuck, Gürteln, Halstüchern sowie teurem Schmuck und billigen Mode-Accessoires. Auf der anderen Seite vom Bett lag das zum Zimmer gehörende Bad, in dem ich eine ebenso erstaunliche Anzahl von Shampoos, Cremes, Lotions und Duftfläschchen vorfand.

Meine Güte, diese Frau hätte ihren eigenen Kosmetiksalon für Luxusprodukte aufmachen können! Am Toilettentisch im Bad hielt ich inne und nahm die nächstbeste Flasche in die Hand. Die französische Luxusmarke L'Occagnes kannte ich, da es in Oxfords Innenstadt einen Laden gab. Es handelte sich um ein Duschgel, und daneben befand sich ein großer Tiegel mit der dazu passenden Körperbutter. Sechzehn weitere Flaschen, Tuben und Dosen waren auf der Ablage aufgereiht. Wie die meisten anderen Produkte schien auch dieses geöffnet und ein einziges Mal benutzt worden zu sein.

Wie bei jemandem, der nur einen Bissen von einem Apfel nimmt, ehe er ihn wegwirft.

Abscheu stieg in mir hoch. Da ich vor Kurzem einen großen Einschnitt beim Gehalt gehabt hatte, wusste ich nachträglich die Luxuskosmetikartikel zu schätzen, die ich als gut bezahlte Angestellte in Sydney für selbstverständlich gehalten hatte. Von Sarahs Verschwendungssucht angewidert schüttelte ich den Kopf. So wenig ich auch von Cassies verliebten Schwärmereien über Jon hielt, ihre Einschätzung von Sarah Waltham traf ins Schwarze, das musste ich zugeben. Sie war in der Tat eine verwöhnte Prinzessin gewesen.

Ich stellte das Fläschchen zurück, ging zurück ins Schlafzimmer und suchte frustriert alles mit Blicken ab. Da keine Zeit blieb, den ganzen Kram systematisch durchzugehen, musste ich nach irgendetwas Speziellem Ausschau halten. Aber nach was? Einem Hinweis auf einen Liebhaber? Irgendeine Verbindung zu Jon Kelsey, schoss es mir durch den Kopf. Ein Foto von ihm vielleicht, auf dessen Rückseite er etwas geschrieben hatte? Ein Liebesbrief? Okay, das war wohl Wunschdenken. Wie heutzutage alle Welt hatte Sarah Fotos und Notizen höchstwahrscheinlich in ihrem Handy gespeichert, und das war von der Polizei konfisziert worden. Aber man wusste ja schließlich nie, manche Leute bevorzugten es auf die altmodische und romantische Art ...

Als ich mich der Frisierkommode näherte, hörte

ich von unten eine Stimme rufen: „Gemma? Ist alles in Ordnung?"

Mist!

Rasch ging ich zur Tür, öffnete sie einen Spaltbreit und schaute hinaus in den Flur. Im Badezimmer lief das Wasser immer noch, aber außer mir war niemand oben. Es klang, als stünde Mrs Waltham am Fuße der Treppe. Hoffentlich hörte sie das Rauschen des Wasserhahns auch und nahm an, dass ich noch im Bad beschäftigt sei.

Doch ich wollte mein Glück nicht herausfordern. Ohne einen Laut schloss ich die Tür, schlich auf Zehenspitzen über den dicken Teppich im Flur ins Badezimmer zurück. Dort betätigte ich die Toilettenspülung, wusch mir die Hände und drehte den Hahn zu. Schließlich ging ich ruhigen Schrittes wieder hinunter.

„Gemma! Wir haben uns schon gefragt, wo du bleibst." Meine Mutter erhob sich gerade, als ich ins Wohnzimmer zurückkehrte. „Wir müssen gehen. Wir wollen Mrs Waltham nicht länger aufhalten, und dein Vater wird schon auf sein Abendessen warten."

„Haben Sie sich eigentlich eine Katze zugelegt?", erkundigte sich Mrs Waltham, während sie uns in die Eingangshalle folgte. „Ich dachte, ich hätte vom Fenster im ersten Stock aus gesehen, wie Sie, Gemma, mit einem Kätzchen an der Leine im Garten spazieren gingen. Mir war gar nicht klar, dass man mit Katzen auch wie mit Hunden Gassi gehen kann."

„Kann man auch nicht", sagte ich und grinste

schief. „Aber mit diesem Kompromiss kann Müsli an die frische Luft, bekommt Auslauf und ist trotzdem sicher bei mir. Ja, ich habe sie kürzlich zu mir genommen. Bisher lebte sie in einem Dorf in den Cotswolds, deshalb ist sie nicht an den Verkehr gewöhnt. Außerdem ist sie so frech, dass ich fürchte, sie würde etwas anstellen, wenn sie tun und lassen könnte, was sie will."

„Vielleicht müssen Sie sie sterilisieren lassen. Ich habe gehört, dass manche Haustiere hinterher nicht mehr umherstreunen."

„Sie ist bereits sterilisiert. Aber wo Sie das gerade sagen: Ich muss auf jeden Fall einen Termin zur Vorsorge beim Tierarzt für sie machen. Das wäre gut. Müsli ist meine erste Katze, wissen Sie?", erklärte ich. „Bisher war ich eigentlich mehr der Hundetyp."

„Ich auch", sagte Mrs Waltham. „Unsere vorherige Haushälterin, Mrs Hicks, hat einen lebhaften Jack-Russell-Terrier. Ich habe sie ein paarmal mit ihm in der Stadt getroffen. So ein süßer kleiner Kerl." Ihre Miene hellte sich auf. „Ach, jetzt fällt mir gerade ein, dass Mrs Hicks mal erwähnt hat, sie sei mit ihrem Tierarzt sehr zufrieden. Die Praxis ist hier gleich um die Ecke, die North-Oxford-Tierarztpraxis."

„Danke für den Tipp." Ich schenkte ihr ein Lächeln.

„Und wenn Sie irgendetwas benötigen, Mrs Waltham: Wir sind gleich nebenan", sagte meine Mutter zum Abschied. „Kommen Sie gerne rüber."

Kapitel 9

Bis Lincoln Green mich für das Konzert im Sheldonian Theatre abholen würde, blieb mir nicht mehr viel Zeit. Sehr zum Missfallen meiner Mutter schlang ich mein Abendessen in mich hinein und raste die Treppe hoch, um mich umzuziehen. Eilig sprang ich unter die Dusche, um den Schmutz dieses Tages loszuwerden, dann schlüpfte ich schnell in einen hübschen Pullover und eine Jeans. Ich war darauf bedacht, es so aussehen zu lassen, als ob ich keinen großen Aufwand betrieben hätte.

Als es klingelte, schaffte ich es, zur Tür zu flitzen und mit Lincoln das Haus zu verlassen, ehe meine Mutter sich einmischen konnte. In seinem Land Rover fuhren wir zur Stadtmitte von Oxford und parkten in einer Seitenstraße hinter dem Theater. Lincoln, stets der wohlerzogene englische Gentleman, eilte um den Wagen herum, um mir die Tür aufzuhalten und den Mantel zu reichen.

„Du siehst heute Abend einfach hinreißend aus,

Gemma", sagte er, während er mich anerkennend von oben bis unten musterte.

Kühl bedankte ich mich und wechselte eilig das Gesprächsthema. An den paar Abenden, an denen ich mit Lincoln ausgegangen war, war ich immer darauf bedacht gewesen, zu persönliche Bemerkungen und Komplimente zu vermeiden und zu betonen, dass es sich schlicht um freundschaftliche Treffen handelte und nicht um romantische Dates.

Ich mochte ihn zwar, aber ich war mir unsicher, ob er jemals mehr als nur ein Freund für mich sein konnte. Am Anfang war ich gänzlich gegen ihn gewesen. Das erste Abendessen, das seine und meine Mutter arrangiert hatten, war qualvoll peinlich für mich gewesen. Doch die gemeinsame Demütigung durch unsere Mütter schien uns witzigerweise zusammengeschweißt zu haben. Trotz meiner Vorbehalte musste ich zugeben, dass Lincoln ein netter Kerl war. Und auch noch gut aussehend, wenn man auf den Typ des gepflegten englischen Gentlemans stand.

Nein, Lincoln würde nie solche Emotionen bei mir hervorrufen wie Devlin. Bei ihm gab es keine rätselhaften Absichten, keine quälenden Situationen, keine ungezügelte Freude oder Wut, aber das hatte vielleicht etwas Gutes. Ich war inzwischen alt genug, um zu begreifen, dass es in der Liebe, bei echter Liebe, nicht um leidenschaftliche Küsse im Regen ging. Offenheit und Beständigkeit hatten Vorteile – all diese Dinge, um die man sich nicht scherte, wenn man jung und voller romantischer Vorstellungen war. Also gab ich zu, dass ich mich in Lincolns Begleitung wohlfühlte, und wer wusste schon, was noch passieren würde?

Allerdings wollte ich ihm derzeit keine Hoffnungen machen, daher hielt ich alles so locker wie möglich. Lincoln schien das zu bemerken und nahm es gut gelaunt hin, wofür ich ihm dankbar war. Immerhin war es schön, in Oxford einen Freund zu haben. Vor allem da Cassie, seit sie mit Jon zusammengekommen war, offenbar keine Lust mehr auf Verabredungen hatte, bei denen er nicht dabei war. Ich vermisste unsere Mädelsabende.

Innerlich stöhnte ich. Vielleicht benahm ich mich kindisch. Wenn meine beste Freundin in Jon Kelsey verliebt war und er Teil ihres Lebens werden würde, dann musste ich eine Möglichkeit finden, ihn auch zu mögen, sonst riskierte ich, meine Freundin zu verlieren. Doch ich hoffte immer noch, dass sich ihr Interesse an ihm legen und es zwischen Cassie und mir wieder so sein würde wie früher.

Natürlich wäre es schlagartig aus mit ihr und Jon, wenn er wegen Mordes verhaftet würde ...

Der Gedanke ließ Hoffnung in mir aufkeimen. Schuldbewusst schob ich ihn beiseite und richtete meine Aufmerksamkeit wieder auf die Gegenwart. Wir hatten die Halle des Sheldonian Theatre betreten, und Lincoln führte mich zu unseren Sitzen. Während das Orchester die Instrumente stimmte, sah ich mich bewundernd um. Seit ich vor acht Jahren Oxford verlassen hatte, war ich nicht mehr hier gewesen, und nun strömten die Erinnerungen an meine Studentenzeit auf mich ein. Damals war ich öfters zu Konzerten und anderen Veranstaltungen ins Sheldonian gegangen – auf den billigen Plätzen für Studenten oben auf der Galerie –, und es hatte mir immer gefallen, obwohl ich kein großer Fan klassischer Musik war.

Es war etwas Besonderes, hier unter dem großartigen Deckengemälde aus dem 17. Jahrhundert zu sitzen, wo man die Musik um sich herum spüren konnte. Von dem Architekten Sir Christopher Wren erbaut, glich das Sheldonian Theatre einem altrömischen Amphitheater und wich damit völlig von der gotischen Architektur ab, die damals in Oxford vorgeherrscht hatte. Von der einzigartigen achteckigen Kuppel auf dem Dach aus hatte man einen atemberaubenden Panorama-Rundumblick auf Oxfords Skyline mit ihren Turmspitzen. Das Theater diente der Universität offiziell als Festsaal, hier wurden Eröffnungsveranstaltungen und Abschlussfeiern abgehalten, und auch ich war zu meinem Studienabschluss das letzte Mal hier gewesen. Damals hatte ich es kaum erwarten können, wegzugehen und den Staub von Oxford abzuschütteln, aber die Zeit und die Entfernung, die dazwischenlagen, ließen mich meine Unistadt nun mit neuer Wertschätzung betrachten.

Die sanften Klänge von Vivaldis „Vier Jahreszeiten" füllten den Raum, und als das Licht ausging, lehnte ich mich zurück und ließ mich von der Musik mitnehmen. Als die Lampen zur Pause wieder aufleuchteten, stellte ich überrascht fest, dass ich mich gut fühlte, verträumt und ohne ablenkende Gedanken.

„Gefällt es dir?", erkundigte sich Lincoln lächelnd.

Ich nickte. „Ja, sogar viel besser als damals als Studentin. Vielleicht ist klassische Musik eine dieser Sachen, die man erst schätzt, wenn man älter wird." Unruhig rutschte ich auf der Holzfläche hin und her und fügte lachend hinzu: „Die Sitze allerdings haben sich nicht verändert, die sind immer noch genauso hart!"

Lincoln lachte auch. „Ich glaube, das ist Absicht, damit man nicht einschläft, falls die Musik nicht so toll ist." Er stand auf und streckte sich. „Was hältst du davon, wenn wir uns die Beine vertreten?"

Als ich nickte, führte er mich hinaus in den Innenhof der benachbarten Bibliothek, der Bodleian Library. Turmspitzen und schlossähnliche Brüstungen warfen ihre Schatten, als wir über den Hof spazierten. Die Nachtluft war kühl, aber angenehm erfrischend.

Lincoln stieß einen erschöpften Seufzer aus. „So unbequem die Sitze auch sind, ich war im Krankenhaus den ganzen Tag auf den Beinen."

„Musst du viel hin und her laufen?"

Er wirkte mitgenommen, als er nickte. „Durch die

Visiten, Bereitschaftsdienste und Notrufe kommen einige Kilometer zusammen. Und heute war besonders viel los. Wir hatten einen Patienten auf der Intensivstation, dessen Zustand instabil war und überwacht werden musste. Daher wurde ich ein paarmal zu ihm gerufen."

„Was hatte er denn?"

„Er wurde letzte Woche an der Prostata operiert, und danach entwickelte sich eine Blutvergiftung. Sein Zustand verschlechterte sich rasch, und er kam auf die Intensivstation. Er schien auf dem Weg zur Besserung zu sein, aber heute wurde es leider wieder schlechter. Zudem ist er psychisch angeschlagen, denn er hat kürzlich traurige Nachrichten erhalten." Lincoln blickte mich ernst an. „Er ist der Vater des ermordeten Mädchens."

Ich hielt inne. „Sarah Walthams Vater?"

Lincoln nickte. „Er hat es nicht gut aufgenommen. Wie ich gehört habe, war sie sein einziges Kind. Als seine Frau es ihm erzählt hat, war ich gerade im Zimmer. Zuerst schien er es gar nicht zu begreifen. Er beharrte darauf, dass es ein Irrtum sein müsse, sagte, dass er Sarah erst gestern gesehen hätte ..."

„Gestern? Wann hat er sie gesehen?"

„Gestern Nachmittag war sie bei ihm."

„Hast du sie getroffen?"

„Ja, habe ich", antwortete Lincoln. „Ich hatte zufällig Visite, als es an Walthams Bett einen regelrechten Tumult gab. Sarah hat sich lautstark mit einer der Schwestern gestritten. Ich wollte schon das Sicherheitspersonal herbeirufen, doch da kam zum Glück eine andere Besucherin, die den Streit geschlichtet hat. Eine alte Freundin der Familie, glaube ich. Sie hat selbst gebackenes Shortbread mitgebracht. Das hat Sarah wohl gerne gegessen. Auf jeden Fall hat sie ihr etwas davon angeboten und sie dadurch abgelenkt. Danach hat sich die Aufregung gelegt."

Sarah schien Streit angezettelt zu haben, wohin sie auch gekommen war, überlegte ich. „Was hast du von ihr gehalten? Sarah Waltham, meine ich", wollte ich wissen.

„Sie war eine ... äh, schwierige Person."

Ich grinste in mich hinein. Typisch Lincoln. Er war zu höflich, um die ungeschminkte Wahrheit auszusprechen.

„Du hast keine Ahnung, womit Sarah vergiftet worden sein könnte?", fragte ich mit einem hoffnungsvollen Blick. „Du hast doch schließlich medizinische Fachkenntnisse."

Er verneinte kopfschüttelnd. „Die Toxikologie ist ein hoch spezialisiertes Gebiet. Ich meine, ich kann natürlich die Symptome der gängigen Gifte diagnostizieren und entsprechende Gegenmittel verabreichen. Aber wenn die Vergiftung nicht durch Medikamente hervorgerufen wurde, habe ich nicht unbedingt die nötigen Fachkenntnisse."

„Hat Mr Waltham Probleme mit dem Herzen? Ich habe mal gehört, dass einige Herzmedikamente eigentlich Gifte enthalten sollen. Stimmt das?"

Lincoln lächelte. „Du meinst Digitalis. Ja, das ist eine ziemlich giftige Substanz. David Waltham allerdings nahm keine Medikamente fürs Herz."

Schweigend setzten wir unseren Weg fort. Die Pause war beinahe vorüber, und es wurde Zeit, in die Halle zurückzukehren. Wir waren in einem Bogen um die Vorderseite des Sheldonian Theatre herum auf die Broad Street gewandert. Nun vernahm ich entfernt die Klänge des Orchesters, das sich einstimmte. Rasch kehrten wir um und kamen gleichzeitig mit einer Gruppe junger Männer an der nächstgelegenen Tür an. Sie unterhielten sich angeregt, lachten und schlugen sich gegenseitig auf den Rücken. Einer von ihnen warf einen Blick über die Schulter, und ich stellte bestürzt fest, dass es Devlin war. In Jeans und Lederjacke hätte ich ihn beinahe nicht erkannt, so düster und gefährlich wirkte er und überhaupt nicht wie der sonst so elegante Detective.

Sein Lächeln verschwand, als er Lincoln neben mir bemerkte. Mit einem schroffen Kopfnicken grüßte er. „Gemma."

„Oh ... hi, Devlin."

Der Blick aus seinen blauen Augen schnellte kurz zu Lincoln hinüber, und ich fuhr rasch fort: „Ach ... darf ich vorstellen? Lincoln ... Lincoln Green. Er ist ... ein Freund der Familie."

Leichte Röte stieg mir in die Wangen, als ich mich fragte, ob das so klang, als rechtfertige ich mich dafür, mit Lincoln hier zu sein. Das war töricht.

Machte ich mir Sorgen, Devlin könne denken, wir hätten eine romantische Verabredung? Dass ich seine Einladung abgelehnt hatte, um mit Lincoln auszugehen? Und wenn schon.

Die beiden Männer gaben sich die Hand und beäugten sich wachsam.

„Und Sie sind ein Freund von Gemma?", wollte Lincoln wissen.

Der Anflug eines Lächelns huschte über Devlins Gesicht. „Ja, wir haben zusammen in Oxford studiert. Ich bin Detective beim Oxfordshire CID." Seine Augen verengten sich. „Lincoln Green ... Sie sind nicht *Dr.* Lincoln Green, oder?"

„Genau der."

„Ich habe gehört, dass der Vater von Sarah Waltham Ihr Patient ist."

Sofort wurde Lincoln sehr förmlich. „Ja, er ist derzeit bei mir in stationärer Behandlung."

„Ich bin zuständig für die Ermittlungen zu Sarah Walthams Tod. Morgen wollte ich zu einer Befragung zu Ihnen kommen. War Sarah am Tag ihres Todes im Krankenhaus?"

„Ja, Gemma und ich sprachen gerade darüber. Es gab auf der Station Ärger mit ihr."

Devlins Blick wurde eindringlich. „Welcher Art?"

„Eine Meinungsverschiedenheit mit dem Pflegepersonal."

Es schien, als wollte Devlin noch etwas hinzufügen, aber die Lichter in der Halle wurden abgedunkelt, und ich bemerkte, dass wir die Letzten waren, die noch hier standen.

„Wir sprechen uns morgen, Dr. Green", verabschiedete sich Devlin. „Einen schönen Abend, Gemma", wünschte er mit kühler Stimme und einem Nicken in meine Richtung.

Wortlos folgte ich Lincoln zu unseren Plätzen. Es war bereits dunkel, als wir uns setzten. Diesmal war ich nicht in der Lage, mich auf die Musik zu konzentrieren. Meine Gedanken wanderten zu dem Mann auf dem Platz an der anderen Seite der ersten Galerie. Ich fragte mich, ob er auch an mich dachte.

Kapitel 10

Es heißt, dass man seine Komfortzone manchmal verlassen soll. Und genau das hatte ich getan – mit einem Sprung ins Ungewisse. Die Entscheidung für einen eigenen Tearoom war die erste in meinem Leben gewesen, die ich impulsiv getroffen hatte. Und nachdem ich all meine Ersparnisse hineingesteckt hatte, wollte ich den Erfolg unbedingt. So unbedingt, dass ich nach der Eröffnung in jedem wachen Moment – und manchmal auch, wenn ich schlief – wie eine Verrückte daran gearbeitet hatte.

Nach einiger Zeit war ich zu der Erkenntnis gekommen, dass ich mir wenigstens einen freien Tag pro Woche nehmen musste, wenn ich keinen Burn-out riskieren wollte. Widerstrebend hatte ich den Entschluss gefasst, den Tearoom am Montag nicht zu öffnen, da montags ohnehin am wenigsten los war. Diese Tage verbrachte ich nun meist mit Verwaltungsaufgaben und E-Mail-Korrespondenz. Auch jetzt lag ich mit dem Laptop auf dem Bett und war mit Mails beschäftigt, als es an der Tür klingelte.

Ich hob den Kopf und wartete darauf, die höfliche Stimme meiner Mutter an der Tür zu hören, bis mir einfiel, dass sie und mein Vater zu einer Vorsorgeuntersuchung beim Zahnarzt waren. Ich hievte mich hoch, wobei Müsli von mir runterrutschte. Sie hatte sich zufrieden auf meinen verschränkten Beinen zusammengerollt und miaute nun empört, dann sprang sie vom Bett und lief hinter mir her die Treppe hinunter. Ein Mann mittleren Alters in der Arbeitskleidung eines Lieferdienstes stand vor der Tür.

„Paket für Gemma Rose?"

„Ja, das bin ich", antwortete ich mit einem verwunderten Blick auf das weiche braune Paket, das er mir in die Hand drückte und auf dem das Logo eines Haushaltsgeräteladens prangte. Ich konnte mich nicht erinnern, dort etwas bestellt zu haben.

„Bitte hier unterschreiben", bat er und reichte mir ein Klemmbrett mit einem Formular.

„Warten Sie, da muss was schiefgelaufen sein. Ich habe nichts bei …"

„Sind Sie Gemma Rose?"

„Ja schon, aber …"

„Na, dann ist es für Sie. Ihr Name steht doch hier drauf. War 'ne Online-Bestellung."

Online? O-oh. Plötzlich fiel mir ein, wie meine Mutter immer wieder davon angefangen hatte, für mich etwas online zu bestellen … was war das noch gewesen? Hätte ich doch nur besser aufgepasst.

„Was ist denn drin?", fragte ich misstrauisch.

Der Mann neigte den Kopf und las die Bezeichnung auf dem Formular. „Hier steht ‚Elfenhausschuhe mit Memory Foam'."

„Elfenschuhe?" Ich drehte das Paket um. Wie erwartet war auf der Unterseite ein kleiner Zettel mit der Produktinformation aufgeklebt. Zusammen mit der Abbildung eines farbenfrohen Paares rot-grüner Elfenschuhe mit je einem Glöckchen an den nach oben gebogenen Enden. Sie sahen hässlich aus.

„Die habe ich nicht bestellt!", rief ich.

Der Mann blickte mich zweifelnd an. „Dann rufen Sie beim Kundenservice an und klären das mit denen. Tauschen Sie die Hausschuhe um, und nehmen Sie was anderes. Hier ist die Nummer ..." Er deutete kopfnickend auf ein Informationsblatt.

„Kann ich keine Erstattung bekommen?", jammerte ich.

Die Miene des Mannes hellte sich auf. „Im Moment gibt es ein Sonderangebot, ‚Erst probieren, dann zahlen', also ja, Sie können das Geld zurückbekommen. Aber die Aktion endet heute, deswegen bleibt Ihnen keine Zeit mehr, die Schuhe zurückzuschicken. Sie müssen sie selbst im Laden in der Stadt umtauschen und erhalten dort Ihr Geld."

„Okay", sagte ich und seufzte. Dann unterschrieb ich, schloss die Tür wieder und starrte das Paket an. Was um Himmels willen hatte meine Mutter sich nur dabei gedacht?

Ich war auf halbem Weg nach oben, als es erneut an der Haustür klingelte. Ich drehte um und stand einem weiteren Paketzusteller gegenüber.

„Eine Lieferung für Gemma Rose", verkündete er und hielt eine lange, schmale Schachtel in die Höhe.

Oh Gott. Was hatte meine Mutter noch bestellt?

Diesmal machte ich mir gar nicht die Mühe, mit dem Paketboten zu diskutieren, sondern unterschrieb nur in kraftloser Ergebenheit. Nachdem der Mann gegangen war, beäugte ich die Schachtel nervös. Sie wirkte harmlos und hatte kein Bild mit hässlichen komischen Hausschuhen oder anderen Memory-Foam-Produkten auf der Außenseite. Als ich sie öffnete, kamen sechs Stoffteile zum Vorschein, sorgfältig gefaltet. Die Farbe war schön und normal, ein helles, sonniges Gelb, und als ich eines auseinanderzog, sah ich, dass es sich um eine Rüschenschürze handelte.

Mir entfuhr ein kleiner Seufzer der Erleichterung. *Alles klar, diesmal ist es nicht so schlimm. Die sind für den Tearoom.* Mir fiel wieder ein, dass meine Mutter davon gesprochen hatte, einen Satz Schürzen für Cassie und mich zu besorgen, damit wir einheitlich gekleidet waren, wenn wir die Kunden bedienten. Im Augenblick trugen wir welche, die nicht zueinander passten und die ich günstig in einem Laden im Ort erworben hatte. Diese hier waren aus Baumwolle von guter Qualität und hatten ein hübsches gelbes Karomuster.

Doch als ich sie umdrehte, bekam ich einen

Riesenschreck. In knallroter Schrift stand mitten auf der Schürze: „Das größte Glück für einen Mann ist eine Frau, die kochen kann". Darunter prangte das Bild einer Hausfrau aus den Fünfzigerjahren, freudig über den Herd gebeugt, und hinter ihr ein Mann, der gerade grinsend zu einem Klaps auf ihren Hintern ausholte.

Oh Gott, was hatte meine Mutter sich nur dabei gedacht? Wenn ich die im Tearoom trug, konnte ich verhaftet werden!

Seufzend beschloss ich, mich später damit zu befassen, genau wie mit den Elfenhausschuhen. Kaum hatte ich mir wieder meinen Laptop geschnappt, da läutete die Türglocke erneut. Zähneknirschend dachte ich, dass ich ebenso gut an der Tür stehen bleiben könnte, wenn das so weiterging.

„Ja, bitte?", fauchte ich, während ich die Tür aufriss, und verharrte in der Bewegung, als ich feststellte, dass Cassie und Jon davorstanden.

„Cassie! Ich dachte, ihr beiden wärt schon längst weg!"

„Wir sind gerade auf dem Weg zum Flughafen", erzählte Cassie. „Aber ich wollte mir deinen Regenmantel ausleihen, wenn ich darf? Meiner ist in der Reinigung, und für Florenz ist Regen vorhergesagt."

„Ja klar, kommt rein", bat ich und ging voran ins Wohnzimmer. „Ich muss nur kurz nach oben, um ihn zu holen."

Doch ehe ich auch nur einen Schritt machen konnte, hörten wir ein merkwürdiges knurrendes Geräusch. Überrascht drehte ich mich um und entdeckte Müsli, die auf das Dreifache ihrer normalen Größe angewachsen zu sein schien. Sie hatte das Fell gesträubt und starrte uns aus schmalen Schlitzen heraus an.

„Müsli! Was ist los mit dir?", rief ich erstaunt.

Als sie ein weiteres Mal knurrte, bemerkte ich, dass sie ihren Blick fest auf Jon Kelsey gerichtet hatte. Auf einmal fauchte sie und spuckte ihn an.

Verblüfft fragte Cassie: „Was ist denn mit ihr los?"

„Ach, man muss nur wissen, wie man mit ihr umgeht", erklärte Jon hochmütig, beugte sich hinunter und streckte eine Hand in ihre Richtung. „Komm her, miez, miez ..."

Erneut fauchte Müsli ihn an und fuhr sogar die Krallen aus. Er schrie auf und machte einen Satz nach hinten.

„Meine Güte, was für ein bösartiges Tier!"

Ich musste ein Grinsen verbergen. „Nein, das ist sie nicht. So habe ich sie noch nie erlebt. Sonst ist sie ein ganz süßes, außerordentlich freundliches Kätzchen." Cassie zuliebe fügte ich hinzu: „Vielleicht mag sie einfach dein Aftershave nicht. Katzen sind sehr empfindlich, was Gerüche angeht."

Eigentlich war es absurd, dass ich Erklärungen für Müslis Verhalten finden wollte. Schließlich mochte ich Jon genauso wenig. Aber vielleicht war genau das der Grund, und ich machte mir die Mühe nur wegen meines schlechten Gewissens, weil Müsli meine Feindseligkeit gegenüber Jon übernommen hatte. Hieß es nicht, dass Tiere die Gefühle von Menschen manchmal aufgriffen?

Und außerdem heißt es, dass Tiere einen sechsten Sinn haben und dadurch gute und böse Menschen unterscheiden können ...

Den Gedanken schob ich schnell beiseite. *So ein Quatsch.* Nun mutierte ich schon zu einer verrückten Katzenlady, die ständig behauptete, dass ihre Katze mit ihr kommunizierte oder so was.

Ich überließ es Cassie, Müsli in den Griff zu bekommen, und holte meinen Regenmantel. Zurück im Wohnzimmer, sah ich Jon nervös vor der Wand stehen, während Müsli vor ihm saß und ihn mit festem Blick fixierte.

„Da habe ich wohl doch mal ein weibliches Wesen getroffen, das sich meinem Charme entzieht", scherzte Jon, aber sein großspuriges Grinsen wirkte bemüht.

Cassie jedoch lachte, und auch ich schaffte es irgendwie, ein Lächeln aufzusetzen. Als ich die Tür hinter ihnen zumachen konnte, war ich erleichtert. Vom Fenster aus beobachtete ich, wie sie in Jons BMW-Cabrio einstiegen und losfuhren. Müsli gesellte sich zu mir, ihr Fell war nun wieder glatt und glänzend wie sonst auch. Mein Blick glitt zu ihr. Ob ich nun eine verrückte Katzenbesitzerin war oder nicht, ich wünschte mir, dass sie sprechen und mir erklären könnte, warum sie Jon Kelsey nicht mochte …

Drei E-Mails schaffte ich dieses Mal zu beantworten, ehe ich erneut unterbrochen wurde. Meine Mutter rief an.

„Liebes, ich wollte nur mal fragen, ob meine Bestellungen geliefert wurden", verkündete sie fröhlich. „Auf der Webseite wurde die Sofortlieferung am Montagmorgen versprochen."

„Mutter, warum zum Teufel hast du Elfenhausschuhe für mich bestellt?"

„Sind die nicht süß? Ich habe dir doch neulich davon erzählt. Weißt du, die sind mit Memory Foam. Das ist jetzt der letzte Schrei, sagt Helen Green. Die sollen Wunder wirken bei wunden Füßen, geschwollenen Knöcheln, Entzündungen am Fußballen, Hühneraugen, Hammerzehen …"

Beunruhigt ließ ich meinen Blick nach unten zu meinen Füßen wandern, die glücklicherweise normal wirkten. „Aber Mutter, ich habe keine Hammerzehen, keine Fußballenentzündung oder so was."

„Alles hat seine Zeit, Liebes", versicherte meine Mutter. „Außerdem dachte ich, da du den ganzen Tag im Tearoom auf den Beinen bist, kannst du die Schuhe wunderbar zu Hause tragen. Und die rosafarbenen sahen so fad aus, deshalb habe ich die Elfenschuhe genommen. Die passen auch prima zu dem Harlekinmorgenmantel, den ich für dich gekauft habe."

„Was für ein Morgenmantel?", erkundigte ich mich misstrauisch.

„Oh, ist der noch nicht angekommen? Da habe ich wohl vergessen, die Expresslieferung anzuklicken. Und ich dachte ..."

„Mutter, ich will wirklich keine Elfenschuhe."

„Unsinn, Liebes, jeder will so ein Paar haben."

Ich biss die Zähne zusammen und atmete tief ein und aus. „Mutter, das war wirklich lieb von dir, aber wenn ich ehrlich sein soll – ich werde sie nicht tragen. Macht es dir etwas aus, wenn ich sie zurückgebe und uns das Geld zurückerstatten lasse?"

„Na schön, Liebes. Aber vielleicht kannst du sie gegen ein anderes Paar eintauschen? Es gab auch welche im Mokassin-Stil, die vorne kleine Fransen hatten und auch entzückend aussahen."

„Ach ... okay, ich schaue mir das Sortiment mal an", erwiderte ich, obwohl ich keine Absicht hatte, irgendetwas in der Richtung zu tun.

Ich beendete das Telefonat und stand einen Augenblick lang unentschlossen da. Der Paketfahrer hatte gesagt, dass die Aktion nur noch heute lief. Wenn ich das Geld für die Schuhe zurückbekommen wollte, sollte ich daher nicht mehr allzu lange warten.

Ich lockte Müsli mit einem Stück Entenfleisch in mein Zimmer, wo sie es sich auf meinem Bett gemütlich machte, dann schloss ich die Tür gut zu und machte mich auf den Weg in die Innenstadt von Oxford. Einige Zeit später stand ich in dem Laden beim Kundenservice, wo ich überraschenderweise auf ein bekanntes Gesicht hinter dem Tresen stieß. Es war Fiona Stanley, die junge Frau, die bei Cassies Vernissage als Barkeeperin gearbeitet hatte.

Genau genommen hätte es mich gar nicht überraschen sollen. Schließlich war die Stadt relativ klein, und es war nicht ungewöhnlich, Bekannte zu treffen, wenn man in den Innenstadtläden unterwegs war. Die Welt war halt ein Dorf. Mir fiel wieder ein, dass die Silberlocken erwähnt hatten, Fiona hätte mehrere Teilzeitjobs, um ihr Studentenbudget aufzustocken; da war es kaum erstaunlich, sie in einem der größten Läden an der High Street zu treffen.

Ihre Miene verriet jedoch nicht, ob sie mich auch wiedererkannt hatte, als sie mein Paket in Empfang nahm, um die Rückerstattung zu bearbeiten.

Ich zögerte, dann sagte ich beiläufig: „Ich hoffe, die Polizei hat Sie nicht noch lange aufgehalten am Samstagabend."

Beunruhigt blickte sie hoch und sah mir zum ersten Mal direkt in die Augen.

„Ich war bei der Vernissage", erklärte ich. „Das war so schrecklich mit der Frau da, nicht wahr?"

Sie nickte energisch.

Über die Theke gebeugt fügte ich im Plauderton hinzu: „Ich habe gehört, dass Sie sie sogar kannten. Die Frau, die gestorben ist. Sie sind beide Kunststudentinnen?"

Fiona wurde blass und murmelte: „Ja. Aber ich kannte sie nicht wirklich gut."

„Angeblich wurde sie vergiftet!" Ich riss die Augen weit auf. „Das kommt einem vor wie im Krimi, oder?"

Sie schwieg, aber ich blieb hartnäckig. „Wie war sie denn so? War sie der Typ Frau, der sich Feinde macht?"

„Was geht Sie das an?", erwiderte sie unwirsch. „Ich habe doch gesagt, dass ich sie nicht besonders gut kannte. Klar?" Über meine Schulter wandte sie sich an den Mann hinter mir in der Schlange. „Der Nächste, bitte."

In Gedanken versunken ging ich weg. Fiona wollte also nicht mit mir reden. Aber es gab ja noch andere Wege, an Informationen zu kommen ...

Kapitel 11

Auf der Straße überlegte ich einen Augenblick, dann beschloss ich, in Richtung von „The High" zu laufen, einer der Hauptverkehrsstraßen von Oxford, die einmal als „eine der schönsten Straßen der Welt" bezeichnet worden war. In einer leichten Kurve verlief sie von Carfax im Stadtzentrum in Richtung Magdalen-Brücke am Ostende der Innenstadt und war auf unzähligen Bildern, Fotografien und Gemälden dargestellt worden. Wenn man die Straße hinunterblickte, konnte man sich gut das elegante England des 18. Jahrhunderts vorstellen. Hier befanden sich auch viele Gebäude, die zu Wahrzeichen der Universität geworden waren: das All Souls College, das Queen's College, die Universitätskirche St Mary the Virgin mit den berühmten Turmspitzen, die Prüfungsgebäude der Examination Schools ... und die Kunstakademie.

Vor der Kunstakademie mit ihrem ruhigen, schlichten Äußeren blieb ich stehen. Verglichen mit vielen anderen Instituten der Universität war es ein bescheidenes Gebäude, aber es schien passend für die persönliche, vertraute Atmosphäre des Studiengangs der Schönen Künste. Hatte ich mich gefragt, ob ich Probleme haben würde, hineinzugelangen, so fand ich jetzt zu meiner Überraschung heraus, dass die Türen weit offen standen. Menschen strömten rein und raus. Den Grund dafür verriet ein Schild an der Tür: Heute war Tag der offenen Tür.

Lächelnd musste ich daran denken, wie ich selbst als Teenager zu einem Tag der offenen Tür gekommen war. Auch an meinem College hatte es Informationsveranstaltungen gegeben. Man meint gar nicht, dass eine so berühmte Universität wie Oxford es nötig hätte, Marketing zu betreiben, aber das Problem lag tatsächlich woanders: Es war das Stigma, zu exklusiv und elitär zu sein. Obwohl es längst nicht mehr zutraf, glaubten viele Leute noch, dass es Zulassungsvoraussetzung sei, dem englischen Adel anzugehören oder eine der versnobten Privatschulen besucht zu haben. Die vornehmen Privatschulen bezeichnen sich selbst als „public schools", öffentliche Schulen – das beste Beispiel für britisches Understatement. Natürlich musste man auch heute noch verdammt hart arbeiten, um einen Studienplatz zu bekommen, und Oxford nahm nur die Besten, aber inzwischen zählten die eigenen Leistungen und nicht, von welchen Ururgroßeltern man abstammte.

In diesem Moment jedenfalls war ich froh über die Werbemaßnahmen der Universität, denn dadurch konnte ich einfach und unauffällig in die Kunstschule rein. Zum Glück trug ich eine alte Jeans und einen ausgewaschenen Pullover. Ungeschminkt und mit Pferdeschwanz ging ich hoffentlich als Studentin durch, wenn niemand näher hinsah.

Direkt hinter der Eingangstür befand sich eine größere Menschenmenge. Ich schloss mich ihr an und folgte der Gruppe die Treppe hinauf, begleitet von einem Führer, der eine gut einstudierte Rede über das Kunstinstitut herunterleierte.

„Außerdem haben wir eine Bibliothek von Weltruf mit über fünftausend Büchern über die schönen Künste, Kunstgeschichte und -theorie sowie zur Anatomie des Menschen. Jeder Student ist einem Tutor zugeordnet, der für ihn zuständig ist und mit dem er sich regelmäßig während des Semesters trifft. Zu Beginn werden die Studierenden ermutigt, alle Medien für ihre Arbeit einzusetzen, bevor sie sich spezialisieren. Neben der individuellen Arbeit im Studio finden Seminare statt, bei denen eine Reihe von Arbeitstechniken erlernt wird. Es gibt praktische Kurse im Zeichnen sowie Vorlesungen und Tutorien in Kunstgeschichte ..."

Oben an der Treppe stahl ich mich davon und betrat einen großen, luftigen Raum, der offensichtlich als gemeinsam genutztes Atelier diente. An verschiedenen Stellen im Raum arbeiteten

Studenten an Skulpturen und Staffeleien. Zögernd blieb ich stehen. Ich wusste auf einmal nicht mehr, wie ich weiter vorgehen sollte. Ich hatte wohl eine vage Idee gehabt, dass ich mit jemandem über Sarah – oder Fiona – sprechen und so mehr über die beiden Frauen herausfinden wollte. Aber mit wem sollte ich mich unterhalten? Es wäre logisch gewesen, einen der Tutoren zu fragen, der für die Studentinnen zuständig gewesen war. Doch ich war nicht von der Kriminalpolizei und konnte wohl kaum einfach einen Raum betreten, einen Ausweis vorzeigen und anfangen, Befragungen durchzuführen ...

Mein Blick wanderte erneut durch das Atelier und wurde von einer großen Leinwand auf einer Staffelei angezogen, die in der gegenüberliegenden Ecke stand und an der niemand arbeitete. Ich durchquerte den Raum und betrachtete sie nachdenklich. Schon bevor ich die schwungvolle Signatur rechts unten in der Ecke des Bildes bemerkte, erriet ich, dass dies Sarah Walthams Werk war. Ein in ähnlichem Stil gemaltes Bild hing über dem Kamin im Wohnzimmer der Walthams, erinnerte ich mich. Was auch immer ich von ihr als Person halten mochte, ich musste widerstrebend eingestehen, dass Sarah Talent gehabt hatte. Sie hatte mit kühnen, kräftigen Pinselstrichen in leuchtenden Farben gemalt.

Ich sah mich um. Ihr Arbeitsplatz war ein Spiegelbild des Durcheinanders in ihrem Schlafzimmer: ein Haufen verstreut liegender Pinsel und Farben, halb leere Teetassen, Kohlestifte,

Terpentin, offene Chipspackungen rund um die Staffelei, Skizzen, die in losen Stapeln rumlagen, farbverschmierte Lappen ... Ein Wunder, dass sie in diesem Chaos produktiv hatte arbeiten können.

Neben Sarahs Arbeitsplatz beugte sich eine hübsche Asiatin über eine Tonskulptur. Ich machte einige Schritte in ihre Richtung, und sie blickte hoch. Mit einem warmherzigen Lächeln erklärte ich: „Das ist eine wunderschöne Arbeit! Wurden Sie durch etwas Bestimmtes dazu inspiriert?"

Mein Interesse überraschte sie und schmeichelte ihr offensichtlich. „Das war nur so eine Idee in meinem Kopf", erwiderte sie schüchtern lächelnd und mit leichtem Akzent.

„Wow, Sie müssen über eine fantastische Vorstellungskraft verfügen!"

Vor Freude wurde sie rot. Ein wenig fühlte ich mich zwar schuldig, weil ich diesem netten Mädchen etwas vormachte, aber was sein muss, muss sein. Wie alle Künstler redete sie liebend gerne über ihre Arbeiten. Ich nickte und gab begeisterte Laute von mir, während sie über ihre Kindheit in Japan sprach und ihre Lieblingskünstler, darüber, wer sie am meisten beeinflusst hatte und woher sie ihre Inspiration bekam.

Als ich das Gefühl hatte, sie lang genug in falscher Sicherheit gewiegt zu haben, meinte ich beiläufig: „Übrigens habe ich gehört, dass es kürzlich einen tragischen Unglücksfall gegeben hat. Eine der Kunststudentinnen ist getötet worden?"

Sie warf mir einen unsicheren Blick zu. „Ja."

„Kannten Sie die Frau gut?"

„Nein, ich nicht. Warum fragen Sie?"

„Äh ..." Ich suchte nach einem Grund. Dann fiel mir der Tag der offenen Tür ein, und ich nahm das Erstbeste, was mir in den Sinn kam. „Nun, ich überlege, ob ich mich hier um einen Studienplatz bewerben soll, und habe mich gefragt, ob ich hier wirklich sicher bin, wenn Sie verstehen. Meine Mutter macht sich immer schreckliche Sorgen und hat in den Nachrichten von der getöteten Studentin erfahren. Nun will sie nicht mehr, dass ich hier studiere ..."

„Oh nein, nein", fiel sie mir ins Wort und versuchte, mich zu beruhigen: „Es ist sehr sicher hier! Die Kunstschule ist gut. Diese Frau ... sie wurde nicht hier umgebracht, das war auf einer Feier."

„Aber hatte es nicht etwas mit ihrer Arbeit zu tun? In der Zeitung stand, dass es in einer Galerie geschehen ist, da habe ich mich gefragt ..."

Sie nickte mit ernstem Blick. „Ja, es war auf einer Vernissage in einer Kunstgalerie in Oxford. Aber es ist keine Galerie der Universität, nicht für Studenten. Private Galerie – nur für Touristen."

Ich beugte mich zu ihr und fragte in verschwörerischem, leisem Ton: „Stimmt es, dass sie ermordet worden ist? Vergiftet, hört man."

Ihre Augen wurden groß, und sie nickte. „Ich habe das auch gehört", antwortete sie mit gedämpfter

Stimme.

Ich tat, als erschauderte ich. „Wie gruselig! Wer macht denn so etwas? Hatte sie Feinde?"

Unbehaglich zuckte sie mit den Schultern. „Ich kenne sie nicht besonders gut. Nur manchmal grüßten wir uns." Sie zögerte, als überlegte sie, ob sie fortfahren sollte, doch dann fügte sie schnell hinzu: „Manchmal ist Sarah nicht nett. Macht andere Leute wütend."

Darauf kannst du wetten, dachte ich trocken. „Ich glaube, ich habe gehört, dass sie mit einer anderen Studentin hier ein Problem hatte?"

„Ah, Sie meinen Fiona." Die Japanerin senkte den Blick. „Ja, sie und Sarah mögen sich nicht. Manchmal haben sie Streit. Großen Streit."

„Sie hatten keine Probleme mit Sarah?", fragte ich und zog eine Augenbraue hoch.

Sie lächelte schüchtern. „Ich verhalte mich ruhig und mache meine eigene Arbeit. Vielleicht ist es auch, weil ich Skulpturen mache – das ist nicht die gleiche Art Kunst wie bei Sarah. Sie mochte es nicht, wenn andere das Gleiche machen wie sie. Sie wollte was Besonderes sein. Das ist der Grund, warum sie Fiona nicht mochte, glaube ich. Sie beide malen im gleichen Stil. Sie wettern immer und …"

„Sie meinen, sie haben immer gewetteifert?"

„Ja genau!", rief sie. „Das ist es. Jede wollte die Bessere sein, aber besonders Sarah. Und dann ist diese schreckliche Sache passiert bei der Verleihung des Preises für Kunststudierende."

„Ein Kunstpreis?"

Sie nickte. „Das ist ein ganz besonderer Preis, sehr – wie sagt man? – renommiert. Nur eine Person bekommt ihn jedes Jahr verliehen, für die beste Studentenarbeit. Und Fiona, sie will sehr das gewinnen. Sie hat mir gesagt, das Preisgeld ist sehr wichtig für sie. Ihre Familie hat nicht viel Geld, und sie muss mit vielen Jobs ihr Studium verdienen. Dieser Preis macht es ihr viel leichter. Aber natürlich auch Sarah will gewinnen."

„Sarah brauchte aber sicherlich nicht das Geld?"

„Nein." Ein düsterer Ausdruck legte sich auf das hübsche Gesicht der Japanerin. „Sie will einfach nur gewinnen. Immer sie will gewinnen. Damit sie besser ist als andere. Aber sie wird wütend, weil sie merkt, dass Fiona eigentlich viel besser malt. Wir merken das alle. Alle wissen, dass Fiona gewinnen wird."

Mich beschlich eine Ahnung, was jetzt kommen würde. „Was hat Sarah gemacht?"

„Sie behauptet, dass sie nichts getan hat! Aber wir wissen alle, das stimmt nicht. Alle wissen, es muss sie gewesen sein, die Fionas Bild zerstört hat."

„Zerstört?"

Sie nickte. „In der Nacht, bevor die Juroren kamen, ist jemand in die Kunstschule gekommen und hat Fionas Bild zerschnitten. Mit einem Messer. Über die ganze Leinwand. Es ist schrecklich, als ich das am nächsten Morgen sehe! Fiona weint! Ihr wunderschönes Bild, völlig ruiniert! Die Leinwand hängt in Fetzen herunter."

Obwohl ich so etwas in der Art erwartet hatte, war es trotzdem ein Schock, es zu hören. „Wie grauenhaft! Hat man herausgefunden, wer es war?"

„Nein. Natürlich wissen wir alle, Sarah hat es getan, aber wir können es nicht sagen. Und dann, als der Preisrichter die Siegerin verkündet und Sarah den Preis gewinnt, da hat sie so merkwürdig gegrinst und irgendetwas Unfreundliches zu Fiona gesagt."

„Was hat sie gesagt?"

„Weiß ich nicht. Hab ich nicht gehört. Aber Fiona wird sehr wütend, also wahnsinnig wütend. Sie hat angefangen, laut zu schreien, und hat versucht, Sarah zu schlagen. Viele Leute mussten sie festhalten. Danach haben die Tutoren mich gefragt, ob ich mit Fiona tauschen würde. An dieser Stelle war sie vorher." Sie machte eine ausholende Geste um ihren Platz. „Aber sie sagen, es ist besser, wenn sie weiter weg von Sarah arbeitet."

Diese Information musste ich sacken lassen. Wie es klang, hatte Fiona guten Grund gehabt, Sarah Waltham zu hassen, aber war das genug dafür, sie umbringen zu wollen? Man brachte doch sicher niemanden um, nur weil man einen Preis nicht gewonnen hatte?

Für Fiona Stanley allerdings war der Preis keine Nebensächlichkeit gewesen. Im Gegensatz zu Sarah, die ihn nur wegen der Anerkennung und des Siegergefühls hatte gewinnen wollen, hätte das Preisgeld in Fionas Situation einen Riesenunterschied gemacht. Außerdem konnte ich mir ihre Verbitterung über die Ungerechtigkeit vorstellen, dass Sarah mit der Sabotage ungeschoren davongekommen war.

„Machen Sie sich keine Sorgen", sagte die Japanerin nun herzlich. „Das passiert nicht oft. Die anderen Studentinnen sind alle freundlich, und keiner streitet. Nur Sarah, und sie ist jetzt ..." Plötzlich verstummte sie und errötete.

„Wann haben Sie Sarah das letzte Mal gesehen?", erkundigte ich mich freundlich.

Ihre Stirn legte sich in Falten. „Ich glaube, das war am Samstag. Ich habe hier gearbeitet, und sie arbeitete auch."

„War das am Vormittag?"

„Nein, am Nachmittag. Nach dem Essen. Eigentlich, ich glaube, ich habe gesehen, sie hat hier gegessen ...?" Sie deutete mit dem Kopf auf die Unordnung rund um die Staffelei.

„Wirkte sie okay? Ich meine, so wie immer?"

Ihre Augen wurden groß. „Meinen Sie, da war sie schon vergiftet?"

„Nein, nein", beteuerte ich rasch, um keine Gerüchte zu streuen. „Ich habe mich nur gefragt, ob sie vielleicht ... nun, ob sie sich Sorgen machte ..."

Die andere schüttelte den Kopf. „Nein, sie sah aus wie immer." Mit neugierigem Blick betrachtete sie mich, und ich bemerkte, dass meine unverblümten Fragen langsam etwas merkwürdig klingen mussten für jemanden, der sich lediglich um die Sicherheit der Studenten an der Kunstschule Gedanken machte.

„Ich möchte Sie nicht länger stören", erklärte ich. „Vielen Dank für das Gespräch. Jetzt geht es mir viel besser, da ich die ganze Geschichte kenne. Meiner Mutter werde ich auch sagen, dass man in diesem Institut wirklich sicher ist."

„Ja." Sie strahlte mich an. „Ja, es ist großartig hier. Nach Oxford zu kommen war das Beste, was mir in meinem ganzen Leben passiert ist!"

„Ich hoffe, ich sehe Ihre Arbeiten eines Tages in einer Galerie", wünschte ich aufrichtig. „Viel Glück mit dem Rest Ihres Studiums."

Ich verließ das Atelier und lief zur Haupttreppe, die ins Erdgeschoss führte. Doch als ich dort ankam, traf ich auf jemanden, der gerade heraufstieg. Mein Herz setzte einen Schlag aus, als ich erkannte, dass es Devlin war.

Kapitel 12

„Gemma? Was machst du denn hier?" Devlins Augenbrauen zogen sich zusammen.

„Ich … äh …" Einen Augenblick lang war ich versucht zu lügen, doch dann bemerkte ich das stahlharte Glitzern in seinen Augen und wusste, er würde mir nichts außer der Wahrheit abnehmen.

„Ein kleines bisschen ermitteln", gab ich zu. „Ich … war neugierig, was die Sache mit Sarah Waltham betrifft, und da ich heute nicht arbeite und gerade in der Stadt war, dachte ich …"

„Da dachtest du, du kommst hier unter einem Vorwand herein und erschleichst dir ein paar Informationen?"

„Erschlichen habe ich mir nichts!", erwiderte ich sauer. Dann zuckte ich zusammen. „Okay, ein ganz kleines bisschen vielleicht. Aber hast du nicht immer gesagt, dass der Zweck manchmal die Mittel heiligt?"

Schweigend musterte er mich eine Weile. „Ja, früher habe ich das gesagt. Und wenn ich mich recht erinnere, hast du mir immer heftig widersprochen."

„Ja, ähm ... vielleicht habe ich acht Jahre später meine Meinung geändert."

„Ach, sag bloß. Gibst du gerade zu, dass ich schon immer recht hatte?" Ein Lächeln zuckte um seine Mundwinkel.

„Gar nichts gebe ich zu. Ich sage lediglich, dass dein Ansatz eventuell seine Berechtigung hat. Warum vergeuden wir überhaupt Zeit mit dieser Diskussion? Du hast doch viel zu tun, wie ich sehe, da lass ich dich mal weitermachen." Ich versuchte, mich an ihm vorbeizudrängeln.

„Nicht so schnell." Devlin griff nach meinem Handgelenk.

Die Berührung seiner Finger verursachte mir ein Kribbeln, und ich schnappte nach Luft. Hatte er das auch gespürt? Ich verharrte auf der Stufe und starrte ihm in die Augen, bis ich schließlich mit einem Ruck mein Handgelenk befreite und eine Stufe weiter nach unten trat, weg von ihm. Diesmal versuchte er nicht, mich zurückzuhalten.

„Gemma", sagte er mit einem Seufzen und fuhr sich mit der Hand durchs Haar. Eine dunkle Locke fiel ihm keck über die Augen.

Der Anblick erinnerte mich daran, wie er früher als Student sein Haar getragen hatte und wie oft ich ihm diese Haarsträhne wieder aus der Stirn gestrichen hatte. Die Hände neben dem Körper zu

Fäusten geballt, zwang ich mich wegzuschauen.

„Ich weiß, dass deine Neugier ganz natürlich ist, aber du musst das lassen", sagte Devlin. „Das ist eine Mordermittlung. Du kannst nicht einfach rumlaufen, Fragen stellen und womöglich Zeugen beeinflussen."

„Wie soll ich denn Zeugen beeinflussen?", fragte ich empört.

„Indem du Suggestivfragen stellst. Wenn dann die Polizei auftaucht und sie vernimmt, haben sie womöglich schon deine Theorien im Kopf."

„Ich habe doch nur ein paar harmlose Fragen über Sarah und Fiona gestellt. Und dabei nichts erwähnt, was man nicht aus öffentlichen Quellen wie den Abendnachrichten wissen kann. Da habe ich aufgepasst."

Devlin stöhnte genervt. „Seit wann interessierst du dich dafür, Amateurdetektivin zu spielen? Ich meine, es ist schon schlimm genug mit Mabel Cooke und ihren Freundinnen, die sich für Klone von Miss Marple halten, auch ohne dass du mitmischst! Kannst du das nicht einfach den Profis überlassen? Du verfügst nicht über dieselben Ressourcen und Befugnisse wie die Polizei, und daher fehlt dir auch der entscheidende Vorteil, den man braucht, um den Fall zu lösen."

„Beim letzten Fall habe ich mich gar nicht so schlecht angestellt", betonte ich. „Falls du das vergessen hast, ich war diejenige, die die meisten Antworten gefunden, falsche Alibis aufgedeckt und schließlich den Mörder entlarvt hat."

Devlin zögerte, dann neigte er zustimmend den Kopf. „In Ordnung. Du hast recht, beim letzten Mal warst du echt eine Hilfe, und ich muss zugeben, dass du viele Fragen bei diesem Fall gelöst hast – davon kann aber vieles Anfängerglück gewesen sein. Das macht dich noch nicht zu Sherlock Holmes."

Ich warf ihm einen verächtlichen Blick zu. „Du redest hier die ganze Zeit über die Vorteile der Polizei und all ihre Ressourcen, aber Intuition, und die richtigen Schlussfolgerungen ziehen zu können, ist genauso nützlich. Ich kenne mich in der Universität aus – ich hab hier auch mal studiert –, und Insiderwissen ist mein Vorteil. Mit mir sprechen die Leute."

„Die Leute?" Devlin blickte zu den Studios, dann wieder zu mir. „Was haben die denn gesagt?"

Mit erhobenem Kopf antwortete ich: „Warum sollte ich dir das erzählen, wo du doch so viele Ressourcen und Befugnisse hast, dass du das genauso gut selbst rausfinden kannst?"

Nach kurzem Nachdenken seufzte er und strich sich wieder mit der Hand die Haare zurück. „Gut. Sag mir, was du rausgefunden hast, und ich werde dich nicht wegen Behinderung der Ermittlungen anzeigen."

„Oh nein." Ich verschränkte die Arme. „Ich teile die Informationen gerne mit dir, aber nur mit Gegenleistung. Zeig du mir deins, dann zeig ich dir meins." Ich verstummte und wurde rot, als mir klar wurde, wie diese Redewendung klingen musste.

Amüsiert zog Devlin eine Augenbraue hoch. „Diese Gegenleistung könnte mir gefallen ..."

Mürrisch erwiderte ich: „Du weißt, was ich meine."

Plötzlich lachte er ein tiefes, wohlklingendes Lachen. „Du bist genauso stur wie immer." Er stieß den Atem durch die Zähne aus. „Okay, abgemacht. Aber nicht hier. Hast du Lust auf Mittagessen?"

Mit einem Blick auf meine Armbanduhr stellte ich fest, dass es schon fast Mittag war, und da bemerkte ich auch das leise Knurren meines Magens.

„Gerne." Ich ging voran die Treppe hinunter.

Wir traten auf die High Street hinaus. Es war ein kühler Wintertag, und der schwache Sonnenschein kämpfte sich gerade durch eine graue Wolkenwand. Ein schneidender Wind fegte die Straße entlang. Ich fröstelte und zog den Kragen meines Dufflecoats höher. Devlin hatte zwar keinen Mantel an, aber sein anthrazitgrauer Anzug aus feiner Kaschmirwolle bot ihm ausreichend Schutz. Sein dunkles Haar wurde vom Wind zerzaust, und er kniff die Augen zusammen, aber ansonsten schien ihm die Kälte nichts auszumachen. Vermutlich ist er dank seiner keltischen Wurzeln ein zäher Bursche, dachte ich.

„Wollen wir zur Turf Tavern?", fragte er und deutete zur anderen Straßenseite.

Ich nickte und folgte ihm. Wir überquerten den Radcliffe Square und liefen an der Radcliffe Camera und anderen Gebäuden vorbei, die zur Bodleian

Library gehörten. Hinter dem Hertford College mit der bekannten Seufzerbrücke bogen wir in eine kleine schmale Gasse ein, die St Helen's Passage. Der ursprüngliche Name gefiel mir allerdings besser: „Hell's Passage" – Übergang zur Hölle. Schließlich standen wir in einem winzigen Innenhof mitten auf dem Universitätsgelände.

Hier befand sich das Juwel mit dem Namen „Turf Tavern". Früher war die Kneipe nur bei Studenten und Einheimischen bekannt gewesen – und wenigen Touristen, die zufällig auf dieses Geheimnis gestoßen waren. Die Turf Tavern lag in einem historischen Gebäude mit niedrigen Decken aus dem 13. Jahrhundert im Schatten der alten Stadtmauern. Gerüchte besagten, dass sie wegen der illegalen Aktivitäten der ehemaligen Inhaber direkt außerhalb der Stadtgrenze erbaut worden war.

Als wir den Pub durch die enge Eingangstür betraten, musste Devlin sich wegen der niedrigen Decke tief bücken. Der Raum wirkte rustikal – Steinwände, offenes Fachwerk, Sprossenfenster und dunkle Holzmöbel. An der Bar, die die Größe einer Telefonzelle hatte, wurde eine erstaunlich große Auswahl von Bieren und Getränken ausgeschenkt. Ich fand einen freien Tisch beim Fenster, während sich Devlin um Essen und Getränke kümmerte. Es war zu kalt heute, um draußen zu sitzen, auch wenn die Touristen im Innenhof wegen der malerischen Biergartenatmosphäre dem Wetter trotzten.

Träge beobachtete ich sie durch die

Fensterscheibe. Es war schon komisch, wie eifrig sie das Gasthaus fotografierten. Als Studentin hatte ich das Turf für selbstverständlich gehalten. Es war nur eine der vielen Kneipen, die ich mit meinen Freunden besucht hatte. Doch jetzt, nachdem ich die letzten acht Jahre in einem so jungen Land wie Australien gelebt hatte, in dem es an historischer Architektur mangelte, hatte ich das Idyllische und den „Alte-Welt-Charme" von England neu schätzen gelernt.

„Bitte." Devlin stellte eine dampfende Tasse vor mir ab. „Ich dachte, du magst bestimmt was Heißes trinken. Essen kommt auch gleich."

Dankbar schloss ich meine Hände um die Tasse und konnte spüren, wie die Wärme in meine kalten Finger zurückströmte. Ich hob den Becher an die Lippen und atmete den Duft nach Zimt, Zitrone und Gewürzen ein.

„Glühwein!", rief ich freudig überrascht.

Grinsend ließ er sich auf dem Stuhl mir gegenüber nieder. „Ich wusste noch, dass du das Zeug früher so gerne mochtest. Alkohol hast du nie getrunken, außer wenn das Ganze widerlich süß schmeckte."

Ich war gerührt, dass er sich daran noch erinnern konnte, und nahm einen Schluck von dem würzigen Getränk. Es glitt durch meine Kehle und wärmte mich bis in mein tiefstes Innerstes.

„Hat dir das Konzert gestern Abend gefallen?", fragte er unvermittelt.

„Ja, danke", antwortete ich knapp.

„Lincoln ist also ein Freund der Familie ...?",
erkundigte er sich beiläufig, aber ich sah das
Interesse in seinen Augen aufblitzen.

„Ja, Lincolns Mutter Helen ist die beste Freundin
meiner Mutter seit Kindertagen, und wir verbrachten
als Kinder viel Zeit miteinander. Dann ging Lincoln
ans Imperial College in London und studierte dort
Medizin. Er ist gerade erst nach Oxford
zurückgekehrt, und meine Mutter meinte, ein
Wiedersehen zwischen uns wäre nett ..."

„Machst du immer noch, was deine Mutter sagt,
wie ein braves kleines Mädchen?"

Vor Ärger über seinen Ton lief ich rot an. „Zufällig
mag ich Lincoln, er ist ein netter Kerl. Sonst hätte
ich seine Einladung nicht angenommen, unabhängig
davon, was meine Mutter will."

„Das ist schön, dass du dir in acht Jahren ein
wenig Rückgrat zugelegt hast", stichelte Devlin.

Ich atmete tief ein und war entschlossen, mich
nicht von ihm provozieren zu lassen. Er hatte Grund
genug zur Bitterkeit. Vor acht Jahren hatte Devlin
sich ein Herz gefasst und mir einen Heiratsantrag
gemacht. Doch ich war jung, naiv und unsicher
gewesen und hatte schließlich dem Druck von
Freunden und Familie nachgegeben. Besonders
meine Mutter hatte Devlin wegen seiner Herkunft
aus der Arbeiterschicht missbilligt.

Letzten Endes hatte ich Nein gesagt, was Devlin
mir nie verziehen hatte.

Weniger, weil ich ihm einen Korb gegeben hatte,

sondern weil ich meinen eigenen Gefühlen nicht getraut hatte. Ich bin überzeugt, Devlin hätte mich nicht so sehr gehasst, wenn ich ihn nicht genug geliebt hätte und deshalb seinen Antrag abgelehnt hätte. Er war wütend, weil ich andere über mein Leben entscheiden und meine Entschlüsse beeinflussen ließ.

Ich sah im Geiste alles noch vor mir, was an diesem schrecklichen Tag passiert war: Wie er mich voller Geringschätzung und Enttäuschung angeblickt hatte, ehe er auf dem Absatz kehrtgemacht hatte und gegangen war. Eigentlich hatte ich ihm nachlaufen, ihn bitten wollen, zu mir zurückzukommen, mir noch eine zweite Chance zu geben ... stattdessen hatte ich wie betäubt dagestanden und zugeschaut, wie er aus meinem Leben verschwand. Ich war zu schwach gewesen, hatte es anderen recht machen wollen, hatte Angst gehabt, meinen Gefühlen zu trauen. Einer der Gründe, warum ich auf das Graduiertenprogramm in Sydney sofort angesprungen war, war, dass ich den schmerzlichen Erinnerungen an Oxford hatte entfliehen wollen.

Acht Jahre später war ich jetzt also wieder zurück. Und Devlin auch. Was machten wir jetzt daraus? Innerlich schüttelte ich den Kopf über mich. Das hier führte nirgendwohin. Vor allem nach dem letzten Mordfall hatte ich gedacht, dass wir vielleicht noch eine Chance auf einen Neubeginn hätten. Es schien mir, als hätte Devlin angedeutet, dass er noch

Gefühle für mich hatte. Und ich musste zugeben, dass ich tief in mir auch noch etwas für ihn spürte. Aber er hatte bisher nichts weiter unternommen. In all den Wochen, die seitdem vergangen waren, hatte er mich nicht ein Mal angerufen.

Okay, okay, ich weiß wohl, dass wir im 21. Jahrhundert leben und ich eine emanzipierte, moderne Frau bin. Ich muss nicht warten, bis der Mann mich anruft. Und doch tat ich genau das, wollte, dass *er* den ersten Schritt machte. Aus Stolz, vermutete ich.

Vielleicht ging es ihm auch so. Das konnte ich ihm kaum zum Vorwurf machen. So, wie ich ihn vor acht Jahren enttäuscht hatte, war es wohl keine Überraschung, dass Devlin nicht wieder als Erster seine Gefühle offenbaren wollte.

Und so endeten wir wie immer, so schien es, in einer Sackgasse.

Devlin räusperte sich. „Es tut mir leid, Gemma, das war unpassend", erklärte er leise. „Ich weiß nicht, was eben in mich gefahren ist. Es ist dein gutes Recht, zu hören, auf wen auch immer du willst. Und mit deinem Leben das anzufangen, was du dir wünschst. Mich geht das gar nichts an."

Ich hob den Kopf und sah in diese blauen Augen, und beinahe hätte ich ihm mein Herz ausgeschüttet, aber aus irgendeinem Grund brachte ich die Worte nicht heraus. Ich sagte nur: „Macht nichts, das ist unwichtig. Konzentrieren wir uns auf den Mord."

Seine Augen zeigten mir, wie er wieder

dichtmachte, seine Miene wurde unnahbar und professionell. Der kühle, entschlossene Detective übernahm ab hier.

„Warum berichtest du mir nicht, was du herausgefunden hast?", schlug Devlin vor.

Kapitel 13

Ich berichtete Devlin von meinem Besuch im Haus der Walthams und wie ich in Sarahs Zimmer herumgeschnüffelt hatte. Als ich endete, kam unser Essen, und die Gerüche, die von den Tellern vor uns aufstiegen, ließen mir das Wasser im Mund zusammenlaufen. Devlin hatte für sich „Bangers and Mash" bestellt, ein Gericht aus Schweinswürstchen mit Kartoffelpüree und einer Bier-Senf-Soße, dazu Süßkartoffelchips. Für mich gab es ein traditionelles „Fish and Chips"-Gericht: panierter Kabeljau mit hausgemachtem Erbsenpüree, dazu Remouladensoße, dick geschnittene Pommes und Apfelessig.

Während wir aßen, entstand eine wohltuende Stille, und der Mordfall war vorübergehend vergessen. Einen Moment lang war es fast wie in den alten Studentenzeiten, als wir uns oft in verschiedenen Pubs in Oxford eine Mahlzeit geteilt hatten.

Schließlich seufzte ich zufrieden und lehnte mich zurück. „Oh mein Gott, ich bekomme keinen Bissen mehr herunter."

„Was? Keine Nachspeise?", fragte Devlin grinsend.

„Oh, dafür ist immer Platz." Ich musste lachen.

Neben der Theke hing eine Tafel mit dem Tagesmenü. Ich warf einen Blick auf die Dessert-Auswahl: Birnentarte mit gesalzenem Karamell und Haselnüssen, Sticky Toffee Pudding mit Eiscreme aus Clotted Cream, Donuts mit einer Soße aus Bramley-Äpfeln und der Langzeitklassiker, Brownies aus drei Schokoladensorten. Alles klang so köstlich, dass ich mich nicht entscheiden konnte.

Letztlich nahm ich den Sticky Toffee Pudding, eine typisch britische Nachspeise, die ich schon eine Weile nicht mehr gegessen hatte. Sie wurde warm serviert und war oben mit einer herrlich leckeren Sirupsoße beträufelt. Der Kuchen war reichhaltig und saftig. Das ultimative Wohlfühlessen an einem kalten Wintertag. Als ich den letzten Rest der Toffeesoße von meinem Löffel geleckt hatte, hätte ich es mit der ganzen Welt aufnehmen können, oder zumindest fühlte ich mich so.

Amüsiert sah Devlin mir zu. „Man könnte meinen, dass du noch nie zuvor ein Dessert gegessen hast."

„Nicht so eines", erwiderte ich und fuhr mit der Zunge noch einmal über den Löffel. „Über das englische Essen mögen sich manche Leute ja zu Recht beschweren, aber unsere Nachspeisen sind unvergleichlich."

Lachend trank er einen Schluck Kaffee, doch seine Miene verdüsterte sich, als er das Gespräch wieder auf unseren Fall lenkte. Jon Kelseys Geschichte schien zu stimmen, berichtete er mir. Sein Sergeant hatte recherchiert, und anscheinend hatte Jon die Wahrheit gesagt: Sarah war häufig in seiner Londoner Galerie aufgetaucht, und es gab Berichte über „unschöne" Szenen dort.

„Kelseys Assistentin wollte nicht so recht mit der Sprache herausrücken", fuhr Devlin fort. „Aber das ist ja auch klar. Eine Galerie ersten Ranges wie diese wird auf ihr Image bedacht sein, und es ist nicht gerade eine gute Werbung für das Geschäft, wenn eine frühere Kundin Chaos stiftet. Das muss ihnen peinlich gewesen sein, und sie haben sicher versucht, es unter den Teppich zu kehren."

„Das alles stimmt mit dem überein, was Mrs Waltham mir erzählt hat", erwiderte ich. „Darüber, dass Sarah oft nach London gefahren ist. Sie hat geglaubt, ihre Stieftochter hätte dort eine Affäre mit einem Mann, eventuell mit einem verheirateten Mann, wegen Sarahs Heimlichtuerei."

„Gut möglich, dass es Scham und Stolz waren", sagte Devlin. „Wenn Jon ihr einen Korb gegeben hat, hätte sie wohl nicht ausposaunt, dass sie ihm hinterhergelaufen ist."

„Also glaubst du, dass die Jon-Kelsey-Spur in einer Sackgasse endet?", wollte ich wissen.

„Im Augenblick bin ich mit einem Urteil noch zurückhaltend", antwortete er vorsichtig wie üblich.

Mir fiel wieder die Unterhaltung ein, die ich im Garten der Galerie mit angehört hatte:

„Machen wir es heute Abend?"
„Bleib ruhig ... alles zu seiner Zeit."
„Ich ... ich halte es nicht mehr aus. Diese Anspannung bringt mich noch um!"
„Du wusstest, worauf du dich einlässt. Erzähl mir nicht, dass es dir nicht gefällt."

Bisher hatte ich Devlin noch nichts davon erzählt. Aus Loyalität zu Cassie hatte ich den Mund gehalten. Jon Kelsey zählte schon zu den Verdächtigen, und wenn ich von diesem Gespräch berichtete, würde das die Aufmerksamkeit nur noch mehr auf ihn lenken. Das wollte ich nicht, jedenfalls nicht, bevor ich die Gelegenheit gehabt hatte, selbst weitere Nachforschungen über ihn anzustellen. Und eventuell mit Cassie über das zu sprechen, was ich herausgefunden hatte. Wenn sie das Gefühl bekam, dass ich die Polizei auf Jon ansetzte, würde sie mir das nie verzeihen.

„Offen gesagt, abgesehen davon, dass sie in Jons Galerie zu Tode kam und er sie gekannt hat, gibt es keine zwingenden Gründe, ihn des Mordes zu verdächtigen. Es kann auch ein anderer Mann eine Rolle spielen, von dem wir bisher noch nichts wissen. Die Recherche über andere Männerbekanntschaften in ihrem Leben läuft gerade. Allerdings schien sie nicht vielen Leuten vertraut zu haben, und niemand hat sie in der letzten Zeit mit einem Mann zusammen gesehen. Zumindest nicht in Oxford."

„Was ist mit Fiona? Was hast du von den Mitarbeitern der Kunstakademie erfahren?"

„Nicht viel. Beide waren anscheinend fleißige Studentinnen, die vielleicht sogar ein wenig zu hart arbeiteten. Ihr Tutor hat mir gegenüber zugegeben, dass es einen akademischen Konkurrenzkampf zwischen Sarah und Fiona gab, aber er hat es runtergespielt, mit der Aussage, es sei gesunder Wettbewerb gewesen."

„Sehr gesund klang es für mich aber nicht", warf ich ein und gab kurz wieder, was ich von der Japanerin über den Kunstpreis erfahren hatte.

Devlin stieß einen Pfiff aus. „Das hört sich weit schwerwiegender an, als die Leute es mir gegenüber dargestellt haben."

„Na ja, sie werden keine große Sache daraus machen wollen, kann ich mir vorstellen. Dieser Vorfall könnte ja auch auf die Akademie ein schlechtes Licht werfen, wenn er bekannt wird."

„Damit hätte Fiona auf jeden Fall ein Motiv ...", überlegte Devlin.

„Würde jemand wirklich nur aus Rache wegen eines verlorenen Stipendiums einen anderen Menschen umbringen?"

„Ich habe schon Leute gesehen, die für weniger getötet haben", brummte Devlin. „Verbitterung und Groll können einen auffressen."

„Und ich glaube, von allen Leuten auf der

Vernissage hatte Fiona die beste Gelegenheit, Gift in Sarahs Tee zu mischen."

„Im Tee war aber kein Gift."

Ich starrte ihn an. „Was?"

„Der vorläufige Bericht des Toxikologen liegt inzwischen vor. Einige Scherben der Teetasse und etwas von dem Tee konnten sichergestellt und kriminaltechnisch untersucht werden, aber es wurden keine verdächtigen Substanzen gefunden."

„Aber ... hast du nicht gesagt, dass sie vergiftet wurde?"

„Oh ja, sie wurde in der Tat vergiftet, nur eben nicht mit dem Tee."

„Also haben die Silberlocken doch unrecht gehabt", stellte ich fest. „Dabei schienen sie so überzeugt davon, dass sie gesehen haben, wie Fiona Gift in die Tasse getan hat."

„Überleg mal. So haben sie es eigentlich nicht ausgedrückt. Sie meinten bloß, sie hätten gesehen, wie die beiden Frauen stritten, und dass Fiona eine gute Gelegenheit gehabt hätte, Sarah etwas ins Getränk zu schütten. Das stimmt ja auch. Nur war den Tests zufolge in der Tasse nichts als Tee, Milch und Zucker."

„Heißt das, Fiona ist aus dem Schneider?"

„Nicht zwangsläufig. Sie könnte das Gift auf andere Weise verabreicht haben."

Ich runzelte die Stirn. „Wo sonst könnte sie Blausäure hineingetan haben?"

„Dass es sich um Blausäure handelt, ist noch

nicht sicher", erinnerte er mich. „Das hat die toxikologische Analyse noch nicht bestätigt. Morgen habe ich hoffentlich den vollständigen Bericht vorliegen. Es gibt aber unzählige Wege, wie Fiona die Blausäure versteckt haben könnte. Vielleicht hat sie Sarah etwas zu essen gegeben, ohne dass die Silberlocken es beobachtet haben, oder vielleicht hat sie etwas auf den Tassenrand aufgetragen ... Das wurde natürlich getestet, und das Ergebnis war bisher negativ. Wenn es allerdings nur eine dünne Schicht war und Sarah genau von dieser Stelle am Rand getrunken hat, dann wurde das Gift vermutlich durch ihren Speichel weggewischt ... Ich weiß nicht, ich spekuliere nur, um dir ein Beispiel zu nennen, wie Gift verabreicht werden kann, ohne direkt in den Tee gegeben zu werden."

Ich lehnte mich zurück. „Aber ... wenn man nicht weiß, wie das Gift verabreicht wurde, wie kann man dann herausfinden, wer es war?"

„Das ist mit das Schwierigste an Giftmorden. Im Unterschied zu einem normalen Mord muss man dabei nicht nur den Todeszeitpunkt ermitteln, Alibis überprüfen und die Tatwaffe finden. Bei einer Vergiftung muss man jeden in Betracht ziehen, der Zugang zu dem Gift gehabt haben könnte und die Gelegenheit, es anzuwenden. Und wenn man dann noch die Möglichkeit eines langsam wirkenden Giftes hinzurechnet – das heißt, dass das Opfer schon einige Stunden vor seinem Tod vergiftet worden sein kann –, dann werden das Zeitfenster und der Kreis der Verdächtigen noch viel größer."

„Blausäure ist ein schnell wirkendes Gift, dachte ich", wandte ich ein.

„Ja, es ist eines der schnellsten. In großen Dosen führt Blausäure innerhalb einer Minute bis zu fünfzehn Minuten zum Tod. Alles hängt von der Dosierung ab, und auch zum Beispiel davon, ob das Opfer etwas im Magen hatte. Dadurch wird die Aufnahme verlangsamt."

„Meinst du also, dass Sarah von jemandem vergiftet worden sein kann, den sie *vor* der Party getroffen hat?"

Devlin nickte. „Diese Möglichkeit können wir nicht ausschließen. Im Augenblick sammele ich Beweise dazu, wo sie sich letzten Samstag aufgehalten hat. Wir wissen bereits, dass sie abends um Viertel vor sieben das Haus verlassen hat und zur Vernissage aufgebrochen ist. Das hat Mrs Waltham bestätigt. Davor hat sie den ganzen Nachmittag in der Kunstakademie verbracht. Ach ja, und sie hat noch kurz bei ihrem Vater im Krankenhaus vorbeigeschaut, ehe sie nach Hause gefahren ist."

„Ja, Lincoln hat das gestern Abend erwähnt", fiel mir ein. „Er hat erzählt, dass er auf seiner Visiterunde mitbekommen hätte, wie Sarah einer Krankenschwester eine Riesenszene machte. Beinahe hätte er die Sicherheitskräfte hinzugeholt, aber durch die Ankunft einer weiteren Besucherin wurde die Situation dann entschärft."

„Heute Nachmittag fahre ich ins Krankenhaus und rede mit deinem Freund", fügte Devlin hinzu.

„Er ist nicht mein Freund", korrigierte ich rasch, ehe ich es bemerkte. Ich errötete, verärgert über mich selbst.

Devlin hob eine Augenbraue, sagte aber nichts.

Ich räusperte mich. „Hast du sonst keine Verdächtigen?"

„Nicht direkt – aber in Betracht ziehen wir jeden, der einen Grund gehabt hätte, Sarah schaden zu wollen."

„Nach dem, was ich bisher gehört habe, ist das beinahe jeder", erwiderte ich. „Es klang, als wäre sie keine besonders nette Person gewesen." Da kam mir ein Gedanke. „Was ist mit einer Lebensversicherung – hatte Sarah eine?"

„Sie war ja erst dreiundzwanzig", antwortete Devlin trocken. „Nein, hatte sie nicht. Wenn jemand auf Geld aus gewesen wäre, hätte er sie besser geheiratet. Als Einzelkind hätte sie das Vermögen ihres Vaters geerbt. Aber sie selbst besaß keine Vermögenswerte."

Ein frustriertes Stöhnen entwich mir. „Wir drehen uns irgendwie im Kreis."

„Das Gute an einem Kreis ist, dass er keinen Anfang und kein Ende hat. Solange der Täter auf der gleichen Kreisbahn ist, holen wir ihn irgendwann ein", erklärte Devlin. Der Blick aus seinen blauen Augen war kalt und hart. „Es ist nur eine Frage der Zeit."

Kapitel 14

Devlin brachte mich zurück zur Broad Street, und wir trennten uns vor dem Sheldonian Theatre. Ich war schon auf dem Heimweg nach North Oxford, als mein Blick auf ein Ladenschild auf der anderen Straßenseite fiel. Dort befand sich Jon Kelseys Galerie. Spontan überquerte ich die Straße und trat ein.

Bei Tageslicht hier zu sein war merkwürdig. Die Galerie war natürlich gesäubert worden, und von dem Todesfall war keine Spur mehr zu sehen. Einige Touristen und Leute, die ich für Einheimische hielt, schlenderten umher und betrachteten die ausgestellten Kunstwerke. Erfreut bemerkte ich, dass recht viele Menschen vor Cassies Gemälden stehen blieben, um sie zu bewundern.

Eine junge, blonde Frau, die den unterkühlten Stil ausstrahlte, der so gut zu moderner Kunst und minimalistischem Chic passte, stand vor einer Leinwand und sprach mit einem Paar im mittleren

Alter über das Werk. Ich erkannte sie wieder, auf der Vernissage hatte sie als Jons Assistentin fungiert. Sie wirkte leicht gestresst. Vermutlich blieb alles in der Galerie an ihr hängen, solange Jon in Italien war, und heute schien hier besonders viel los zu sein.

Ziellos durchstreifte ich den Raum, wobei ich vorgab, die Kunstwerke zu betrachten, dabei fragte ich mich, was ich hier eigentlich tat. Was hatte ich zu erreichen gehofft? Hatte ich geglaubt, dass auf magische Weise ein Hinweis auftauchen würde, wenn ich nur an den Tatort zurückkehrte? So was Dummes, schalt ich mich voller Ungeduld. Ich schickte mich an zu gehen, als ich eine Treppe am anderen Ende der Galerie entdeckte, die halb verborgen hinter einer Säule lag. Am Abend der Vernissage war sie mir nicht aufgefallen. Ich fragte mich, wohin die Stufen führten, und die Neugier zog mich in ihre Richtung.

„Kann ich Ihnen helfen?"

Ich fuhr zusammen. Jons Assistentin stand mir gegenüber. „Oh ... äh ... ich dachte nur, da oben gibt es vielleicht noch weitere Galerieräume."

„Nein, die Ausstellungsräume sind alle hier unten. Im Obergeschoss befinden sich nur Privaträume." Lächelnd fügte sie hinzu: „Du bist doch Cassies Freundin, nicht wahr? Das weiß ich noch von der Vernissage. Ich bin Danni."

„Hallo." Ich erwiderte ihr Lächeln und fügte in mitfühlendem Ton hinzu: „Der Abend muss ein Albtraum für dich gewesen sein."

Sie verdrehte die Augen. „Das kann man wohl sagen. Bis ein Uhr nachts mussten wir hierbleiben, und natürlich wollte die Polizei die ganze Galerie über das Wochenende dichtmachen. Wir hatten fast nicht mehr daran geglaubt, dass wir heute schon wieder öffnen könnten, aber Gott sei Dank haben sie uns heute Morgen die Erlaubnis gegeben."

„Erstaunlich, dass Jon dennoch nach Italien fliegen wollte. Man sollte meinen, dass er dir helfen würde, dich um alles zu kümmern."

Ein Anflug von Verärgerung huschte über ihr Gesicht, ehe sie ihn schnell verbarg. „Jon hat ein wichtiges Treffen in Florenz, das nicht verschoben werden konnte. Außerdem bin ich durchaus in der Lage, alleine die Stellung zu halten", erklärte sie und setzte ein höfliches Lächeln auf.

„Oh, davon bin ich überzeugt", erwiderte ich. „Kanntest du eigentlich Sarah Waltham? Jon hat erzählt, dass sie oft in seiner Londoner Galerie gewesen ist ..."

„Ja, ich habe sie ein paarmal in London getroffen. Sie war eine richtige Nervensäge", sagte Danni unverblümt. „Ich weiß, man soll über Tote nicht schlecht reden, aber die Frau hatte echt Probleme. Sie hat Jon das Leben zur Hölle gemacht."

„Ich kann nicht fassen, dass sie sich so frech als seine Freundin ausgegeben hat", setzte ich das Gespräch im Plauderton fort.

„Allerdings. Damit ist sie natürlich nicht die Erste gewesen. Die Frauen fliegen auf Jon, und auch wenn er nicht absichtlich mit ihnen flirtet, denken viele, dass er mehr von ihnen will. Sie lassen ihn nie in Ruhe", empörte sie sich, wie die typische persönliche Assistentin, die ihren Chef verteidigt.

Mein Blick glitt wieder zur Treppe. „Ich wusste gar nicht, dass Jon hier wohnt."

„Na ja, es ist nur eine kleine Zweitwohnung – viel Zeit verbringt er hier nicht. Im Augenblick ist er ohnehin die meiste Zeit bei Cassie. Da oben hat er auch eine Dunkelkammer", fügte Danni hinzu.

„Jon fotografiert auch?"

Sie nickte. „Seit seiner Teenagerzeit. Das hat ihn ja erst zur Kunst gebracht. Und er steht auf die altmodischen Sachen – Papierfotos entwickeln und so. Also hat er sich im ersten Stock eine Dunkelkammer eingerichtet und mit den notwendigen Chemikalien ausgestattet. Du musst ihn mal bitten, dir einige seiner Fotos zu zeigen – er ist ziemlich gut."

Ein Kunde rief Danni zu sich, und sie entschuldigte sich. Ich ging zur Tür. Es gab keinen Grund mehr, hier weiter herumzustehen, ebenso gut konnte ich zu Hause meine Arbeit fortsetzen. Gerade als ich die Galerie verlassen wollte, bemerkte ich beim letzten Blick über die Schulter drei kleine Gestalten, die in der gegenüberliegenden Ecke um eine Säule herumschlichen. Die Silberlocken. Was taten die denn hier?

Fassungslos beobachtete ich, wie sie sich langsam der untersten Stufe näherten und Mabel

Cooke die anderen verstohlen an sich vorbeiwinkte. Mabel wartete, bis alle oben waren, sah sich noch einmal um und eilte ihnen nach. Für kleine ältere Damen waren sie echt schnell unterwegs!

Ich vergewisserte mich, dass Danni vollauf damit beschäftigt war, ein kleines Gemälde zu verpacken. Gleichzeitig war sie in ein Gespräch mit dem Paar an der Empfangstheke vertieft und hatte nichts bemerkt.

Unglaublich. Was hatten Mabel und ihre Freundinnen vor?

Wie der Blitz durchquerte ich den Raum und starrte vom Fuß der Treppe aus hinauf. Hören konnte ich nichts. Ein Blick zu Danni verriet mir, dass ihre Aufmerksamkeit noch dem Paar galt. Unschlüssig verharrte ich an der untersten Stufe. Wenn Cassie jemals herausfand, dass ich in Jons Privaträumen herumgeschnüffelt hatte, würde sie stinksauer werden. Aber die Silberlocken waren ja schon da – konnte ich da noch größeren Schaden anrichten? Ich folge ihnen nur, um dafür zu sorgen, dass sie keine Dummheiten machen, redete ich mir ein und erklomm die Stufen.

Oben gab es zu beiden Seiten je eine Tür. Zuerst probierte ich es mit der linken. Sie war verschlossen. Also nahm ich die rechte, öffnete sie, und vor mir lag ein geräumiges, loftartiges Schlafzimmer mit Blick zur Straße. Rasch trat ich ein, schloss die Tür und blickte mich interessiert um. Das Zimmer war im skandinavischen Stil eingerichtet, weiße Wände, graues Dekor, geometrische Accessoires, minimalistisch möbliert. An der Wand über dem Bett war eine Bang-&-Olufsen-Lautsprecheranlage befestigt, und den besten Platz in der Ecke am Fenster nahm ein mit Leder überzogener Massagesessel ein. Anscheinend mochte es Jon Kelsey gerne stilvoll, selbst wenn er selten hier war.

Das Bett war riesig und hatte ein schwarzes Lederkopfteil und Füße aus glänzendem Chrom. Marineblaue Seidenlaken, erstaunlich viele Kissen und ein Überwurf aus Kunstpelz befanden sich darauf. Ich hob den Kopf und bemerkte, dass an der Decke direkt darüber ein Spiegel hing. *Oho.* Ich konnte mir vorstellen, dass Jon ein Mann war, der sich selbst gerne im Bett bewunderte ...

An das Zimmer grenzte ein Bad mit einer Duschkabine und einem Waschbecken. Abgesehen von einem weichen grauen Handtuch und einer geöffneten Kulturtasche aus Leder, die das Rasierzeug eines Mannes enthüllte, fand ich nichts weiter. Das komplette Gegenteil von Sarah Walthams Chaos. Ich warf einen prüfenden Blick in den Kleiderschrank neben dem Bett und strich mit den Fingern über Hemden und Anzüge, die nach Farben sortiert an den Stangen hingen. In den Schubladen darunter mussten Socken und Unterwäsche stecken, aber hier war für mich eine Grenze. Jon Kelseys Unterwäsche würde ich nicht durchgehen.

Ich schloss die Schranktür und ließ den Blick enttäuscht noch einmal durch das Zimmer wandern.

Es gab nichts, was mein Interesse weckte. Das hier war das Zweitschlafzimmer eines Junggesellen, das kaum Platz dafür bot, etwas zu verstecken. Dabei wusste ich noch nicht einmal, wonach ich suchte, schließlich hatte Jon wohl kaum ein Foto hier stehen, auf dem er mit Sarah zu sehen war!

Ich kam mir dumm vor und wollte gerade wieder gehen, als ich mit dem Ellbogen die Louis-Poulsen-Nachttischlampe herunterstieß. Krachend landete sie auf dem Boden.

Ich erstarrte. *Um Himmels willen.*

Hatte Danni unten etwas mitbekommen? Sie wusste, dass hier oben eigentlich niemand sein dürfte ... Aus der Entfernung konnte ich Schritte hören, die durch die Galerie eilten.

Mist! Das muss Danni sein, die nachsehen will, was das für ein Lärm war.

Ich riss die Lampe hoch und stellte sie zurück auf den Nachttisch, dann schaute ich mich hektisch um. Der minimalistische Einrichtungsstil bot keinerlei Verstecke. Noch nicht mal der Schrank war groß genug, dass ich mich hineinzwängen konnte. Während ich darüber nachdachte, fragte ich mich plötzlich, wohin die Silberlocken verschwunden waren. Es war mir völlig entfallen, aber sie mussten hier ja auch noch irgendwo sein. In das verschlossene Zimmer konnten sie nicht gegangen sein, hier waren sie allerdings auch nicht. Wo steckten sie also?

Mir blieb jedoch keine Zeit, das herauszufinden.

Ich hörte, wie jemand die Stufen heraufstieg. Jeden Augenblick würde Danni die Tür öffnen, und ich war nicht erpicht darauf, ihr alles erklären zu müssen.

Das Bett, schoss es mir durch den Kopf. Das war die einzige Möglichkeit. Rasch kroch ich darunter und stieß mit der Hüfte gegen etwas Weiches. Ich fuhr herum und musste einen Schrei unterdrücken. Drei wachsame Augenpaare blickten mich an. Ungläubig starrte ich auf Mabel, Florence und Glenda, die Seite an Seite unter dem Lattenrost lagen.

„Was machen Sie denn ...?"

„Psst!", zischte Mabel und funkelte mich an. „Du verrätst uns sonst noch!"

Ich presste die Lippen aufeinander, denn ich hörte, wie die Tür geöffnet wurde. Wir hielten alle den Atem an. Durch den kleinen Spalt sah ich ein Paar hochhackige Schuhe durchs Zimmer gehen, an uns vorbei, um das Bett herum ins Bad und wieder zurück.

Ich betete: Bitte schau nicht unter das Bett ... Bitte schau nicht unter das Bett ...

Die Stille dehnte sich aus, bis ich fürchtete, meine Nerven würden gleich zerreißen. Gerade als ich dachte, ich würde es nicht mehr länger aushalten, entfernten sich die Pfennigabsätze wieder. Kurz darauf fiel die Tür leise ins Schloss, und ich hörte, wie die Schritte die Treppe hinabklapperten.

Ich ließ den Kopf auf den Boden sinken und stieß den Atem aus. *Puuh.* Das war knapp.

Neben mir spürte ich unruhige Bewegungen, und als ich den Kopf wieder hob, sah ich, wie Mabel und die anderen sich unter dem Bett hervorwanden. Eilig schloss ich mich ihnen an und stand auf. Die Damen klopften sich den Staub ab und richteten ihre luftigen weißen Frisuren.

„Was treiben Sie hier?", verlangte ich mit gedämpfter Stimme zu wissen. „In Jons privatem Schlafzimmer rumzuschleichen!"

„Das Gleiche könnten wir dich fragen", gab Mabel zurück.

„Ich ..." Ich hielt inne. Sie hatte recht. Ausweichend sagte ich: „Ich bin nur hier, weil ich gesehen habe, wie Sie drei die Treppe hinaufgegangen sind. Da habe ich beschlossen, Ihnen zu folgen."

„Mabel!", rief Florence vorwurfsvoll. „Du solltest Schmiere stehen!"

„Wofür, meinst du, ist der Spiegel da, Gemma?", fragte Glenda mit einem neugierigen Blick nach oben.

Oh nein. Sie glaubt nicht ernsthaft, dass ich das jetzt erkläre ...

„Warum waren Sie unter dem Bett, Glenda?", fragte ich schnell.

„Wir haben dich gehört", erklärte sie. „Natürlich wussten wir nicht, dass du es warst. Wir dachten, es sei diese Assistentin. Zum Glück hat Jon Kelsey so ein riesiges Bett!" Sie bedachte Florence mit einem Stirnrunzeln. „Du wirst echt zu dick, Flo. Ich hatte kaum noch Platz, als du dich hineingedrängt hast."

„Ich bin nicht dick!", entrüstete sich Florence. „Deine alberne Strickjacke mit den ganzen Bommeln dran war schuld, dass es so eng war."

„Nur wegen dir, Gemma, haben wir uns überhaupt unter dem Bett verstecken müssen." Mabel funkelte mich zornig an. „Wärst du mit der Lampe nicht so ungeschickt gewesen, hätte die Assistentin nie gedacht, dass hier oben jemand ist."

„Das war nicht meine Schuld." Es ärgerte mich, wie rechtfertigend ich klang. „Wo ist Ethel? Warum ist sie nicht bei Ihnen?"

„Ähm ... sie ist Teil unseres Plans für den Rückweg", erklärte Mabel.

„Ihres Plans für den Rückweg?"

Wie aufs Stichwort hörte man vom unteren Stockwerk her ein Wehklagen, dann ein dumpfes Geräusch, mehrere Schreie und schließlich rennende Schritte.

„Ablenkung." Mabel wirkte selbstgefällig. „Da alle Leute kleine ältere Frauen für gebrechlich halten, machen wir uns dieses Klischee zunutze. Auf geht's, Mädels, das ist unsere Chance. Jetzt sind alle abgelenkt, und keiner achtet auf die Treppe."

Mabel marschierte aus dem Schlafzimmer, die anderen folgten ihr. Ich rannte hinter ihnen her. Unten an der Treppe blieben wir stehen und spähten um die Säule herum. Auf der anderen Seite der Galerie hatte sich eine Menschentraube gebildet. Daraus konnte ich ein Paar Beine in Stützstrümpfen hervorragen sehen. Glenda und Florence eilten hinüber, aber Mabel schlug mir eine Hand vor die Brust, um mich aufzuhalten.

„Du bleibst hier", erklärte sie. „Wir wollen nicht mit dir gesehen werden. Das würde unsere Mission entschieden stören. Wir treffen uns in fünf Minuten draußen."

Mir blieb der Mund offen stehen. Mabel strich mit der Hand durch ihr Haar und gesellte sich zu der Menschenmenge. Mit den Ellenbogen verschaffte sie sich Platz, und die Leute wichen zurück. Ethel lag zusammengesackt am Boden, Glenda und Florence beugten sich über sie.

„Sie braucht nur ein bisschen Riechsalz", entschied Mabel und zog ein winziges Fläschchen aus ihrer beigefarbenen Handtasche, das sie Ethel unter die Nase hielt.

„Aaaaah!" Ethel schoss in die Höhe wie ein Springteufel und erschreckte damit die Menschen um sie herum. Niesend starrte sie Mabel an und zischte: „Musstest du so viel nehmen?"

Mabel ignorierte sie und half ihr aufzustehen. „Wir sollten dich nach Hause bringen, meine Liebe, und dir eine gute Tasse Tee machen", sagte sie laut, während sie Ethel aus dem Laden schob. Glenda und Florence hasteten hinterher. Erstaunt beobachteten die restlichen Leute ihren Abgang. Ich zögerte kurz und lief dann hinter ihnen her. Ich wollte fort sein, ehe Danni mich bemerkte.

Draußen blickte ich nach links und rechts und

entdeckte schließlich die Silberlocken, die die Straße entlangschlurften, so schnell ihre Schuheinlagen es erlaubten. Ich sprintete hinterher.

„Warum haben Sie in der Galerie spioniert?", fragte ich keuchend, als ich sie eingeholt hatte.

Sie tauschten Blicke, dann sagte Mabel: „Wir wollten überprüfen, ob dieser Kerl – Kelsey – auch wirklich gut genug für Cassie ist."

„Und haben Sie was gefunden?", erkundigte ich mich interessiert.

Mit einer großen Geste zog Mabel etwas aus ihrer Handtasche, das aus schwarzem, glänzendem Satin war. „Das habe ich unter dem Bett gefunden."

Es handelte sich um einen sehr knappen schwarzen Stringtanga mit Einsätzen aus roter Spitze.

„Oh, der ist hübsch." Glenda geriet ins Schwärmen. „Ob es bei Marks & Spencer so was gibt ...?"

„Glenda!", rügte Mabel stirnrunzelnd. Zu mir gewandt fragte sie: „Gehört der Cassie?"

„Woher soll ich das wissen? So intim sind wir nicht befreundet, dass ich über ihre Unterwäsche Bescheid weiß!"

„Na, kannst du sie nicht fragen?"

„Was? Ich soll Cassie fragen, ob dieser Tanga ihr gehört?"

„Na ja, wenn er ihr nicht gehört, dann stellt sich die Frage, warum er sich in Jons Schlafzimmer befand", erwiderte Mabel.

Ich seufzte. Damit hatte sie recht. Selbst wenn man damit argumentierte, dass Jon Ex-Freundinnen gehabt hatte, sollten die sich eigentlich nicht bei ihm in seiner Wohnung in Oxford ausgezogen haben, da er schon mit Cassie zusammen gewesen war, als er die Galerie eröffnet hatte. Es gab keinen Grund dafür, dass sich die Unterwäsche einer anderen Frau unter seinem Bett befand.

Aber es würde kein Spaß werden, Cassie damit zu konfrontieren …

Mabel drückte mir das Höschen in die Hand und wandte sich dann den anderen Silberlocken zu. „Kommt, Mädels. Zeit für ein Tässchen Tee im Covered Market, ehe wir nach Meadowford-on-Smythe zurückfahren. Und heute Abend gibt's Bingo im Gemeindehaus!"

Sie trotteten los, und ich sah ihnen nach, bis ich feststellte, dass ich merkwürdige Blicke auf mich zog. Vermutlich wirkte ich wie eine Unterwäsche-Kleptomanin, weil ich mitten im Stadtzentrum von Oxford mit einem schwarzen Tanga in der Hand herumstand. Eilig stopfte ich das Ding in meine Tasche und machte mich auf den Heimweg nach North Oxford.

Kapitel 15

Zu Hause saß zu meiner Überraschung Seth in unserem Wohnzimmer. Er kauerte am Rand des Sofas, hielt eine Teetasse in der Hand und hatte einen Kuchenteller vor sich stehen, auf dem ein Stück Kaffee-Walnuss-Torte von meiner Mutter lag. Seine leicht verzweifelte Miene wich Erleichterung, als er mich entdeckte.

„Hallo, Schatz, wir haben uns gerade gefragt, wo du bleibst", begrüßte mich meine Mutter. Sie deutete auf meinen Freund. „Ich habe Seth auf der St Giles' gesehen, als ich heimfuhr, und ihm angeboten, ihn mitzunehmen. Natürlich habe ich ihn dann auch auf eine Tasse Tee eingeladen!"

Nach Seths Gesichtsausdruck zu urteilen, war es wohl in Wahrheit eher so gewesen, dass meine Mutter ihn mit Gewalt ins Fahrzeug gedrängt und wie eine Trophäe mitgebracht hatte.

„Wo wolltest du hin?", fragte ich Seth, ließ mich neben ihm aufs Sofa fallen und stahl mir eine

Walnuss von der Kaffeeglasur auf der Torte.

„Gemma!" Meine Mutter runzelte die Stirn und gab mir einen Klaps auf die Hand. Rasch legte sie mit einem silbernen Tortenheber ein Stück Kuchen auf einen Teller aus feinstem Porzellan, den sie mir zusammen mit einer Kuchengabel und einer Stoffserviette in die Hand drückte.

„Ich war auf dem Weg ins Doncaster College, zu einem Treffen mit meinem alten Tutor für organische Chemie", antwortete Seth. „Ich suche eine Erstausgabe von *Stereochemie von Kohlenstoffverbindungen* und dachte, er hätte vielleicht eine. Ich wollte ihn persönlich treffen, dachte, das wär' besser, als ihn nur anzurufen."

„Du bist so ein Schlauer, Seth", sagte meine Mutter mit einem Strahlen. „Du musst bald mal wieder zum Dinner kommen. Dann mache ich dir ganz bestimmt auch deinen geliebten Stachelbeerkuchen. Und wann werden wir mal ein nettes Mädchen an deiner Seite sehen?"

Seth lief rot an. „Ich ... äh ..."

Im Flur klingelte das Telefon, und meine Mutter sprang auf. „Oh, Entschuldigung, da muss ich rangehen. Das ist sicher Helen mit dem Rezept für die Kürbissuppe."

Sie verließ das Zimmer, und Seth atmete erleichtert auf. Ich blickte ihn mitleidsvoll an. „Ich entschuldige mich für meine Mutter."

Er grinste. „Mach dir keine Gedanken, Gemma. Das bin ich inzwischen gewohnt. Ich weiß noch genau, wie deine Eltern dich im College besucht haben und ich sie das erste Mal getroffen habe. Dieser Tag hat sich für immer in mein Gedächtnis eingebrannt."

Wir mussten beiden lachen, dann wurde Seth wieder ernst.

„Ich habe gehört, was am Samstagabend auf der Vernissage passiert ist", sagte er leise. „War mit Cassie alles in Ordnung?"

„Ja, ihr ging es gut. Sie hat sich nur um Jon gesorgt ..." Ich verstummte, als ich sah, wie er die Lippen aufeinanderpresste. „Es hat sie aber etwas geärgert, dass du nicht da warst", fügte ich hinzu.

Er wirkte beschämt. „Also ... mir ist etwas dazwischengekommen. Hält die Polizei es für Mord?", wechselte er schnell das Thema.

„Ja, die Frau wurde vergiftet."

Er zog die Augenbrauen hoch. „Womit?"

„Devlin wartet noch auf die toxikologischen Ergebnisse. Eventuell Blausäure." Ich erzählte ihm von dem Mandelgeruch, den ich bei dem Opfer wahrgenommen hatte.

„Weißt du, was? Du solltest mitkommen, wenn ich meinen alten Prof treffe", schlug Seth plötzlich vor. „Professor Christophe. Er ist ein Experte für Gifte. Das war schon immer ein Hobby von ihm, und es passt ja auch gut zu seinem Fachgebiet, der organischen Chemie." Er lachte. „Die jüngeren Studenten nannten ihn hinter seinem Rücken immer Professor Snape. Er ist ein eigenartiger Typ, etwas exzentrisch, und man kann ihn sich wirklich als Lehrer für Zaubertränke vorstellen. Aber im Ernst, es gibt kaum jemanden in Oxford, der mehr über Gifte weiß."

„Das klingt faszinierend", sagte ich aufgeregt. „Aber meinst du wirklich, dass er sich mit mir treffen würde?"

„Oh, sicher, das fände er toll, wie immer, wenn er über sein Lieblingsthema sprechen kann. Komm einfach mit, lass uns gleich zu ihm gehen."

***

Das Doncaster College war eines der größeren Universitätsinstitute und lag am Rande der Innenstadt. Ich kannte es nicht besonders gut, denn ich war nur einmal während meines Studiums dort gewesen. Außen dominierten rote Backsteine mit weißen Fugen und hohe Spitzbogenfenster im neogotischen Stil des 19. Jahrhunderts, und damit unterschied sich das Gebäude erheblich von den anderen Colleges in Oxford. Seth brachte uns durch einen eckigen Innenhof in ein Gebäude, das südöstlich angrenzte. Wir gingen einen langen Flur entlang, bis wir vor einer Rundbogentür aus Holz ankamen. Seth klopfte an, und wir warteten.

Eine tiefe Männerstimme rief: „Herein!"

Seth drehte den schweren Türknauf aus Messing, und wir betraten einen düsteren Raum. Einen Augenblick lang kam ich mir vor, als wäre ich am

Drehort eines Harry-Potter-Films gelandet. Den Professor exzentrisch zu nennen war eindeutig untertrieben. Das hier war eine Mischung aus einem Renaissancemuseum voller Kuscheltiere und Gipsstatuen und dem Labor von Frankenstein. In einer Ecke bemerkte ich alt aussehende Anordnungen von Reagenzröhrchen und Fläschchen, in der anderen Ecke überdimensionale Messingwaagen.

Der Mann, der nun im schwarzen Talar der Universität auf uns zukam und uns begrüßte, wirkte selbst wie aus dem letzten Jahrhundert. Sein Gesicht war von tiefen Furchen durchzogen, und seine weißen, buschigen Augenbrauen schienen sich unabhängig voneinander zu bewegen. Völlig im Gegensatz dazu standen die strahlend blauen Augen, aus denen er uns unter diesen eindrucksvollen Brauen scharfsinnig anblickte.

„Seth, mein Lieber! Wie schön, dich zu sehen", sagte er warmherzig und schüttelte Seth die Hand. Dann wandte er sich zu mir um: „Und wer ist diese reizende junge Dame?"

„Das ist Gemma, Herr Professor", stellte Seth mich vor. „Sie ist aus einem besonderen Grund an Giften interessiert, und ich habe ihr sehr viel von Ihnen erzählt. Sie wollte Sie unbedingt kennenlernen, da habe ich sie gleich mitgebracht."

„Ja, natürlich. Sehr erfreut!" Professor Christophe nahm meine Hand und drückte sie begeistert. „Möchten Sie einen Sherry, meine Liebe?"

Immerhin beherrschte er den traditionellen Satz eines Oxford-Professors. Lächelnd nahm ich ein Glas an und fragte mich dabei, ob ich mir Sorgen darüber machen sollte, was er hineingeschüttet haben könnte. Das Funkeln in seinen Augen verriet mir, dass er meine Gedanken erraten haben musste. Ich errötete.

„Keine Sorge, junge Dame. Ich studiere die Gifte nur, ich verabreiche sie nicht."

„Und selbst wenn – es gäbe keinen Besseren, an den du dich wegen eines Gegengiftes wenden könntest", warf Seth lachend ein und trank einen Schluck Sherry.

„Setzen Sie sich ... wenn Sie Platz finden", sagte Professor Christophe vergnügt und machte eine einladende Geste.

Seth suchte sich einen Weg hinüber zum Schreibtisch des Professors. Ich folgte ihm und staunte dabei über die Dinge, die es zu sehen gab. Vor einer kleinen Statue blieb ich stehen. Sie stellte eine zurückgelehnte Frau in einem fließenden Kleid dar, wie es klassische Statuen typischerweise tragen, mit einer entblößten Schulter und Brust. Einen Ellbogen stützte sie auf ein Kissen, in der anderen Hand hielt sie eine Schlange. Ihr Kopf war nach hinten geneigt, der Blick zum Himmel gerichtet, das Gesicht schmerzverzerrt.

„Die sterbende Kleopatra", kommentierte Professor Christophe neben mir. „Das Original steht im Louvre, eine Marmorskulptur von Barois. Das ist eine Nachbildung. Ist sie nicht wunderschön?"

Nicht gerade das Wort, das mir in den Sinn gekommen wäre, obgleich im Todeskampf der Figur eine gewisse fesselnde Sinnlichkeit lag.

„Angeblich wählte Kleopatra eine Natter, weil sie nicht das perfekte Gift fand, um sich selbst zu töten", erzählte Professor Christophe. „Sie hat mit verschiedenen Arten experimentiert und einige Gefangene und Sklaven umgebracht, um die Wirkweise der einzelnen Gifte zu studieren. Bilsenkraut, Tollkirsche, Brechnuss, ein Baum, dessen Samen Strychnin enthält ... aber dann hat sie alle verworfen. Bilsenkraut und Tollkirsche riefen zu starke Schmerzen hervor, Strychnin verursachte Krampfanfälle, wodurch sie mit verzerrten Gesichtszügen gestorben wäre." Er kicherte. „Daran sieht man, dass sie eine eitle Frau gewesen ist. Letzten Endes entschied sie sich für die Natter, eine kleine afrikanische Kobra-Art, die einen schnellen und ruhigen Tod herbeiführen soll."

„Ich habe gar nicht gewusst, dass die Geschichte über Kleopatra und die Schlange tatsächlich stimmt", gab ich zu.

„Ach, na ja, was ist schon wahr? Wer weiß das schon? Aber es ist doch eine gute Geschichte, oder nicht?" Er zwinkerte mir zu. „Es gab in der Weltgeschichte freilich viele Königinnen, die Gift verwendet haben – vielleicht handelt es sich hierbei um eine Waffe, die besonders für das ‚schwache Geschlecht' nützlich ist."

Er zeigte auf ein Gemälde in einem Rahmen, das eine Frau in einem Gewand aus der Zeit Königin Elisabeths I. zeigte, mit dem hohen gerüschten Kragen und aufwendigem Perlenschmuck im Haar. Die Frau war nicht ausgesprochen hübsch – in ihren Gesichtszügen lag etwas Kaltes und Grausames –, doch man konnte ihre Macht spüren, sogar aus dem Porträt heraus.

„Katharina von Medici", erklärte Professor Christophe, und aus seinem Blick sprach fast so etwas wie Zuneigung. „Eine italienische Prinzessin, die in die französische Königsfamilie einheiratete. Die Menschen fürchteten sie, denn seit ihrer Ankunft in Frankreich geschahen rätselhafte Krankheiten und Todesfälle. Ihr Lieblingsgift war Arsen. Im Französischen wurde gar das Wort *Italien* für ‚Italiener' gleichbedeutend mit ‚Giftmischer'."

„Warum hat niemand sie aufgehalten, wenn doch alle wussten, dass sie die Leute vergiftete?"

„Nun, sie war schlau. Ins französische Gericht brachte sie ihr Gefolge mit, darunter Parfümeure und Astrologen. Das waren damals beliebte Diener der Adeligen, doch in beiden Berufen konnte man natürlich auch leicht den Einsatz eines Giftes verschleiern. Katharinas erstes Opfer war wohl der ältere Bruder ihres Ehemannes – er wurde vermutlich mit einem Glas Wasser vergiftet, das ihm nach einem Tennismatch gereicht wurde. Durch seinen Tod wurde der Weg frei für die Thronbesteigung ihres Ehegatten. Auch anderer

Feinde und Rivalen soll sie sich entledigt haben, wobei sie angeblich alles Mögliche verwendete, von Handschuhen, die mit Arsen getränkt waren, bis hin zu Geld, bei dem das Gift in die Haut der Opfer eindrang, nachdem sie es angefasst hatten."

Ich schauderte. „Fürchterlich."

Professor Christophe lachte. „Ja, man wollte sie sicher nicht zum Feind haben! Aber so waren die Zeiten damals nun mal – Giftmorde waren Teil des Alltags."

„War das auch der Grund, warum Reiche damals Vorkoster für ihr Essen einstellten?", erkundigte sich Seth.

„Ja, natürlich", antwortete der Professor. „Immerhin war das Essen zu dieser Zeit so stark gewürzt, dass es oft gar nicht möglich war, einen bitteren Geschmack zu erkennen."

„Wenn so viele Gifte benutzt wurden, hat man dann nicht auch Gegengifte gefunden?", fragte ich stirnrunzelnd.

„In der Tat. Es war ein weit verbreiteter Glaube, dass es ein Universalgegengift geben müsse: ein Mittel gegen alle Gifte. Das ist natürlich ein Mythos. So etwas existiert nicht; Gifte sind hoch spezialisiert, für jedes braucht man ein spezielles Gegenmittel. Trotzdem ließen sich die Menschen nicht davon abhalten, jahrhundertelang danach zu suchen. Zum Beispiel dachte man, dass Milch solch ein Universalmittel sein könne, weshalb man am Hof der Königshäuser Unmengen davon trank. Alles, was das vermutlich brachte, war eine Laktoseintoleranz!" Er lachte schallend.

Es beunruhigte mich etwas, wie viel Spaß er an diesem grausigen Thema zu haben schien. Seth bemerkte meinen Blick und grinste.

„Besonders interessiert uns, was Sie zu dem Mord vom letzten Wochenende sagen ...", meinte er.

„Ach, die junge Frau in der Kunstgalerie am vergangenen Samstag? Ja, davon habe ich in den Nachrichten gehört. Man nimmt an, dass sie vergiftet wurde, nicht wahr? In den Nachrichten wurde nicht gesagt, womit."

„Die Polizei wartet noch auf die Ergebnisse der toxikologischen Analyse", erklärte ich. „Aber man vermutet stark, dass es Blausäure sein könnte."

„Aha, Blausäure." Der alte Professor lächelte. „Ein Klassiker – eines von Agatha Christies Lieblingsgiften. In zehn ihrer Romane kam es zum Einsatz, und bei den Methoden war sie einfallsreich. Es wurde gespritzt, in Getränke getan, befand sich in Riechsalz und sogar in einer Zigarette."

Ich zog erstaunt die Augenbrauen hoch. „Ich dachte, derartige Dinge in den Krimis von Agatha Christie seien alle erfunden. Sie scheinen mir auch zu fantastisch, um real zu sein."

„Aber nein, meine Liebe!", rief Professor Christophe. „Viele von Christies Geschichten basierten auf echten Fällen. Es stimmt, dass manchmal das Leben viel merkwürdiger ist als die Kunst, und der Einfallsreichtum mancher Menschen ist erstaunlich. In Frankreich gab es 1977 einen berüchtigten Fall, da hatte ein Mann den Mord an seiner Frau geplant, die er für den Tod seiner Mutter verantwortlich machte. Er nahm Atropin, das Gift aus der Tollkirsche, das man heute in kleinen Dosen für Augentropfen nutzt. Er versetzte eine Flasche Wein damit, die die Frau vorfinden sollte. Und bei einem anderen Fall in den 1940er-Jahren in England mixte eine Frau ihrem Ehemann Nikotin ins Rasierwasser. Und was die Blausäure betrifft, da gab es einen furchtbaren Fall im Jahre 1983. Ein Mehrfachmord, der als die Tylenol-Morde von Chicago bekannt wurde – Kapseln des Schmerzmittels wurden mit einer kleinen Menge Kaliumcyanid versetzt. Die willkürlichen Opfer hatten das Medikament Tylenol in verschiedenen Supermärkten und Apotheken gekauft. Nach diesem Fall wurden keine Kapseln mehr hergestellt, müssen Sie wissen."

Uff. Davon werde ich Albträume kriegen.

Meine Brauen zogen sich zusammen. „Aber wieso ist so etwas Gefährliches wie Blausäure für jeden zugänglich?"

„Nun, man braucht nicht zwangsläufig Blausäure in Reinform", dozierte der Professor. „Man findet Cyanid häufiger in Form von Kaliumcyanid oder Natriumcyanid, beides sind weiße Feststoffe, die pulverförmig zermahlen werden können. Cyanidverbindungen werden in der Industrie vielfältig eingesetzt. Und es kommt auch in der

Verbindung Eisenhexacyanoferrat vor, besser bekannt als Berliner Blau oder Eisenblau, von dem es auch den Namen bekommen hat."

„Ich kann mich erinnern, dass Sie das in einer Ihrer Vorlesungen erwähnt haben", bemerkte Seth plötzlich. „Das ist bei mir hängen geblieben, weil es so ironisch ist, dass wegen des Namens alle Leute glauben, Blausäure sei blau, dabei ist das überhaupt nicht der Fall."

Der Professor kicherte. „Ja, ein weit verbreiteter Irrtum. Blausäure wurde es rückwirkend genannt. Ursprünglich hat man es aus dem Berliner Blau isoliert, das ist ein intensiv blaues Pigment, das oft von Künstlern verwendet wird. Also nannte man es Cyanid nach dem griechischen Wort *kyanos* für ‚dunkelblau'." Er sah mich an. „Eisenhexacyanoferrat wird auch von Liebhabern der Fotografie benutzt, um die Farbtöne eines Fotodrucks zu verändern und um Lichtpausen beziehungsweise ‚Blaupausen' herzustellen. Diese Verbindungen sind an sich natürlich nicht besonders toxisch, aber man kann Blausäure aus ihnen gewinnen. Jeder, der chemische Grundkenntnisse hat, bekommt das leicht hin."

Und an einem Ort wie Oxford, dachte ich, wäre es nicht schwierig, jemanden mit derartigem Wissen zu finden. Ein Kommilitone, ein hilfsbereiter Tutor, ein Kollege an der Universität ... Ich fragte mich, ob es unter Fiona Stanleys Freunden Chemiestudenten gab. Als Künstlerin hatte sie leicht Zugang zu

Berliner Blau. Und was war mit Jon Kelsey? Seine Dunkelkammer über der Galerie kam mir in den Sinn – ein Privatraum, in dem er Zugang zu Blausäureverbindungen sowie Ruhe und Abgeschiedenheit dafür gehabt hätte, das Gift nach Belieben herzustellen ...

Ich riss mich von meinen Gedanken los, als ich feststellte, dass der Professor mit Seth über dessen Frage zu einem Buch sprach. Das war ursprünglich der Grund gewesen, warum mein Freund seinen alten Tutor hatte besuchen wollen, fiel mir ein, und so beschloss ich, die beiden für ihren Austausch allein zu lassen.

Lächelnd sagte ich zu dem Professor: „Vielen herzlichen Dank, Professor Christophe, für dieses wirklich anregende Gespräch."

„Jederzeit, meine Liebe, jederzeit. Meine Tür steht Ihnen immer offen." Er nahm meine Hand und tätschelte sie großväterlich. „Ich hoffe, dieser Fall wird schnell gelöst. Mit moderner Kriminaltechnik ist es heutzutage einfacher, die Toxine zu bestimmen und zu identifizieren. Unter anderem deswegen ist Vergiften keine bevorzugte Tötungsmethode mehr. Die medizinischen Fortschritte kommen noch hinzu. Mit der besseren Versorgung kann man nicht zwingend davon ausgehen, dass selbst die tödlichsten Gifte wirklich zum Tod führen. Aber dennoch dauert es seine Zeit, bis die Ergebnisse der toxikologischen Untersuchung die Annahmen bestätigen, und bis dahin ..."

Sein Blick wurde ernst. „Ein Mörder muss schon besonders kaltblütig sein, wenn er Gift wählt. Hoffentlich findet die Polizei ihn bald, denn er könnte in der Tat sehr gefährlich sein ..."

Kapitel 16

Nach dem Gespräch mit Professor Christophe war ich den ganzen Abend lang leicht durcheinander und in Gedanken. Von dem, was meine Mutter während des Abendessens sagte, bekam ich kaum etwas mit. Sie quasselte über eine „wunderbare Neuerung" in meinem Tearoom und über ein Paar Gummistiefel, das sie online für meinen Vater bestellt hatte.

Nach dem Essen nahm ich mir eine Packung Pfefferminzschokolade aus der Speisekammer mit in mein Zimmer, um es mir mit einem anspruchslosen Thriller für die nächsten Stunden im Bett gemütlich zu machen. Müsli schnurrte fröhlich zur Begrüßung und hopste begeistert zu mir aufs Bett. Sie kletterte auf meinen Schoß, drehte sich ein paarmal und legte sich schließlich so hin, dass ihr Fellhinterteil mir die Sicht auf die Buchseite versperrte.

Ich seufzte. *Großartig. Warum habe ich noch mal*

eine Katze adoptiert?

Als ich sie anfangs mit nach Hause genommen hatte, war ich so optimistisch gewesen, zu glauben, dass sie in ihrem eigenen Teil des Zimmers bleiben würde und ich sie von meinem Bett fernhalten könnte. Das zeigt nur, wie wenig ich über Stubentiger wusste. Müsli hatte einen Blick auf die teure Luxusausführung eines Katzenschlafplatzes aus der Tierhandlung geworfen und ihr rosafarbenes Näschen gerümpft. Dann war sie voller Energie auf mein Bett gesprungen, wo sie ihren Platz neben meinem Kissen beanspruchte.

Ehrlich gesagt machte es mir nicht viel aus, das Bett mit ihr zu teilen, denn es war breit genug für uns beide. Das Problem lag darin, dass Müsli gerne am Fußende schlummerte. Dabei rollte sie sich so um meine Knöchel, dass ich wie von einer warmen, wolligen Fußfessel niedergedrückt dalag und mich im Schlaf schlecht drehen konnte. Das machte mich wahnsinnig. Lebten alle Katzenbesitzer permanent in einem solchen Zustand hilfloser Resignation?

Ich rutschte herum, bis ich an Müslis Hinterteil vorbeisehen konnte, und versuchte, mich auf den Roman zu konzentrieren. Aber das fiel mir schwer. Bruchstücke der Unterhaltung mit dem Professor schwirrten mir immer wieder durch den Kopf. Schließlich gab ich es auf, gähnte, klappte das Buch zu und legte mich schlafen. Ab morgen lag eine weitere Woche in meinem Tearoom vor mir, und ich musste in aller Frühe einsatzbereit sein.

***

Ich lief durch einen Irrgarten und versuchte, Cassie zu finden. Ihre Hilfeschreie drangen zu mir, ich konnte aber nicht zu ihr gelangen. Überall stieß ich auf Sackgassen, kam nicht weiter, wohin ich mich auch drehte, und der Boden war übersät mit Flaschen, die das Gefahrensymbol für Gift trugen. Als ich um eine Ecke ging, traf ich auf meine Mutter und Jon Kelsey beim Nachmittagstee.

„Wo ist Cassie? Habt ihr sie gesehen?", fragte ich.

Sie schüttelten lächelnd den Kopf. Meine Mutter schnitt ein Stück von dem Kuchen ab und legte es auf Jons Teller. Er reichte mir eine Tasse Tee.

„Trink das bloß nicht – das ist vergiftet!", schrie Fiona Stanley, die von irgendwoher angesprungen kam.

Ich rannte weg und kam an den Silberlocken vorbei, die gerade Rosen schnitten, die aus einer Hecke wuchsen.

„Haben Sie Cassie gesehen?", rief ich verzweifelt.

„Nein, Liebes, aber riech doch mal an den Rosen. Sind die nicht schön? Nur riechen sie nicht wie Rosen, sondern nach Mandeln ..."

„Gemma!"

Beim Klang von Devlins Stimme wirbelte ich herum. Wo war er? Ich konnte ihn nicht entdecken. Blind stürmte ich mit ausgestreckten Händen los. Vor mir war jemand – war das Devlin? Ich stolperte und fiel ... tiefer ... immer tiefer ...

RRRRRRING!

Schwer atmend setzte ich mich im Bett auf und schlug mir eine Hand auf die Brust. Mein Herz raste.

Bloß ein Traum, begriff ich. Ein Albtraum, aber so real. Mit zittrigen Fingern stellte ich den Wecker aus und schaute zum Fenster. Durch den Schlitz zwischen den Vorhängen drang Tageslicht, und der Blick auf die Uhrzeit verriet mir, dass ich aufstehen und mich für die Arbeit fertig machen musste. Ich tappte ins Badezimmer, und nach einer kurzen heißen Dusche fühlte ich mich schon viel besser.

Während ich mir die Haare trocknete, fiel mein Blick auf den Nachttisch. Ich hielt inne. Waren von gestern Abend nicht zwei Schokoladentäfelchen übrig geblieben? Nun lag nur noch eines da. Nachdenklich runzelte ich die Stirn, dann setzte mein Herz kurz aus. Hatte Müsli es gefressen? Dass Schokolade für Hunde giftig war, wusste ich und nahm daher an, dass es für Katzen genauso sei. Bisher hatte Müsli an Schokolade kein Interesse gezeigt, aber vielleicht hatte sie beschlossen, sie diesmal zu probieren. Ich schalt mich dafür, dass ich so in Gedanken vertieft gewesen war und die Schokolade dort liegen gelassen hatte.

Verzweifelt suchte ich mit den Augen das Zimmer ab. Wo war Müsli? Normalerweise würde sie um diese Uhrzeit um meine Beine streichen und lautstark ihr Frühstück fordern. Schließlich fand ich sie in den Tiefen meiner Bettdecke, mit fest geschlossenen Augen. War sie einfach nur besonders schläfrig, oder fehlte ihr etwas? Angst überrollte mich. Die Vorstellung, das kleine Kätzchen zu verlieren, war entsetzlich. Sanft berührte ich sie am Kopf.

„Müsli? Ist mit dir alles in Ordnung, meine Süße?"

Die Katze öffnete die Augen, blickte mich an, gab aber keinen Laut von sich, wie sie es sonst getan hätte. Rasch zog ich mir etwas an und flitzte die Treppe hinunter.

„Mutter!" Ich stürmte in die Küche, wo meine Mutter gerade einige Frühstücksflocken in eine Schüssel gab. „Ich muss mit Müsli zum Tierarzt! Sie hat Schokolade gefressen, glaube ich, und die ist giftig für Katzen …"

„Ach du meine Güte!", rief meine Mutter, und Sorgenfalten legten sich auf ihr Gesicht. „Ja, geh unbedingt sofort mit ihr hin!"

Sie klang weit beunruhigter, als ich erwartet hatte. Eigentlich mochte sie Müsli nicht besonders, hatte ich gedacht, aber anscheinend hatte sich die kleine Katze ins Herz meiner Mutter geschlichen.

„Weißt du denn, wohin du sie bringen kannst, Liebes?", fragte sie dann.

Nach kurzem Zögern fiel mir ein, dass Mrs Waltham mir einen Tierarzt empfohlen hatte. „Ganz in der Nähe ist eine Praxis. Weißt du noch? Mrs Waltham hat gesagt, dass ihre Haushälterin ihren Hund dort behandeln lässt. In der North-Oxford-Tierarztpraxis." Mit einem Blick zur Wanduhr fügte ich hinzu: „Ich hoffe, sie haben schon auf."

Ich wollte mich bereits auf den Weg machen, als ich entsetzt innehielt. „Oh nein, was wird jetzt mit dem Tearoom? Cassie ist noch in Italien. Wer bedient meine Kunden?"

„Mach dir keine Gedanken, Liebes", erwiderte meine Mutter. „Ich bin überzeugt, Mabel Cooke und ihren Freundinnen wird es ein Vergnügen sein, noch einmal auszuhelfen. Letzten Sonntag hat es ihnen doch so viel Freude gemacht. Ich rufe sie an." Sie tätschelte mir die Hand. „Geh du nur und lass Müsli untersuchen. Das ist jetzt das Wichtigste."

Ich wollte Einwände erheben, doch dann entschied ich mich anders. Sie hatte recht. Zehn Minuten später nahm ich im Eiltempo die Stufen zur Tierarztpraxis. Gott sei Dank hatten sie schon so früh Sprechstunde.

„Aha ... Vergiftung mit Schokolade, sagen Sie?", fragte die Arzthelferin mit einem leicht skeptischen Blick in die Transportbox.

Als ich hineinsah, wurde ich selbst etwas unsicher. Müsli spähte mit weit aufgerissenen, neugierigen Augen durch die Stäbe der Box und wirkte vollkommen in Ordnung.

„Hat sie denn irgendwelche Symptome?"

„Ich weiß nicht. Was sind denn die Symptome?"

„Erbrechen, Durchfall, beschleunigte Atmung, Muskelverkrampfungen, beschleunigter Puls, erhöhte Temperatur, bis hin zu Krampfanfällen, Schwächeanfällen, Koma, aber das erst im fortgeschrittenen Stadium ...“

Ihr Blick ging wieder zu Müsli, die einen völligen Mangel an sämtlichen Symptomen aufwies. „Ähm ... sie scheint mir nicht allzu sehr zu leiden.“

„Richtig“, musste ich zugeben und kam mir dumm vor. „Jetzt scheint es ihr wieder gut zu gehen, aber ...“

„Nun ja, bei Verdacht auf eine Schokoladenvergiftung sollte man kein Risiko eingehen“, lenkte sie ein. „Für den Fall, dass die Reaktion verspätet eintritt.“ Sie machte eine Handbewegung in Richtung des Wartebereichs. „Dr. Baxter behandelt gerade den ersten Patienten. Nehmen Sie bitte Platz, ich versuche, Sie dazwischenzuschieben.“

Ich nickte und ging zum Wartebereich. Dort saß bereits eine Frau im mittleren Alter mit einem kleinen Jack-Russell-Terrier. Der Hund wurde stocksteif, als wir näher kamen. Er knurrte und sprang bellend die Katzenbox an. Schockiert, weil ein so winziger Hund derart aggressiv reagierte, machte ich einen Satz nach hinten. Mein Schock wurde umso größer, als Müsli sich auf das Dreifache ihrer normalen Größe aufblähte und ihrerseits den Hund anfauchte.

„Auweia!“, rief ich, als die Box in meiner Hand schwankte.

Der Terrier machte einen weiteren Satz vorwärts und zog dabei sein armes Frauchen aus dem Stuhl und auf uns zu.

„Aaaah!", kreischte die Frau und taumelte hinterher.

Der Hund sprang an der Katzenbox hoch, schob die Schnauze an die Stäbe, knurrte und kläffte lautstark. Müsli fauchte, fletschte die Zähne und schrie ebenso laut.

Stolpernd wich ich zurück. Ich wusste gar nicht, wovor ich mehr Angst hatte: vor dem Hund oder vor dem Dämon in meiner Katzentragebox. Wer hätte geahnt, dass ein süßes Kätzchen sich so schnell in eine Raubkatze verwandeln konnte? Ich hätte gedacht, dass Müsli eher eine Katze von der Sorte wäre, die vor Hunden Reißaus nahm. Stattdessen streckte sie eine Pfote durch die Gitterstäbe und wischte dem Jack-Russell-Terrier über den Kopf, der daraufhin jaulend zurückzuckte, die Pfote über die Nase gelegt.

„Bambi!", jammerte die Besitzerin.

Bambi? Sie hat diesen durchgeknallten Terrier Bambi genannt?

Der Fairness halber musste ich zugeben, dass Müsli ihrem Namen auch nicht gerade gerecht wurde, dieser Haferflockenmischung, die ursprünglich in der Schweiz entwickelt worden war. Außerdem ... galten die Schweizer nicht als neutral? Der Hund verschwand rasch hinter den Beinen seines Frauchens und starrte Müsli von dort aus an. Zwar knurrte er noch mal leise, wagte sich aber nicht näher.

„Entschuldigen Sie bitte", bat ich die andere Frau.

„Dass sie sich so aufführen würde, habe ich nicht geahnt. Vielleicht hat sie Schokolade gefressen und fühlt sich nicht wohl. Sonst ist sie ein wirklich süßes, anschmiegsames Kätzchen ..."

Besagtes anschmiegsames Kätzchen verengte die Augen zu Schlitzen und zischte ein weiteres Mal, dann drehte es sich um und begann sich zu putzen.

Plötzlich kicherte die Frau. „Das habe ich ja noch nie erlebt, dass Bambi besiegt wurde, und das auch noch von so einem kleinen Ding." Sie schaute sich Müsli in der Box eingehend an. „Sagten Sie, dass sie eine Vergiftung hat?"

Voller Zweifel richtete ich meinen Blick auf Müsli und begann mich zu fragen, ob ich heute Morgen überreagiert hatte. „Das dachte ich zumindest. Ich habe angenommen, dass sie ein Täfelchen Pfefferminzschokolade gefressen hätte, das auf meinem Nachttisch lag."

„Aha, ja, mit Schokolade kann man nicht vorsichtig genug sein. Das kann tödlich enden. Lieber einmal zu viel zum Tierarzt als einmal zu wenig." Sie nahm neben mir Platz. Der Hund blieb aus Vorsicht auf ihrer anderen Seite, in sicherem Abstand zu Müsli.

„Ja, ich bin sehr froh, dass die Praxis so nah ist und ich sie schnell herbringen konnte", erzählte ich.

Gedankenverloren blickte die Frau mich an. „Ich kenne Sie."

Überrascht fragte ich: „Tatsächlich?"

„Ja, ich habe Sie auf der Straße gesehen. Ihre

Eltern wohnen neben meinem alten Arbeitgeber."

„Ah", machte ich, als es mir dämmerte, „dann sind Sie ..."

Lächelnd ergänzte sie: „Nell Hicks, die ehemalige Haushälterin der Walthams."

Kapitel 17

„Oh, wegen Ihnen bin ich hier!" Als ich Nell Hicks'
verwirrte Miene bemerkte, fügte ich eilig hinzu: „Nun,
nicht direkt wegen Ihnen. Ich meine, es war Ihre
Empfehlung, durch die ich auf diesen Tierarzt
gekommen bin. Sie müssen wissen, ich habe Müsli
erst vor Kurzem zu mir genommen. Mrs Waltham hat
mir den Namen dieser Praxis genannt und erzählt,
dass Sie mit Ihrem Hund hierhergehen."

Nells Gesichtszüge entspannten sich. „Wie geht es
denn Mrs Waltham? Sie ist so eine nette Dame. Ich
habe das mit Sarah gehört", ergänzte sie, und ihr
Blick verfinsterte sich. „Gestern habe ich Mrs
Waltham angerufen und ihr mein Beileid
ausgesprochen."

„Ja, das war natürlich alles ein ganz schöner
Schock für sie. Obwohl ... Sarah ist ja nicht ihre
Tochter, habe ich gehört. Und sie standen sich nicht
sehr nahe, oder?"

Nell brach in schallendes Gelächter aus. „‚Nahe'

kann man das nun wirklich nicht nennen. Nicht dass
Mrs Waltham nicht alles versucht hätte, das kann
ich Ihnen sagen. Aber diese Sarah ... Sie hat ihrer
Stiefmutter nie eine Chance gegeben. Manchmal war
sie regelrecht gemein zu ihr. Die Frau hat alles
ertragen wie eine Heilige. Man soll über Tote ja nicht
schlecht reden, aber das ist die Wahrheit. Ich kannte
Sarah schon seit Jahren, seit sie ein Teenager war,
und sie war immer – entschuldigen Sie meine
Ausdrucksweise – ein Miststück."

„Äh, ja. Ich habe bereits mit einigen Menschen
gesprochen, die Sarah kannten, und anscheinend
war sie ein wenig ... schwierig", sagte ich
diplomatisch.

„Schwierig?" Nell Hicks schlug sich lachend auf
den Oberschenkel, aber es war kein fröhliches
Lachen. „Ein ganz schönes Prinzesschen.
Entschuldigen Sie, aber das war sie wirklich. Alle
mussten nach ihrer Pfeife tanzen. Und sie konnte
sehr nachtragend sein, wenn sie nicht bekam, was
sie wollte, oder dachte, man hätte ihre Pläne
durchkreuzt." Ihr Gesicht verdüsterte sich, und sie
verzog den Mund. „Das ist mir nämlich passiert."

Interessiert blickte ich sie an. Ich war
unschlüssig, ob ich nachhaken sollte, aber Nell
schien reden zu wollen. „Sie meinen, Sie haben sie
verärgert?", fragte ich.

Sie nickte. „Ich habe in ihrem Zimmer Marihuana
gefunden und ihrem Vater davon erzählt."

„Sarah hat Drogen genommen?"

„Keine harten Drogen. Kein Kokain oder Heroin oder so was. Nur Marihuana. Und ich glaube, nur ab und zu. Ich wusste, dass es ihrem Vater gar nicht gefallen würde, meinte aber, er sollte es wissen. Ist schließlich sein Haus. Und sie lebte noch unter seinem Dach. Aber dann! Sie hat einen richtigen Wutanfall bekommen, als sie es rausgefunden hat. Hat mich eine alte Hexe genannt, die sich in alles einmischt. Und das, obwohl ich doch fast zur Familie gehörte! Das dachte ich wenigstens", ergänzte sie bitter.

„Was ist passiert?"

„Als Mr Waltham für die Operation ins Krankenhaus musste, hat Sarah mich entlassen. Einfach so. Hat mir gesagt, ich soll meine Sachen packen und verschwinden. Zehn Jahre habe ich für diese Familie gearbeitet!" Sie klang wütend.

„Aber hat Mrs Waltham das nicht verhindert? Ich meine, sie ist doch die Hausherrin ..."

Nell stieß ein zynisches Lachen aus. „Das ist sie nur dem Namen nach. Die echte Herrin in dem Haus war Sarah. Und natürlich ließ ihr Vater ihr alles durchgehen." Sie schüttelte den Kopf. „Ich konnte es erst gar nicht glauben, dass ich auf einmal ohne den Job dastand. Einfach so. Sie waren gute Arbeitgeber. Zu Weihnachten gab Mr Waltham mir immer einen großzügigen Bonus. Dieses Jahr müssen wir ohne das Geld auskommen", sagte sie traurig und strich dem Terrier über den Kopf.

„Das tut mir leid für Sie", murmelte ich und

dachte, dass sie eine weitere Person war, die guten Grund gehabt hätte, Sarah was antun zu wollen. Diese Frau schien sich überall Feinde gemacht zu haben!

Ich blickte Nell Hicks von der Seite an. Diese freundliche, bodenständige Frau konnte ich mir allerdings nicht als Mörderin vorstellen. Vor allem nicht als kaltblütige Giftmörderin. Aber was wusste ich schon? Wenn Menschen richtig zornig wurden, waren sie zu allen möglichen Dingen imstande ...

Der Tierarzt kam aus dem Sprechzimmer zum Wartebereich herüber. Er war ein freundlich wirkender Mann mittleren Alters mit dem Ansatz einer Glatze und geröteten Wangen. Er lächelte Nell an und streichelte Bambi, dann fragte er, ob es ihr etwas ausmachen würde, wenn er sich zuerst kurz Müsli anschaute.

Nell winkte ab. „Aber nein. Wir haben es nicht eilig, nicht wahr, Bambi?" Mit einer Kopfbewegung in meine Richtung sagte sie: „Es war nett, mit Ihnen zu plaudern."

Ich gab das Kompliment mit einem Lächeln zurück, während Müsli Bambi zum Abschied noch einmal anfauchte, sodass ich die Box schnell wegnahm. Ich folgte dem Arzt ins Behandlungszimmer, wo ich Müsli auf der Untersuchungsliege absetzte. Er öffnete das Türchen, und Müsli stolzierte heraus und schaute sich mit großem Interesse um.

„Was hat Müsli denn?"

Ich kam mir nun reichlich belämmert vor, als ich die Geschichte von dem fehlenden Schokoladentäfelchen auf dem Nachttisch erzählte. „Vielleicht habe ich mich ja geirrt", sagte ich zum Schluss. „Jetzt sieht sie ja wieder so aus, als ginge es ihr gut. Vielleicht war meine Panik ja grundlos."

„Nein, Sie haben schon richtig gehandelt", erklärte der Arzt und untersuchte Müsli vorsichtig.

„Hm, ihr Puls ist leicht erhöht", kommentierte er, als er ihre Brust abhörte. „Aber das kann jetzt auch die Aufregung sein."

„Und außerdem hatte sie ... äh, eine Meinungsverschiedenheit mit Bambi."

„Aha", sagte der Tierarzt mit einem Lächeln. „Um sicherzugehen, behalten wir sie zur Beobachtung über Nacht hier, wenn Sie damit einverstanden sind. Falls sich ihr Zustand verschlechtert, können die Tierpfleger gleich eingreifen."

„Vielen Dank, das ist ein guter Vorschlag", stimmte ich zu. „Ich kann sie dann allerdings erst morgen Abend wieder abholen. Ist das ein Problem?"

„Überhaupt nicht, wir werden gut für sie sorgen. Und sicherstellen, dass sie weit weg von allen Hunden untergebracht ist." Er grinste.

***

Wie der Wind radelte ich nach Meadowford-on-Smythe, da ich mir Sorgen machte, wie es im Tearoom ohne Cassie und mich lief. Es stellte sich heraus, dass ich mir keine Gedanken hätte machen müssen. Ich stürmte zur Tür hinein und befand mich sogleich in einer gemütlichen Atmosphäre mit fröhlichen Unterhaltungen und zufrieden essenden Gästen, untermalt von klirrenden Geschirrgeräuschen und dem köstlichen Geruch von Frischgebackenem. Die vier Silberlocken schlurften von Tisch zu Tisch, lächelten, schwatzten und servierten mit routinierter Leichtigkeit Tee und Kuchen. Man hätte denken können, dass sie ihr ganzes Leben lang in einem Tearoom gearbeitet hätten! Sie trugen die gelben Schürzen, die meine Mutter bestellt hatte – und ich zuckte zusammen angesichts der Aufschrift und des Bildes auf der Vorderseite. Aber sie sahen einfach hinreißend aus mit ihren fliegenden weißen Haaren und den Brillen, die sie auf der Nasenspitze trugen. Fast wie das Inbild einer netten Großmutter.

Wenn die Leute wüssten, wie sehr der Schein trügen kann ...

„Gemma, meine Liebe! Wie schön, dich zu sehen." Glenda kam herübergeeilt, ein herzliches Lächeln auf ihrem hübschen, faltigen Gesicht.

„Ich kann es gar nicht glauben. Alles scheint wunderbar zu laufen", sagte ich.

Glenda kicherte. „Dachtest du, dass wir nicht zurechtkommen, nur weil wir über achtzig sind? Wir haben schon einen Haushalt geführt, als du noch mit Windeln herumgekrabbelt bist."

Etwas dümmlich lächelte ich zurück. „Ich weiß,

Glenda. Das muss die Überheblichkeit der jungen Leute sein – dass wir immer denken, vor uns hat das keiner geschafft."

Florence kam hinzu und drängte mich dazu, mich auf einen Stuhl hinter der Theke zu setzen. Sie drückte mir eine heiße Tasse Tee in die Hand und stellte einen Teller mit einem Tortenstück vor mich. Sie schwärmte für Essen, was ihre rundliche Figur bewies, und wenn sie nicht gerade selbst aß, war es ihre größte Freude, anderen etwas zu essen zu reichen. Eifrig zeigte sie auf den Kuchen.

„Den musst du probieren, das ist das neue Rezept deiner Mutter, Cheesecake, und der schmeckt absolut göttlich. Er ist sehr gefragt heute."

Mir kam vage in den Sinn, dass meine Mutter mir etwas über eine Erweiterung der Speisekarte erzählt und Florence die Torte kürzlich erwähnt hatte. Hatte sie nicht gesagt, sie sei komplett ausverkauft gewesen? Ich sollte wirklich besser zuhören, dachte ich schuldbewusst. Ich war ja eine schöne Tearoom-Betreiberin! Wenn etwas gut ankam, hätte ich es eigentlich sofort bemerken und gewinnbringend nutzen sollen.

Ich betrachtete interessiert den Teller vor mir. Es war keine aufwendige Käsetorte – oben war sie mit einer Schicht aus Frischkäse und Sauerrahm bestrichen und nur mit Himbeeren und Heidelbeeren dekoriert, wobei das satte Rot und das dunkle Violett sich deutlich vom Schneeweiß der Torte abhoben. Mit der Gabel stach ich vorsichtig hinein, bis ich spürte, wie sie den knusprigen Keksboden durchtrennte. Ich schob mir die Gabel in den Mund. Der Geschmack war himmlisch – cremig und süß, dabei ein winziges bisschen säuerlich, und der saftige Beerengeschmack vermischte sich mit dem süßen Buttergeschmack des Bodens.

„Köstlich!", schwärmte ich.

Florence strahlte. „Das ist unser Bestseller. Alle bestellen die Torte und fragen dann, ob sie noch ein Stück bekommen können. Deine Mutter behauptet, das Rezept stamme noch von deiner Großmutter und sei unglaublich einfach zu backen."

„Vielleicht sollten wir die Torte dauerhaft auf die Speisekarte setzen", überlegte ich laut.

„Oh, das fände deine Mutter sicher fantastisch! Darüber wäre sie sehr glücklich", sagte Florence.

Mein schlechtes Gewissen meldete sich, weil mir einfiel, wie gleichgültig ich die Veränderungsvorschläge meiner Mutter für die Speisekarte abgeschmettert hatte. Vielleicht war ich zu stur gewesen und nur deswegen dagegen, weil ich ständig fürchtete, meine Mutter würde sich in mein Leben einmischen. Womöglich war ich deswegen nicht bereit gewesen, genauer zuzuhören. Für sie war es sicherlich nicht leicht, dass alle ihre gut gemeinten Vorschläge ständig auf Ablehnung stießen. Obwohl sie meinen Tearoom anfänglich mit Geringschätzung abgetan hatte, hatte sie sich doch mit ganzem Herzen in meinen Laden reingekniet, seit sie zum Team dazugestoßen war. Sie hatte unermüdlich in der Küche mitgearbeitet und war eine große Unterstützung. Ja, es konnte – unglaublich! – frustrierend sein mit ihr, aber sie meinte es gut. Auf einmal schämte ich mich, weil ich nicht netter zu ihr gewesen war.

Ich werde nachher in der Küche vorbeischauen und ihr sagen, wie toll ich ihren Cheesecake finde und dass ich ihn auf die Tageskarte setzen werde, beschloss ich.

„Wie geht es der kleinen Müsli? Deine Mutter hat uns erzählt, dass sie eine Vergiftung hat", erkundigte sich Ethel, die zu uns an die Theke kam.

Ich seufzte. „Wahrscheinlich nur ein falscher Alarm. Ich dachte, sie hätte vielleicht ein Schokoladentäfelchen gefressen, aber bisher geht es ihr gut, weshalb das wohl nicht stimmen kann. Und im Wartezimmer hat sie beinahe einen Hund auseinandergenommen."

Ethel kicherte. „Unterschätze nie eine Katze. Das gilt besonders für die kleinen", sagte sie. „Aber es war gut, dass du mit ihr zum Tierarzt gegangen bist. Vorsicht ist besser als Nachsicht. Du würdest es dir nie verzeihen, wenn sie schwer krank würde und du nicht rechtzeitig reagiert hättest."

„Ja, wahrscheinlich. Und was für ein Zufall: Ich habe dort die frühere Haushälterin der Walthams getroffen, Nell Hicks. Wegen ihrer Empfehlung bin ich überhaupt zu dieser Tierarztpraxis gefahren. Mrs Waltham hat mir erzählt, dass Nell mit ihrem Hund dort hingeht."

„Die Haushälterin der Walthams?", fragte Florence mit einem Stirnrunzeln.

Ich sah zu ihr. „Ja, warum? Kennen Sie sie?"

„Nein, aber ich habe das Gefühl, dass ich vor Kurzem etwas über sie gehört habe. Wo war das noch?" Florence blickte ins Leere.

„Also geht es Müsli jetzt gut?", erkundigte sich Ethel.

„Sie soll über Nacht zur Beobachtung in der Praxis bleiben, für den Notfall", berichtete ich. „Aber ich habe den Eindruck, wenn ich sie morgen abhole, dann braucht ausschließlich mein Portemonnaie eine Notfallversorgung." Ich verzog das Gesicht.

„Jetzt weiß ich es wieder! Es ist mir gerade eingefallen!", platzte Florence heraus. „Meine Nichte Delia, die im Krankenhaus arbeitet ... die hat erwähnt, dass sie die Haushälterin der Walthams gesehen hat. Darüber musste sie natürlich tratschen, weil sie in der Zeitung von dem Mord gelesen hat. Sie war wirklich aufgeregt und hat erzählt, sie hätte Sarah an dem Abend direkt vor der Vernissage gesehen, nur wenige Stunden bevor sie ermordet wurde!"

„Wie meinen Sie das?", wollte ich wissen.

„Nun, Delia arbeitet als Krankenschwester auf der Intensivstation und hatte Dienst, als Sarah ihren Vater dort besuchen wollte. Anscheinend hat sie eine Szene gemacht und sich aufgespielt mit ihrem Einfluss und ihrem Namen, aber die Stationsschwester wollte davon nichts wissen. Auf jeden Fall hätten sie sich beinahe geprügelt, vor dem Arzt, und das war so peinlich. Doch dann tauchte die Haushälterin der Walthams auf und hat den Streit geschlichtet."

Das überraschte mich. Bei dem Gespräch, das ich mit Nell Hicks geführt hatte, war bei mir nicht der Eindruck entstanden, dass sie Sarah beruhigt hätte. Eher hätte ich erwartet, dass sie sich der Menge angeschlossen hätte, die das Mädchen lynchen wollte.

„Sind Sie sicher, dass es tatsächlich die ehemalige Haushälterin der Walthams war, die Delia gesehen hat?"

Florence nickte. „Ja, Delia hat erzählt, dass sie Sarahs geliebte Shortbread-Kekse mitgebracht hatte. Genau die haben Sarah abgelenkt und bewirkt, dass sie sich beruhigte. Nell hat ihr eine ganze Dose davon überreicht, die sie angeblich extra für sie gebacken hat."

Das erstaunte mich noch mehr. Nell Hicks hatte eher so geklungen, als hätte sie Sarah lieber vergiften wollen, als dem Mädchen auch noch ihre Lieblings-Shortbread-Kekse zu back...

Ich holte scharf Luft.

Nell Hicks hatte eher so geklungen, als hätte sie Sarah vergiften wollen ...

Vielleicht hatte die frühere Haushälterin der Walthams genau das getan? Hatte sie Sarah vergiftetes Shortbread geschenkt?

Kapitel 18

Die Glöckchen an der Eingangstür bimmelten, und wir blickten hinüber. Ein junger Mann in der Uniform eines Lieferdienstes betrat den Tearoom.

„Lieferung für Gemma Rose", verkündete er und sah sich suchend um, ein Klemmbrett in der Hand.

Ich ahnte Schreckliches. *Oh nein, nicht schon wieder.* Mit einem beklommenen Gefühl ging ich zu ihm. „Das bin ich."

Er reichte mir das angeklemmte Formular. „Bitte unterschreiben Sie hier."

Mit einem raschen Blick stellte ich fest, dass er weder ein riesiges Paket noch etwas ähnlich Alarmierendes dabeihatte, und war leicht beruhigt. „Was ist es denn?"

Mit dem Daumen zeigte er nach draußen. „Ich bring es gleich. Sie müssen nur zuerst unterschreiben."

Nachdem ich das Formular unterzeichnet hatte, beobachtete ich nervös, wie er hinausging und wenige Augenblicke später einen riesengroßen, mit Polsterung verpackten Gegenstand auf einem Transportwagen hereinrollte. Er hatte die Größe eines Kühlschranks und passte kaum durch die Tür. Sämtliche Kunden drehten sich neugierig um.

„Wo soll das hin?", erkundigte sich der junge Mann.

Hilflos wies ich auf ein freies Fleckchen seitlich der Theke. „Äh ... hier drüben, denke ich."

Er rollte den Wagen hinüber, lud vorsichtig das enorme Paket ab und tippte sich schließlich an die Mütze. „Tschüss." Und fort war er.

„Was ist das denn, Gemma?", wollte Ethel mit einem neugierigen Blick durch ihre Brillengläser wissen.

„Ich weiß es nicht", gab ich zu. Und ich bin mir nicht sicher, ob ich es herausfinden will, dachte ich, während ich das Ding nervös beäugte.

Mehrere Gäste waren aufgestanden und näher gekommen, um das gigantische Paket zu inspizieren. Erwartungsvolle Stille lag über dem Tearoom.

„Nun, willst du es nicht aufmachen?", fragte Mabel.

„Ja, Gemma, lass uns nachsehen", stimmte Glenda eifrig zu.

Also begann ich, die wattierte braune Verpackung abzureißen. Viele Leute beeilten sich, mir zu helfen. Es schien ihnen richtig zu gefallen. Sie waren wie Kinder am Weihnachtstag, lachten und plapperten, während sie an der wattierten Kartonage zerrten.

Schließlich hatte ich das letzte Stück der Verpackung in der Hand. Mit offenem Mund betrachtete ich den Inhalt.

Ich glaube, ich halluziniere.

Hervor kam ein Elefant. Ein riesenhafter Elefant aus hässlichem lila Glasfaserkunststoff, den Rüssel über dem Kopf eingerollt und das Maul zu einem irren Grinsen verzogen. Die Vorderbeine waren angezogen, und er saß auf seinem breiten Hinterteil in der Mitte eines leeren Kunststoffbeckens, das von Felsenimitaten und Kunstblumen gesäumt wurde.

Die Küchentür schwang auf, und meine Mutter rauschte herbei. Sie trug eine strahlend weiße Schürze und eine Kochmütze.

„Ach, Liebes, das ist ja wunderbar. Es ist endlich angekommen!", rief sie aus.

Mit glasigen Augen sah ich zu ihr. „Mutter, was um Himmels willen ist das?"

„Weißt du nicht mehr, Schatz? Das ist das Wasserspiel, von dem ich dir erzählt habe!"

Ich starrte sie an. „Wasserspiel? Was für ein Wasserspiel?"

„Na, für den Tearoom, Dummerchen. Helen Green hat doch diesen Feng-Shui-Kurs gemacht und mir erzählt, dass die Chinesen daran glauben, dass fließendes Wasser ein Symbol für sprudelnde Geldeinnahmen ist. Und wenn es sich in einem Becken sammelt, dann steht das für Reichtum und eine Anhäufung von Vermögen. Man muss nur darauf achten, dass das Becken mindestens fünfundvierzig Zentimeter tief ist. Auf jeden Fall dachte ich, ein Wasserspiel für deinen Tearoom wäre perfekt." Sie strahlte mich an. „Und zum Glück habe ich dieses hier online entdeckt, es war enorm im Preis herabgesetzt ..."

Warum wohl, dachte ich bitter.

„... und ich fand es fantastisch." Mit geneigtem Kopf nahm sie das Monstrum in Augenschein. „Es ist ein kleines bisschen größer, als es im Internet wirkte."

Ungläubig musterte ich sie. Ein kleines bisschen? Es war absolut riesig, verdammt noch mal! Es dominierte den ganzen Raum, und wenn man hereinkam, war das Einzige, was man sehen konnte, nun dieser monströse lila Elefant mit seinem unheimlichen Lächeln.

„Das kann ich doch nicht hier hinstellen", jammerte ich.

„Wieso denn nicht?", widersprach meine Mutter. „In dieser Ecke würde er sich doch gut machen. Oder bei der Eingangstür." Während sie sich umblickte, fügte sie hinzu: „Aber nicht auf der rechten Seite, Schatz. Das führt laut Helen dazu, dass dein Ehemann untreu wird und sich eine Zweitfamilie nimmt."

Auweia. Ich glaube, ich habe hier eine außerkörperliche Erfahrung. Meine wohlwollenden Gedanken über meine Mutter von vorhin hatten sich inzwischen vollständig aufgelöst. Nun hätte ich sie am liebsten erdrosselt.

Da ich mir bewusst war, dass alle im Tearoom zusahen und zuhörten, hob ich die Mundwinkel zu einem gezwungenen Lächeln. „Mutter, lass uns später darüber sprechen."

„In Ordnung, Liebes, aber meinst du nicht, wir sollten es mal einschalten und das Wasser ..." Auf einmal stieg uns ein verbrannter Geruch in die Nase. Erschrocken wirbelte meine Mutter herum. „Meine Scones!"

Wie der Blitz verschwand sie in der Küche, die Schwingtür fiel hinter ihr wieder zu. Die Gäste kehrten an ihre Tische zurück, und der Tearoom nahm wieder seinen ursprünglichen Zustand der Ruhe an, allerdings erweitert um ein lila Objekt in der Ecke. Einige der Kinder konnten ihre Neugier nicht zügeln. Sie gingen zu dem Elefanten hinüber, und ein besonders mutiger Junge kletterte gar in das Becken und streckte seine Hand aus, um den Rüssel anzufassen. Ich verkroch mich hinter die Theke und bemühte mich, keine allzu üblen Gedanken über meine Mutter zu hegen.

Wenigstens verlief der restliche Tag ohne weitere Zwischenfälle und auch ohne weitere Lieferungen von Online-Bestellungen. Um halb sechs schloss ich erleichtert die Tür zum Tearoom ab und stieg erschöpft auf mein Fahrrad, um mich auf den Heimweg zu machen. Meine Mutter war schon weg; sie war mit meinem Vater auf eine Partie Bridge eingeladen. Darüber war ich froh. Innerlich kochte ich noch vor Wut über das Reichtum versprechende

Wasserspiel. Hätte ich zum Dinner mit meinen Eltern am Tisch sitzen müssen, wäre ich sicher geplatzt.

So aß ich allein vor dem Fernseher ein Fertiggericht von Marks & Spencer und gönnte mir hinterher eine dampfende Tasse Kakao aus belgischer Milchschokolade und sahniger Vollmilch. Das lockerte mich so weit auf, dass ich einen Waffenstillstand mit meiner Mutter für den nächsten Morgen in Erwägung zog.

Die BBC zeigte eine Dokumentation über Fetische, besonders über Menschen, die zwanghaft fremdgingen und süchtig nach dem Nervenkitzel waren, vom Partner erwischt zu werden. Ein wichtigtuerischer Psychologe zitierte einen Artikel aus dem *Magazin für Persönlichkeit und Sozialpsychologie* und sprach über das Hochgefühl beim Fremdgehen und darüber, wie es Menschen erregte, dass sie dabei unertappt blieben.

Klasse, eine schöne wissenschaftliche Erklärung für Menschen, die einfach nur verlogen sind, dachte ich bei mir. Erstaunlich, wie heutzutage immer irgendein Syndrom oder eine psychische Erkrankung angeführt wird, um schlechte Manieren zu rechtfertigen. Ich zog eine Grimasse und wechselte den Sender, bis ich schließlich bei der Wiederholung einer Folge von *Lewis* hängen blieb. Das war eine meiner Lieblingskrimiserien im Fernsehen, auch weil sie in Oxford spielte und ich so gerne rauszufinden versuchte, an welchen Plätzen die einzelnen Szenen gedreht worden waren. Obwohl ich die ganze Staffel bereits gesehen hatte, genoss ich es, die Folgen erneut anzuschauen, staunte über die interessanten Figuren und die clever ausgedachten Geschichten. Normalerweise wäre ich den ganzen Abend darin vertieft gewesen, doch heute fiel es mir schwer, mich auf das Geschehen auf dem Bildschirm zu konzentrieren.

Stattdessen wanderten meine Gedanken immer wieder zu dem Kriminalfall, in den ich im echten Leben verwickelt war. Wer hatte Sarah Waltham vergiftet? War es Fiona Stanley gewesen? Sie hätte sicherlich ein Motiv gehabt sowie die Mittel – als Künstlerin hatte sie ganz leicht Zugang zu Berliner Blau, aus dem man Blausäure gewinnen konnte –, aber ob sie auch die Gelegenheit zu dem Mord gehabt hatte, dessen war ich mir nicht so sicher. Das Gift war nicht in dem Tee gewesen, den Sarah bei der Vernissage getrunken hatte. Wo und wie konnte sie Sarah also das Gift verabreicht haben?

Und Jon Kelsey? Auch er hatte die Mittel – in seiner Dunkelkammer befand sich bestimmt Eisenhexacyanoferrat –, doch hätte er die Gelegenheit gehabt? Auf der Vernissage konnte er nichts in Sarahs Tee geschüttet haben, aber vorher vielleicht? Devlin hatte mir erzählt, dass das Gift durchaus einige Stunden, bevor Sarah auf der Vernissage auftauchte, verabreicht worden sein konnte. Was hatte Jon Kelsey am vergangenen Samstag gemacht? Devlin musste das

Bewegungsprofil des Mannes überprüft haben, nahm ich an, und offenbar war alles sauber. Dennoch wurden Alibis manchmal gefälscht ... Nur hätte er kein Motiv gehabt, Sarah umzubringen. Oder doch? Zugegeben, sie war nervig gewesen und ihm zudem peinlich, aber das war doch wohl kein ausreichendes Motiv für einen Mord?

Und dann war da auch noch Nell Hicks, die frühere Haushälterin der Walthams. Meine Brauen zogen sich zusammen, als ich über unsere Unterhaltung in der Tierarztpraxis nachdachte. Es hatte mich erstaunt, welche Bitterkeit und Wut sie Sarah gegenüber hegte. Nell hätte definitiv ein Motiv gehabt. Aber auch die Mittel? Mir fiel nichts dazu ein, wie sie Zugang zu Blausäure haben sollte. Andererseits ... die Gelegenheit wäre am Nachmittag durchaus vorhanden gewesen, als sie Sarah im Krankenhaus getroffen und ihr deren Lieblingsgebäck, Shortbread, angeboten hatte.

Mir schoss plötzlich die Frage durch den Kopf, ob Devlin überhaupt von Nell Hicks' Kündigung und den Rivalitäten zwischen ihr und Sarah wusste. Vermutlich ja, denn sicherlich hatte er gründlich ermittelt. Trotzdem wäre es wahrscheinlich gut, wenn ich ihm erzählen würde, was ich herausgefunden hatte. Selbstverständlich nur, um ihm bei dem Mordfall zu helfen. Nicht weil ich mich danach sehnte, seine Stimme zu hören, oder so ...

Beim zweiten Freizeichen nahm er ab. „Hallo, Gemma."

„Woher weißt du, dass ich es bin?", fragte ich überrascht.

„Dein Name stand auf dem Display."

Ein kindisches Hochgefühl durchströmte mich, weil er mich in sein Handy eingespeichert hatte. „Äh ... rufe ich ungelegen an?"

„Nein, gar nicht, bin gerade mit dem Essen fertig." Bei dem Geschirrklappern, das ich im Hintergrund hören konnte, stellte ich mir vor, wie Devlin in seiner Küche zugange war. Einmal war ich schon bei ihm zu Hause gewesen, während der Ermittlungen im letzten Mordfall, und war angetan gewesen von seinem geschmackvoll eingerichteten Häuschen in den Cotswolds, das früher eine Scheune gewesen war. Zwar wirkte es wie eine Junggesellenbude, aber nicht annähernd so protzig wie die Wohnung von Jon Kelsey.

„Ist was passiert?", erkundigte er sich.

„Nein, nein. Ich wollte nur ... Hast du heute Nachmittag mit Lincoln sprechen können?"

„Ja."

„Hat er dir von Nell Hicks erzählt, der ehemaligen Haushälterin der Walthams? Am Samstag war sie im Krankenhaus. Zur selben Zeit wie Sarah."

„Ja, das hat er erwähnt. Mrs Hicks hat anscheinend einen günstigen Zeitpunkt erwischt, und dadurch hat sich der Streit zwischen Sarah und der Stationsschwester wieder beruhigt."

„Vor allem, weil sie Sarah ihre Lieblingskekse mitgebracht hat, nicht wahr?"

Ein Anflug von Ungeduld lag in Devlins Stimme. „Ja, genau. Worauf willst du hinaus, Gemma?"

„Hast du schon mit Nell Hicks persönlich gesprochen?"

„Bisher noch nicht. Das ist für morgen geplant."

„Nun, ich schon, heute Morgen. Zufällig war sie beim Tierarzt, als ich mit Müsli dorthin kam, und sie hat etwas Interessantes berichtet: Ihre Kündigung bei den Walthams vor Kurzem ging von Sarah aus."

„Tatsächlich?" Devlins Stimme klang nun interessiert.

Rasch gab ich meine Unterhaltung mit ihr wieder. Am Schluss sagte ich: „Aber das ist nicht logisch. Nell war ziemlich verbittert über die Kündigung und auf Sarah nicht gut zu sprechen. Wieso sollte sie da plötzlich ein Blech von ihren Lieblingskeksen backen und ihr bringen wollen?"

„Du glaubst, dass sie was reingetan hat", überlegte Devlin. „Das wäre allerdings ein erhebliches Risiko gewesen. Jeder andere im Krankenhaus, der davon gegessen hätte, wäre auch vergiftet worden. Und Nell Hicks kommt mir jetzt nicht gerade wie der Typ einer Serienmörderin vor. Auch wenn sie auf Sarah sauer war, hätte sie andere Menschen sicher nicht in Gefahr bringen wollen. Dennoch werde ich dem nachgehen."

„Mir ist auch nicht klar, wie sie an Blausäure gekommen sein könnte." Ich stieß einen frustrierten Seufzer aus.

„Das ist inzwischen nicht mehr relevant, denn es

hat sich herausgestellt, dass es sich bei dem Gift nicht um Blausäure handelte."

„Was? Keine Blausäure?"

„Der Bericht vom Toxikologen ist da", fuhr Devlin fort. „Zwar nur ein vorläufiger, aber darin wird Blausäure als Todesursache definitiv ausgeschlossen. Die Werte in Sarahs Blut waren nicht hoch genug."

„Aber woran ist sie sonst gestorben?"

„Das ist noch nicht bestätigt. Der Toxikologe muss noch weitere Tests durchführen, aber er denkt an eine Verbindung namens Beta-Pyridyl-Alpha-N-Methylpyrrolidin, besser bekannt als Nikotin."

„Nikotin? Das Zeug in den Zigaretten?"

„Genau das. Anscheinend ist Nikotin ein hochgradig toxisches Pflanzenalkaloid. Wenn die Dosis hoch genug ist, schädigt es das Gehirn und das Rückenmark und lähmt die Skelettmuskeln, also auch das Zwerchfell."

„Das war es also, was Sarah ...?"

„Sie wies mehrere Symptome einer Nikotinvergiftung auf, zum Beispiel einen schwankenden Gang, Verwirrtheit, Krampfanfälle, Atemnot und schließlich Atemstillstand."

Ich schauderte. Obwohl Sarah kein freundlicher Mensch gewesen zu sein schien, hatte doch niemand einen solchen Tod verdient.

„Bedeutet das, dass wir wieder ganz von vorne anfangen müssen?", erkundigte ich mich bestürzt.

„Nicht direkt, aber wir müssen die Fakten neu

bewerten. Zum einen wirkt Nikotin langsamer als Blausäure. Der Tod tritt oft erst einige Stunden nach der Einnahme ein, abhängig von der Absorptionsgeschwindigkeit. Mehrere Zeugen von der Vernissage haben bei der Befragung angegeben, sie hätten Sarah für betrunken gehalten, wegen ihrer lallenden Sprechweise und den unkoordinierten Bewegungen. Ihr Blutalkoholspiegel war jedoch nicht erhöht, hat der Pathologe gesagt. Das heißt, dass sie nicht betrunken gewesen ist. Das könnte ein Anzeichen sein, dass das Gift bereits zu wirken begonnen hatte, als sie auf der Vernissage eintraf, sie es aber noch nicht gemerkt hat."

„Diese Fiona ... die hat Nikotinpflaster benutzt", fiel mir plötzlich ein.

„Wann war das?"

„Auf der Vernissage. Ich war draußen an der frischen Luft und habe gesehen, wie Fiona nach mir rauskam, eine Zigarette rauchen wollte, es sich dann aber anders überlegt und ein Nikotinpflaster aufgeklebt hat."

„Aha, sehr interessant. Nikotinpflaster enthalten eine sehr hohe Konzentration von Nikotin", erklärte Devlin. „Da muss ich mich morgen wohl noch einmal mit Miss Stanley unterhalten."

„Da war noch was ...", sagte ich zögerlich. „Als ich in der Nacht im Garten war, habe ich ein Gespräch mit angehört."

„Das hast du bisher noch gar nicht erwähnt." Ein leichter Vorwurf schwang in Devlins Stimme mit.

„Ich dachte, es bedeutet nichts, und ich wollte Cassie nicht aufregen."

„Es geht um Kelsey?"

„Na ja, ich weiß nicht sicher, ob er es war. Wenn man flüstert, sind Stimmen nur schwer zu erkennen. Aber ich dachte, ich hätte ihn erkannt ..."

Alles, was ich gehört hatte, berichtete ich nun Devlin und endete mit einem beschämten Lachen. „Das klingt doch echt abgedroschen, oder? Wie in einem schlechten Film. Deshalb habe ich bisher nichts gesagt, denn es klang so lächerlich, dass es unmöglich etwas Ernsthaftes bedeuten konnte. Außerdem ... Ich mag Jon nicht besonders, und ich hab mich gefragt, ob meine Voreingenommenheit ihm gegenüber womöglich meine Wahrnehmung beeinflusst hat. Manchmal hört man ja einfach das, was man hören will."

„Trotzdem hättest du mit dieser Information zu mir kommen müssen", beharrte Devlin. „Du hättest mir vertrauen können, dass ich diskret damit umgehe."

„Das weiß ich, tut mir leid. Es ist nur ... Cassie ist so empfindlich, wenn es um Jon geht, da wollte ich nicht unnötig den Verdacht auf ihn lenken. Wenn ich mich geirrt habe, wird Cassie mir das nie verzeihen."

„Besser, sie ist jetzt sauer auf dich, als wenn sie später herausfindet, dass sie mit einem potenziellen Mörder zusammen ist", brummte Devlin.

„Hältst du Jon ernsthaft für einen der Hauptverdächtigen?"

„Ich hatte ihn von Anfang an in Verdacht. Er hat zwar durchaus eine gute Geschichte vorgebracht, aber … sagen wir mal, mein sechster Sinn lässt mich glauben, dass Jon Kelsey nicht zu trauen ist. Bei Mordfällen ist der Täter meiner Erfahrung nach oft jemand, der das Opfer kannte. Was auch immer Jon behauptet, ich bin mir sicher, er hat uns nicht alles über seine Verbindung zu Sarah Waltham verraten."

Plötzlich fiel mir der Spitzentanga ein, den die Silberlocken unter Jons Bett gefunden hatten. *Soll ich Devlin davon erzählen?* Aber wenn ich das tat, würde Devlin ihn als Beweisstück behalten. Erst frage ich Cassie, beschloss ich. *Nur noch ein weiterer Tag, dann ist sie aus Italien zurück.* Es wäre reichlich peinlich, wenn es sich um ihre Unterwäsche handelte.

„Wie sieht es mit anderen Liebhabern aus? Beim letzten Mal meintest du, dem würdest du nachgehen wollen."

„Bisher haben wir diesbezüglich nichts heraufgefunden. Sarahs Laptop und Handy sind in der IT-Abteilung. Vielleicht finden die was Relevantes in ihren E-Mails und Daten. Im Augenblick sind sie etwas im Rückstand, aber ich hoffe, ich erfahre bald etwas."

Es schien alles gesagt zu sein. Gerade als ich erwartete, dass Devlin das Gespräch beendete, fragte er überraschenderweise: „Hast du morgen Abend Zeit, Gemma?"

„Morgen Abend? Ich?"

Amüsiert gab er zurück: „Sonst ist ja niemand am Telefon. Also ja, du. Hättest du Lust, mit mir essen zu gehen?"

Mein Herz schlug schneller. Ein dümmliches Grinsen legte sich über mein Gesicht, und ich war froh, dass er mich nicht sehen konnte. „Du meinst ... um weiter über den Fall zu sprechen?"

„Nein, ich meine, um gemeinsam zu essen." Ein Lächeln schwang in seiner Stimme mit, doch dann änderte sich sein Ton. „Außer natürlich, wenn du schon mit Lincoln verabredet bist."

Ich grinste in mich hinein. Hörte ich da Eifersucht heraus?

„Nein, morgen Abend habe ich nichts vor. Da gehöre ich ganz dir." Als ich merkte, wie das klang, errötete ich und stammelte: „Ähm ... ich meine ..."

Er lachte. „Daran werde ich denken, wenn ich dich das nächste Mal mit dem Herrn Doktor treffe", erklärte er leichthin. „Also ist das ein Ja?"

„Ja, sehr gerne."

„Super. Wie wäre es mit Thailändisch? Wir könnten mal wieder ins Chiang Mai gehen", schlug er unser Lieblingsrestaurant aus Studentenzeiten vor. Es war ein gehobenes Restaurant mit thailändischer Küche, das wir uns für besondere Anlässe aufgehoben hatten. „Ich hole dich um halb acht ab."

Sobald wir aufgelegt hatten, schnappte ich mir ein Kissen und drückte es fest an mich. Das lächerliche Grinsen schien in meinem Gesicht wie festgetackert zu sein. Gut gelaunt sprang ich die Treppe hinauf und ging im Geiste bereits meine Garderobe durch, auf der Suche nach einem passenden Outfit. Ein Date mit Devlin O'Connor! Ich kam mir vor, als wäre ich wieder achtzehn Jahre alt, so sehr schwirrte mir der Kopf vor Aufregung und Vorfreude.

Ich hätte es noch nicht mal vor mir selbst zugegeben, doch unwillkürlich drängte sich mir der Gedanke auf, ob es vielleicht doch noch eine Chance auf einen Neuanfang für Devlin und mich gab ...

Kapitel 19

Am nächsten Morgen war ich immer noch bester Laune und summte eine fröhliche Melodie vor mich hin, während ich den Tearoom aufschloss. Selbst der Anblick des riesigen lila Elefanten in der Ecke ärgerte mich nicht – seine grinsende Miene entsprach im Augenblick sogar ziemlich genau meiner eigenen. Das gefiel mir. Wenn ich an mein Date mit Devlin dachte, setzte mein Herz jedes Mal kurz aus. Ich konnte mich nicht erinnern, wann ich mich das letzte Mal so sehr auf etwas gefreut hatte.

Doch dann traf Cassie ein, und als mir einfiel, dass ich mit ihr über Jon und den Stringtanga sprechen musste, sackte meine Stimmung jäh ab. Sie war von ihrer Reise zurück und sah wunderschön aus. Ihre Augen leuchteten, ihre Wangen waren leicht gerötet, kurz gesagt: Sie war der Inbegriff einer glücklich verliebten Frau. Der Gedanke, dass ich ihrer Glückseligkeit einen Dämpfer verpassen musste, erschreckte mich. Sie hatte Geschenke für uns alle mitgebracht – eine florentinische Terrakottaschale für meine Mutter, kleine Seifenstücke für jede der Silberlocken und für mich ein hübsches Geschenkset von Chiaverini mit verschiedenen Marmeladen. Dass sie so aufmerksam war, verursachte mir ein noch schlechteres Gewissen.

„Oh Gemma, es war der Hammer! Wir haben die Uffizien besichtigt und im Hotel Belmond Villa San Michele übernachtet. In dem Restaurant dort hat man einen großartigen Blick über Florenz. Und wir sind am Fluss spazieren gegangen, das war so romantisch! Und zum Dinner hat er mich in diese kleine süße Trattoria ausgeführt, in einer Seitenstraße, wo es leckere kleine Bruschettas gab ..." Lachend fuhr sie fort: „Ich habe zu Jon gesagt, dass ich eifersüchtig auf ihn bin, weil er noch bleiben und weitere italienische Speisen kosten kann ..."

„Ist er nicht mir dir zurückgeflogen?", fragte ich überrascht.

„Nein, so war es eigentlich geplant, aber wir mussten umbuchen. Für ihn hat sich die Gelegenheit ergeben, einen Kunsthändlerkollegen zu treffen, und er hat gesagt, das kann er sich nicht entgehen lassen. Also hat er seinen Rückflug auf morgen verschoben. Aber er hat dafür gesorgt, dass mich ein Fahrer in Heathrow abgeholt und nach Oxford zurückgebracht hat. Wirklich zuvorkommend von ihm!" Sie kramte eine Cremetube aus ihrer

Handtasche. „Sieh mal, er hat mir sogar was aus der neuen Kollektion von L'Occagnes geschenkt, als wir in Heathrow abgeflogen sind, weil ich mal erwähnt habe, dass ich die Sachen so toll finde ... Und in Florenz hat er mir eine hübsche filigrane Goldbrosche gekauft, bei einem örtlichen Kunsthändler." Ein verträumter Seufzer entwich ihr. „Es war absolut fantastisch."

Beim Anblick ihres strahlenden, glücklichen Gesichtsausdrucks zog sich mir erneut der Magen zusammen. Kurz überlegte ich, ob ich sie später wegen des Stringtangas fragen sollte, doch dann würde es auch nicht leichter sein.

Ich holte tief Luft und sagte: „Äh, Cassie, können wir uns kurz unter vier Augen unterhalten?"

„Sicher." Sie warf mir einen fragenden Seitenblick zu und griff nach ihrer Schürze.

„Warum gehen wir nicht nach draußen? Dort sind wir ungestört."

„Okay, Gemma, jetzt machst du mir wirklich Angst", versuchte Cassie einen Witz, während sie die Schürze auf die Theke zurücklegte, ihren Mantel nahm und hinter mir den Tearoom verließ.

Ich lehnte mich gegen einen der Holztische und fuhr mir mit der Zunge über die trockenen Lippen, unsicher, wie ich anfangen sollte.

„Um Himmels willen, Gemma, was ist denn los?"

Ich holte das hauchdünne Teil aus schwarzem Satin und roter Spitze aus meiner Manteltasche und hielt es hoch. „Äh ... gehört das dir?"

Auf ihrer Stirn bildeten sich Falten. „Nein, das sieht aus wie von einer Prostituierten! So was würde ich im Leben nicht anziehen. Warum? Wo hast du das her?"

Ich schluckte. „Aus Jons Schlafzimmer. Über der Galerie."

Sie starrte mich an und fragte: „Und was hast du in Jons Schlafzimmer gemacht?"

„Wir ... haben es nur ... überprüft, weißt du ..."

„Wir?"

„Die Silberlocken und ich", erklärte ich betreten.

Cassie lief rot an. „Erzählst du mir gerade, dass du mit den Silberlocken in Jons Privaträumen herumgeschnüffelt hast?"

Unbehaglich verlagerte ich mein Gewicht. „Nun, ganz so war es nicht ..."

„Wie war es denn dann?" Ihre Stimme wurde lauter. „Was glaubst du denn, was du da gemacht hast, Gemma? Hinter seinem Rücken in sein Schlafzimmer zu gehen! Das ist echt erbärmlich!"

„Wir haben uns halt Sorgen um dich gemacht, Cassie! Was weißt du denn schon über Jon?"

„Dass er der wunderbarste Mann ist, den ich je getroffen habe", fauchte sie.

„Aber du *weißt* nicht wirklich etwas von ihm!" Sie drehte sich um, und ich legte eine Hand auf ihren Arm. „Bitte, Cass, hör mir zu! Ich meine, was wäre, wenn ..." Ich verstummte, konnte es einfach nicht aussprechen.

„Wenn was?", fragte Cassie.

„Wenn er über sein Verhältnis zu Sarah Waltham nicht die Wahrheit gesagt hätte. Wenn er irgendwas mit dem Mord an ihr zu tun hätte."

Ungläubig starrte sie mich an. „Ich kann nicht glauben, dass du das gerade gesagt hast, Gemma! Als ob es nicht schlimm genug wäre, dass die Polizei ihn für einen Verdächtigen hält. Aber von dir hätte ich nicht erwartet, dass du so schlecht von ihm denkst."

„Du musst zugeben, Cassie, es sieht schon sehr verdächtig aus."

„Es sieht überhaupt nicht verdächtig aus", wetterte sie.

Auch ich wurde langsam wütend. „Ach komm, Cassie! Wieso bist du so blind? Wenn es um jemand anders ginge, würdest du mich jetzt zur Polizei schleifen, um eine Anzeige zu machen. Bei dir hätte ich am wenigsten damit gerechnet, dass du vor lauter vernarrter Verliebtheit nicht mehr klar denken kannst!"

„Wie kannst du es wagen!", brüllte Cassie. „Das ist keine vernarrte Verliebtheit."

„Für den Spitzentanga hast du aber auch keine Erklärung, oder? Wie kam der in Jons Schlafzimmer? Wenn er nicht dir gehört, wem dann?"

Sie warf die Arme in die Luft. „Keine Ahnung, von wem der ist. Und es ist mir auch egal! Sicher gibt es eine plausible Erklärung dafür, und ich lasse mir nicht von deiner schmutzigen Fantasie meine

Gefühle für Jon kaputtmachen."

„Du hast nur Schiss!", entgegnete ich verärgert. „Du willst die Wahrheit nicht erkennen: dass der Mann, mit dem du ausgehst, in Wirklichkeit ein Frauenheld sein könnte, oder sogar ein Mörder! Das sieht dir gar nicht ähnlich, Cassie; du hattest sonst nie Schiss, dich irgendetwas zu stellen. Warum führst du dich diesmal so dumm auf?"

„Das muss ich mir nicht anhören." Ihr Ton wurde eisig. Sie beugte sich zu mir, ihr Blick war kalt vor Wut. „Wir sind schon sehr lange befreundet, Gemma, aber gerade hast du eine Grenze überschritten. Du hattest kein Recht, hinter meinem Rücken hinter Jon herzuspionieren, und auch kein Recht, ihn zu verdächtigen. Wenn ich mit ihm glücklich bin, ist das alles, was zählt!" Sie tippte mir mit einem Finger auf die Brust. „Du mochtest ihn doch noch nie, das weiß ich. Du versuchst es zu verbergen, aber ich merke es. Jon gegenüber bist du total voreingenommen und glaubst nur das Schlimmste von ihm. Weil du meine Freundin bist, meinst du vielleicht, du kannst dich in mein Liebesleben einmischen. Aber ich sag dir was: Es geht dich verdammt noch mal nichts an!"

Sie wirbelte herum und stürmte wieder in den Tearoom. Kurz darauf hörte ich die Tür vorn zuknallen, Schritte auf der Straße und schließlich das Quietschen eines sich entfernenden Fahrrads.

Langsam ließ ich mich auf eine der Bänke sinken. Ich zitterte. Cassie und ich hatten uns noch nie zuvor so heftig gestritten. Kleine Differenzen und

Meinungsverschiedenheiten hatten wir wohl gehabt – in welcher Freundschaft gab es die nicht? –, aber so heftig war es noch nie gewesen. Meine Gefühle schwankten zwischen Wut, Verletztheit und Frust. Warum glaubte sie Jon so bereitwillig, wohingegen sie sich meine Sichtweise nur widerstrebend anhörte? Zählten unsere Jahre der Freundschaft denn gar nichts für sie? Warum war sie nicht wenigstens bereit, über meine Zweifel und Verdachtsmomente einmal nachzudenken?

Ich betrat wieder den Tearoom, wo ich niedergeschlagen auf einen Barhocker sank. Die Silberlocken gesellten sich zu mir. Sie waren früh eingetroffen, um ein weiteres Mal auszuhelfen, und mussten Cassies überstürzten Aufbruch mitbekommen haben.

„Keine Sorge, meine Liebe, sie überlegt es sich bestimmt noch mal", tröstete mich Ethel und tätschelte mir die Schulter.

Mabel nickte energisch. „Ja, später wird sie dir dankbar sein, du wirst schon sehen."

Kläglich nickte ich, doch ich war nicht überzeugt, dass Cassie mir je verzeihen würde. Vielmehr fragte ich mich, ob ich gerade meine beste Freundin für immer verloren hatte.

Kapitel 20

Der Rest des Tages verlief ruhig. Um nicht über Cassie nachdenken zu müssen, konzentrierte ich mich auf die Arbeit. Wir wurden von Gästen überrannt, was ein gutes Zeichen für mein Geschäft war, aber meine Stimmung nicht unbedingt hob. Wieder wurde der neue Cheesecake meiner Mutter am häufigsten bestellt, und sie stürzte sich in die Arbeit und backte Nachschub, als die ersten Torten rasch aufgegessen waren. Die Silberlocken waren sehr freundlich, und ich war dankbar für ihre Anwesenheit. Wie sie umherliefen und leise miteinander plauderten, lenkte mich von meiner Grübelei ab, und außerdem waren sie bei der Bewältigung der Aufgaben eine enorme Unterstützung. Allein wäre ich aufgeschmissen gewesen.

Gegen Mittag rief die Tierarztpraxis an. Müsli ging es gut, und sie konnte nach Hause entlassen werden. Ich könne sie wieder abholen, jederzeit, wann es mir passe, teilte man mir mit. Mein Kätzchen wies keine Symptome einer Vergiftung durch Schokolade auf, sondern hatte die Zeit mit dem Versuch verbracht, jeden Hund in der Tierklinik in Stücke zu reißen, einschließlich einer Deutschen Dogge. Die war jetzt fürs Leben traumatisiert.

Gerade als der Ansturm vom Nachmittagstee sich wieder legte, klingelte mein Handy. In der Hoffnung, dass es Cassie sei, zog ich es eilig aus der Tasche. Doch es war Devlin.

„Hi", begrüßte ich ihn.

„Hey, Gemma. Ist was passiert?"

„Was meinst du? Was sollte sein?"

„Ich höre es an deiner Stimme. Irgendetwas hat dich aufgeregt."

Sein Einfühlungsvermögen berührte mich, aber ich wollte nicht am Telefon darüber sprechen. „Nichts. Nein, es ist schon was, aber ich kann es dir jetzt nicht erklären."

„Also dann vielleicht heute Abend. Das ist auch der Grund, warum ich anrufe. Können wir uns erst um acht Uhr treffen statt um halb? Vermutlich wird es auf dem Revier länger dauern."

„Ja klar. Hast du etwas Neues rausgefunden?"

Er zögerte, ehe er antwortete. „Es ist noch nicht offiziell, aber wir haben Fiona Stanley zur Befragung herbestellt, und ich gehe davon aus, dass wir sie verhaften werden."

„Fiona!" Quer durch den Raum konnte ich sehen, wie die Silberlocken ihre Ohren spitzten. Ich drehte mich um und ging in den kleinen angrenzenden Verkaufsraum, um ungestört zu telefonieren. „Wieso das? Hast du neue Beweise, die gegen sie sprechen?", erkundigte ich mich.

„Die IT-Spezialisten haben auf Sarahs Computer einige feindselige E-Mails gefunden, die sie verschiedenen Leuten geschrieben hat. Das meiste davon ist harmlos, du weißt schon, die üblichen Angriffe und unbedeutenden Gemeinheiten, die man auf Facebook und in Internetforen liest, aber ein Mailwechsel zwischen Sarah und Fiona ist aufgefallen. Vor allem die Mails von Fiona. In einer langen Schimpftirade hat sie Sarah beschuldigt, ihr Leben ruiniert zu haben und Rache geschworen. Wörtlich zitiert sagte sie: ‚Das wird dir noch leidtun!' Das kann natürlich genauso gut ein hingeworfener melodramatischer Satz sein, aber in Kombination mit den anderen Faktoren reicht es, um sie zum Verhör einzubestellen. Selbst wenn wir nicht die Information aus der Apotheke hätten."

„Welche Information?"

„Um deinem Hinweis zu den Nikotinpflastern von Fiona nachzugehen, habe ich meinen Sergeant heute Morgen alle Apotheker rund um Oxford überprüfen lassen. In Cowley hat er einen Laden gefunden, wo der Angestellte sich an Fiona erinnerte, weil sie letzte Woche eine Großpackung Nikotinpflaster gekauft hat und dann nach ein paar Stunden wiederkam und eine weitere kaufen wollte. Sie behauptete, die erste wäre ihr mit dem restlichen Einkauf aus dem

Fahrradkorb geklaut worden und deshalb bräuchte sie so schnell Ersatz. Weil sie selten solche großen Mengen, und dann noch an einem Tag, verkaufen, konnte der Mann sich daran erinnern."

„Meinst du, sie hat versucht, daraus Nikotin zu gewinnen?"

„Das wäre nicht so einfach. Aber Nikotinpflaster enthalten die höchste Nikotinmenge in Milligramm, und mit einem Lösungsmittel könnte man es extrahieren. Fiona hat vielleicht Freunde, die Chemie studieren und ihr halfen. Auf jeden Fall rechtfertigt es die Befragung." Er machte eine Pause. „Es bleibt natürlich offen, wie sie Sarah das Gift verabreicht haben könnte. Wenn es nicht auf der Vernissage passierte, muss sie es früher am Tag getan haben ..."

Meine Gedanken wanderten zu dem Tag, als ich in der Kunstakademie gewesen war, und zu Sarahs Arbeitsplatz, einem Chaos aus Kunstutensilien, halb leeren Tassen und Lebensmittelpackungen.

„Am Samstagnachmittag war Sarah in der Kunstakademie, danach ging sie ins Krankenhaus und abends auf die Vernissage", überlegte ich laut. „Weißt du, ob Fiona an dem Tag auch dort war?"

„Ja, sie hat angegeben, früher am Nachmittag kurz dort vorbeigeschaut zu haben. Warum?"

„Na ja, unbemerkt etwas ins Sarahs Essen oder Trinken zu schütten, wäre nicht sehr schwierig gewesen. Die Frau war total unordentlich, und an ihrem Arbeitsplatz lag lauter Zeug herum. Und die Japanerin, mit der ich gesprochen habe, hat gesehen, wie Sarah an dem Tag dort Mittag gegessen hat. Da gibt es auch einen Gemeinschaftsraum, wo die Studenten sich Tee kochen und Essen warm machen können. Vielleicht, wenn Fiona auch in der Uni war, hat sie entweder etwas in Sarahs Getränk geschüttet oder auf ihr Sandwich gestrichen oder so was Ähnliches."

„Ja, das wäre möglich, dazu muss ich sie auch befragen", sagte Devlin. „Ich werde auch noch mit ihrem Tutor und einigen Studenten reden und rausfinden, ob irgendjemand die beiden am Samstagnachmittag zusammen gesehen hat."

„Das klingt, als hättest du eine Menge zu tun. Bist du sicher, dass es bei heute Abend bleibt?"

„So leicht lasse ich dich nicht vom Haken", zog er mich auf. „Ich mache hier rechtzeitig Schluss und stehe um acht Uhr vor deiner Tür."

Als ich aufgelegt hatte, starrte ich in die Ferne, fühlte mich gleichzeitig besser und schlechter. Besser, weil das Gespräch mit Devlin mich aufgemuntert hatte. Schlechter, weil es so aussah, als ob Jon Kelsey doch nichts mit dem Mord zu tun hätte, was bedeuten würde, dass ich umsonst mit Cassie gestritten und womöglich unsere Freundschaft zerstört hatte.

Plötzlich hatte ich das Bedürfnis, mit meiner Freundin zu sprechen, mich zu entschuldigen und zu versuchen, den Streit aus der Welt zu schaffen. Ich konnte es kaum erwarten, dass der Tag vorbeiging, und sobald ich den Tearoom abgesperrt hatte, sprang ich auf mein Fahrrad und fuhr nach Jericho, einem Künstlerviertel und trendigen Vorort von Oxford, wo Cassie wohnte. Sie hatte ein Apartment in einem der umgebauten viktorianischen Mietshäuser am Kanal gemietet, doch als ich davor anhielt, war es dunkel hinter den Fenstern. Es wirkte, als wäre niemand da. Sicherheitshalber klingelte ich. Nichts geschah.

Ich stieß einen Seufzer aus. Wo konnte sie sein? Jon war noch nicht aus Italien zurück, also konnte sie nicht bei ihm sein. Ich hatte versucht, sie zu erreichen, aber sie nahm meine Anrufe nicht an. Einen Augenblick stand ich grübelnd da, dann wendete ich mein Fahrrad. Mir war eingefallen, wo sie vielleicht sein könnte: im Haus ihrer Eltern, das ganz in der Nähe lag. Früher schon hatte sie sich immer in den Schoß ihrer warmherzigen und wilden Familie zurückgezogen, wenn sie etwas belastet hatte.

Bei dem Reihenhaus aus dem 19. Jahrhundert angekommen, in dem Cassies Eltern wohnten, eilte ich den Weg zur Haustür entlang. Das Echo der altmodischen Türglocke drang dumpf nach draußen, dann öffnete Cassies Mutter die Tür in einem kittelartigen Wollkleid.

„Gemma, wie schön, dich zu sehen", begrüßte sie mich und zog mich in eine Umarmung. Sie roch nach Räucherstäbchen und Terpentin, was mich an meine Zeit als Schülerin erinnerte, als ich zum Spielen hierhergekommen war.

„Hallo, Mrs Jenkins. Ist Cassie da?"

„Ja, aber … ich glaube, das ist jetzt kein günstiger Augenblick."

„Ich muss unbedingt mit ihr reden."

Mrs Jenkins schien sich nicht wohlzufühlen in ihrer Haut. „Na ja, eigentlich hat sie gesagt, wenn du kommst, dann will sie dich nicht sehen."

Verletzt zuckte ich zusammen. Es war wie ein Schlag ins Gesicht für mich. Noch niemals hatte Cassie sich geweigert, mich zu empfangen. Selbst nach den schlimmsten Streitigkeiten war sie immer bereit gewesen, mich zu treffen, wenn auch manchmal nur, um mich erneut anzubrüllen.

„Könnten Sie bitte mit ihr reden und versuchen, sie zu überzeugen?"

Sie seufzte. „Ich versuch's. Komm doch bitte rein."

Ich schüttelte den Kopf. „Ich warte hier."

Sie warf mir noch einen besorgten Blick zu und verschwand dann im Haus. Ich musste nicht lange warten. Mrs Jenkins war nach nicht einmal fünf Minuten zurück und wirkte noch unbehaglicher als zuvor. Noch ehe sie etwas sagte, konnte ich von ihrem Gesicht ablesen, dass die Antwort ein Nein sein würde.

„Es tut mir wirklich leid, Gemma." Sie drückte mir die Hand. „Ich weiß nicht, was zwischen euch vorgefallen ist, aber es sieht Cassie gar nicht ähnlich, sich so stur zu verhalten." Sie lachte auf und verdrehte die Augen. „Was sage ich denn da? Stursein ist Cassies Spezialität! Aber so habe ich sie noch nie erlebt. War es was Schlimmes?" Sorgenvoll blickte sie mich an.

Ich lächelte matt. „Wir haben uns nur ... missverstanden. Ich habe etwas gesagt, das Cassie sehr aufgeregt hat, und wollte mich jetzt bei ihr entschuldigen."

Sie tätschelte mir die Schulter. „Du kennst doch Cassies Temperament. Das liegt daran, dass sie Künstlerin ist." Ein unsicheres Lachen. „Warum gibst du ihr nicht etwas Zeit, sich zu beruhigen? Ein paar Tage vielleicht. Wenn sich ihre Wut abgekühlt hat, ist sie vernünftigen Argumenten wahrscheinlich eher zugänglich."

Mit einem Seufzer trat ich nach hinten. „In Ordnung. Vielen Dank, Mrs Jenkins. Können Sie ihr bitte ausrichten, dass ich es wirklich sehr gerne wiedergutmachen möchte und dass sie mich anrufen kann, wenn ihr danach ist? Jederzeit."

„Das mache ich, Gemma. Pass auf dich auf."

Als ich zu meinem Fahrrad ging, fühlte ich mich so abgewiesen wie noch nie zuvor. Gerade als ich aufsteigen wollte, schoss mir ein Gedanke durch den Kopf. Beim Blick auf meine Uhr keuchte ich auf. Um Himmels willen – Müsli! Ich musste sie noch vom Tierarzt abholen! So schnell ich konnte, sprang ich auf mein Rad und fuhr nach North Oxford, in der Hoffnung, dass die Praxis nicht schon geschlossen war, wenn ich dort ankam. Es stellte sich heraus, dass noch einige Hundehalter mit ihren Tieren im Wartezimmer saßen, als ich zum Empfang stürmte.

„Ich wollte Müsli abholen", sagte ich leicht außer Atem.

Die junge Frau hinter der Theke lächelte. „Oh, Müsli ist so ein süßes kleines Ding. Alle hier haben sich in Ihre Katze verliebt." Sie stand auf. „Ich hole sie Ihnen."

Einige Minuten später kehrte sie mit Müsli in der Tragebox zurück. Als die kleine Katze mich sah, fuhr ihr Schwanz in die Höhe, und ein lautes „Miau" zur Begrüßung war zu hören.

„Hallo, Müsli. Hat's dir hier gefallen?", fragte ich trocken.

Sie fuhr fort, alles zu kommentieren, während ich die Rechnung bezahlte. Als ich die Tierklinik mit der Transportbox verließ, dämmerte es bereits. Die Straßen lagen in relativer Dunkelheit, denn die Straßenlampen waren gerade erst angegangen und hatten noch nicht die volle Leuchtkraft. Ursprünglich hatte ich vorgehabt, mit Müslis Box im Fahrradkorb heimzuradeln. Doch jetzt, im schwindenden Tageslicht, änderte ich meine Meinung. Das Rad zu schieben, erschien mir sicherer.

Die Katzenbox befestigte ich so gut, wie es ging, im Fahrradkorb – sie passte nicht richtig hinein, ich schaffte es nur, sie leicht gekippt dort reinzuzwängen –, dann nahm ich den Lenker in die Hand und schob das Fahrrad langsam den Fußgängerweg entlang. Bis zum Haus meiner Eltern war es ohnehin nicht weit. Wir waren schon fast angekommen und passierten gerade die Straßenecke am Grundstück der Walthams, als Müsli plötzlich bedrohlich knurrte.

Ich stoppte und schaute sie verwundert an. Den Blick starr in die Dunkelheit in der Gasse neben dem Haus der Walthams gerichtet, stand Müsli da, das Fell gesträubt. Ein erneutes Knurren kam aus ihrer Kehle, und sie fauchte wütend. Mein Blick folgte ihrem, und ich kniff die Augen zusammen, um in die Dunkelheit zu spähen. Nichts zu sehen.

Müsli knurrte und zischte wieder. Offensichtlich hatte sie keine Probleme, im Dunkeln etwas zu erkennen, aber das, was sie sah, machte sie höchst unzufrieden. Vielleicht war dort ein Hund, überlegte ich, der diese Reaktion bei ihr hervorrief. Dann, als sich meine Augen langsam an das mangelnde Licht gewöhnt hatten, konnte ich die Umrisse eines Mannes ausmachen. Er schlich die enge Straße entlang und hielt den Kopf gesenkt, doch ich konnte die Schultern und das attraktive Profil zuordnen.

Es war Jon Kelsey.

Kapitel 21

Was machte denn Cassies Freund hier in North Oxford? Hatte sie nicht erzählt, er sei noch in Italien? Ehe ich reagieren konnte, war er bis zum Ende der Gasse geeilt und um die Ecke verschwunden, sodass ich ihn nicht mehr sehen konnte. Eine Minute später hörte ich ein Motorgeräusch, ein Auto kam um die Ecke und schoss an mir vorbei. Auf dem Beifahrersitz konnte ich Jon erkennen, außerdem erhaschte ich einen Blick auf jemanden mit langen blonden Haaren auf dem Fahrersitz. Eine Frau.

Mit offenem Mund stand ich da, während die Rücklichter des Autos in der Ferne verschwanden, bis ein jammervolles „Miau" von Müsli mich daran erinnerte, wo ich mich befand. Langsam schob ich mein Fahrrad weiter, doch meine Gedanken überschlugen sich. Konnte das wirklich Jon gewesen sein? Es war ja dunkel, deshalb konnte ich mir nicht zu hundert Prozent sicher sein. Ich meinte zwar, ihn erkannt zu haben, aber was war, wenn ich mich irrte? Was machte er eigentlich hier? Cassie hatte gesagt, er würde erst morgen aus Italien zurückkommen. Hatte er sie angelogen? Aber warum? Und wer war diese Frau?

Fragen über Fragen gingen mir durch den Kopf, als ich endlich unsere Haustür aufschloss. Im Flur blieb ich stehen, wusste nicht, was ich nun tun sollte. Cassie anzurufen und wegen Jon zu fragen, wagte ich nicht. Sie würde sowieso nicht mit mir reden. Ich seufzte und beschloss, mir morgen darüber Gedanken zu machen. Von Jon Kelsey wollte ich mir nicht den Abend mit Devlin verderben lassen.

Da meine Eltern zum Dinner zu Freunden gegangen waren, war ich ganz allein im Haus. Darüber war ich erleichtert, denn so konnte ich mich schön machen, ohne meine Mutter im Nacken zu haben. Ihren Fragen zu meiner Verabredung mit Devlin hatte ich nicht gerade erfreut entgegengesehen. Ich hatte keine Ahnung, ob die Tatsache, dass er jetzt ein eleganter Detective bei der Kriminalpolizei war, meine Mutter dazu gebracht hatte, ihre Meinung über ihn zu ändern. Auf keinen Fall jedoch konnte er einem Vergleich mit Lincoln Green standhalten, da war ich mir sicher, denn der war ein angesehener Arzt, der Sohn der besten Freundin meiner Mutter und „einer von uns". Ja, meine Mutter war ganz schön versnobt.

Ich fütterte Müsli, dann nahm ich sie auf dem Arm mit in den ersten Stock, wo ich mich rasch unter die Dusche stellte. Schließlich unterhielt ich mich auf Mädelsart mit meiner Katze darüber, was ich anziehen sollte.

„Was meinst du?", fragte ich Müsli und hielt ein rotes, eng anliegendes Kleid vor mich.

„Miau", kommentierte Müsli aus dem Kleiderstapel heraus, in dem sie mitten auf dem Bett saß. Mit der Zunge fuhr sie über eine Pfote und strich sich damit übers Gesicht, sodass ihre Augen verdeckt waren.

„Zu auffällig, oder?", sagte ich und warf das Kleid zu den anderen auf den Haufen.

Ich drehte mich um und holte aus dem Kleiderschrank ein zurückhaltendes blaues Kleid mit einem weißen Bubikragen. „Wie wäre es damit?"

Müsli dachte darüber nach, einen ernsthaften Blick in den grünen Augen, dann gähnte sie herzhaft, wobei ihre kleinen, scharfen weißen Zähne zu sehen waren.

„Stimmt, etwas langweilig", gab ich zu und warf auch dieses Kleid auf den Stapel. Die Hände in die Hüften gestemmt, seufzte ich. Anscheinend hatte ich nichts Passendes für das Image, das ich rüberbringen wollte. Doch – welches Image war das eigentlich? Musste ich mir überhaupt Gedanken darüber machen, welchen Eindruck ich hinterlassen wollte? Sicherlich waren wir jetzt nicht mehr in dem Alter, wo man sich ziert und Spielchen spielt.

Ein weiteres Mal ging ich die Bügel und Regalfächer in meinem Schrank durch. Am Ende, nach mehrfachem Umziehen und mithilfe von Müslis

Modetipps, entschied ich mich für ein elegantes Karen-Miller-Kleid in Mitternachtsblau mit transparenten langen Ärmeln, einem eng anliegenden Oberteil und einem kurzen, ausgestellten Rock, der meine Beine gut zur Geltung brachte, aber nicht zu gewagt war.

Beunruhigt sah ich auf die Uhr. Viertel vor acht. Da ich so lange für die Kleiderfrage gebraucht hatte, blieb mir kaum noch Zeit dafür, meine Haare zu machen und mich zu schminken. Also beeilte ich mich. Ich entschied mich für Anthrazit- und Violettfarbtöne für mein Augen-Make-up im Smoky-Eyes-Stil und einen glänzenden pflaumenfarbenen Lippenstift. Mein dunkles Haar war zum Glück schnell frisiert. Jahrelang hatte ich es in welligen langen Locken getragen, doch vor meiner Rückkehr nach England hatte ich mir einen kurzen Pixie-Schnitt im Audrey-Hepburn-Stil gegönnt. Meine Mutter verabscheute diese Frisur und beklagte sich fortwährend darüber, aber mir gefiel es so besser. Ich war nicht groß, und zu viele Haare schienen mich niederzudrücken. Die neue Frisur machte meine Augen größer und betonte meine Wangenknochen. Ich fuhr noch rasch mit dem Kamm durch mein Haar, als ich unten die Klingel hörte.

„Wünsch mir Glück", sagte ich zu Müsli und strich ihr noch einmal über den Kopf.

Sie schnurrte müde, immer noch inmitten der Kleiderstapel auf meinem Bett zusammengerollt. Kurz kam mir in den Sinn, wie viele Haare sie auf meinen Klamotten hinterlassen würde, aber dann lächelte ich und drehte mich um. Ich brachte es nicht über mich, sie wegzusetzen. Sie sah so zufrieden aus.

Ich werde noch zur typischen Katzenbesitzerin, den Launen ihres Kätzchens komplett ausgeliefert, dachte ich, während ich die Stufen hinabging und die Haustür öffnete.

„Hi", sagte ich sanft zu Devlin.

Seine Augen verdunkelten sich leicht, als er mich anschaute, und angesichts der Bewunderung in seinem Blick durchlief mich ein freudiger Schauer. Ich fühlte mich zehn Jahre zurückversetzt, in die Zeit, als Devlin mich immer vom Haus meiner Eltern abgeholt hatte, um mit mir zu einer Veranstaltung in der Uni oder einer Studentenparty zu gehen. Damals hatte er freilich ganz anders ausgesehen als heute. Sein Haar hatte er lang getragen und als Löwenmähne zurückgekämmt, was seine markanten Wangenknochen und seine Adlernase hervorgehoben hatte. Aber seine stahlblauen Augen waren noch die gleichen.

„Hi", grüßte er zurück. „Die sind für dich."

Ich nahm den Strauß langstieliger Rosen entgegen. „Die sind wunderschön!"

Und das waren sie in der Tat. Nicht die normalen, grellroten Rosen, die man überall sieht. Nein, diese hier waren wie die Rosen aus alten Märchen, die in magischen Wäldern wuchsen und mit einem Zauber belegt worden waren. Sie waren von tiefroter Farbe, mit samtig weichen Blütenblättern, die sich gerade erst öffneten.

„Ich weiß noch, wie sehr du die magst", sagte Devlin.

Ich vergrub meine Nase in den duftenden Blüten, um zu verbergen, wie sehr es mich berührte, dass er sich daran noch erinnerte. Zu unseren Studentenzeiten hatte er sich mit knapper Not eine einzelne langstielige Rose leisten können und sie mir dennoch jedes Jahr zum Geburtstag gekauft. Vorsichtig hatte ich sie zwischen den Seiten meiner Fachbücher gepresst und zu wertvollen Andenken gemacht. Aber als das zwischen uns schiefgelaufen war und ich meine Sachen für Australien gepackt hatte, hatte ich alle in einem Wutanfall weggeworfen. Das bereute ich jetzt und wünschte mir, ich hätte sie aufbewahrt.

„Vielen Dank. Magst du kurz reinkommen? Ich will sie nur schnell in eine Vase stellen."

Devlin trat in den Hausflur und dominierte mit seiner großen Gestalt sofort den Raum. Ich wich zurück, denn ich war mir seiner Nähe plötzlich überdeutlich bewusst.

„Du siehst wunderschön aus", sagte er.

„Vielen Dank", wiederholte ich und wurde rot. Gerne hätte ich etwas Geistreiches erwidert, aber mir fiel absolut nichts ein. Anscheinend hatte ich mich gerade in ein dummes, sprachloses Schulmädchen verwandelt.

„Zu Uni-Zeiten hattest du ein ähnliches Kleid",

bemerkte er plötzlich. „Das hast du immer zu offiziellen Anlässen in der großen Halle getragen."

Er hatte recht. Wieder war ich unglaublich bewegt davon, an welche kleinen Details er sich noch erinnern konnte.

Er lächelte, und seine blauen Augen blitzten. „Als du gerade die Tür geöffnet hast, war es tatsächlich einen Moment lang so wie damals zu unserer Studentenzeit."

Mit einem verlegenen Lachen fasste ich mir an den Kopf. „Allerdings waren meine Haare damals noch lang."

Sein Blick folgte meiner Hand. „Ja, da hast du recht. Aber ich mag deine neue Frisur. Sie steht dir gut, bringt deinen jungenhaften Charme gut rüber."

Ich spürte, wie mein Gesicht heiß wurde, und versuchte, meine Gedanken zu sortieren. „Ähm ... möchtest du dich setzen, während ich die ins Wasser stelle?"

„Nein, ich warte hier. Wir müssen dann los. Ich habe den Tisch im Restaurant für Viertel nach acht reserviert."

Ich nickte und wandte mich um, als Devlins Handy klingelte. Er runzelte die Stirn und zog das Telefon aus der Tasche. Als er auf das Display sah, vertieften sich die Furchen auf seiner Stirn. Er ging ran. „O'Connor."

Eine Weile hörte er zu, und sein Gesichtsausdruck veränderte sich: Aus meiner alten Studentenliebe wurde der kalte, harte Ermittler.

Noch ehe der Anruf zu Ende war, wusste ich, was kam.

„Gemma, es tut mir wirklich leid." In seinen Augen stand Kummer. „Ich muss unser Date für heute Abend leider absagen."

„Was ist passiert?", fragte ich.

Seine Miene wurde grimmig. „Das war mein Sergeant. Es gibt ein zweites Opfer: Meg Fraser, die neue Haushälterin der Walthams, wurde gerade mit Verdacht auf eine schwere Vergiftung ins Krankenhaus eingeliefert."

Kapitel 22

In dieser Nacht schlief ich sehr schlecht und warf mich von neuen Albträumen geplagt hin und her. Nach dem Aufwachen fühlte ich mich wie gerädert und konnte kaum die Augen aufhalten, als ich die übliche morgendliche Routine durchlief: duschen, anziehen, Müsli füttern und mit ihr in den Garten hinausgehen. Ausnahmsweise beschloss ich, mein Fahrrad stehen zu lassen, und fuhr mit meiner Mutter im Auto nach Meadowford-on-Smythe. Früher als sonst trafen wir im Tearoom ein, was nicht gut war, denn so hatte ich genügend Zeit, mir den Kopf darüber zu zerbrechen, ob Cassie überhaupt auftauchen würde.

Sie kam nicht. Die Zeiger der Uhr bewegten sich ausgesprochen langsam, und als es halb zwölf war, musste ich einsehen, dass Cassie wohl kaum noch erscheinen würde. Eine Welle der Verzweiflung überrollte mich. Ich hatte die ganze Zeit gehofft, dass sie sich beruhigt hätte und zur Versöhnung bereit wäre, nachdem sie eine Nacht darüber geschlafen hatte. Bisher war sie mir nie lange böse gewesen – sie war immer diejenige gewesen, die gleich am nächsten Morgen anrief und sich aussprechen wollte. Umso ominöser war diesmal ihr Schweigen.

Ich dachte darüber nach, dass ich letzte Nacht womöglich Jon Kelsey beobachtet hatte, und überlegte, ob ich Devlin anrufen und ihm davon erzählen sollte. Aber was, wenn ich mich irrte? Meine Beziehung zu Cassie war bereits so schlecht, dass ich die Situation nicht noch verschlimmern wollte. Und je länger ich darüber nachgrübelte, umso überzeugter war ich, dass ich mich getäuscht hatte und es gar nicht Jon gewesen war. Vielleicht hatte ich nur gesehen, was ich sehen *wollte*.

Die Silberlocken waren strahlend frisch und früh angekommen, bereit, sich die Schürzen überzuziehen. Ich hatte ein schlechtes Gewissen, weil sie ohne Lohn arbeiteten, aber sobald ich das Thema Bezahlung anschnitt, reagierten sie mit abwehrenden Handbewegungen oder schroffer Ablehnung. Zugegeben, ich hätte ein viel schlechteres Gewissen gehabt, wenn es nicht so offensichtlich gewesen wäre, dass es ihnen enorm Spaß machte, mir auszuhelfen. Auf einmal mussten sie nicht mehr durch das Dorf streifen, sondern der ganze Klatsch und Tratsch kam zu ihnen. Ich konnte fast sehen, wie die Silberlocken anfingen, den Tearoom als ihr geheimes Hauptquartier in Meadowford zu betrachten, und es machte mir ehrlich gesagt nichts aus. Ihr wichtigtuerisches Gehabe schien dem Charme des Tearooms nur zuträglich zu sein. Neugierige ältere, Tratsch liebende Ladys, die Tee servierten und (ungebeten) Ratschläge erteilten, waren schließlich genau das, wonach die Touristen suchten!

Direkt nach der Mittagessenszeit klingelte mein Handy, und ich hoffte, dass Cassie anrief, aber es war Devlin.

„Gemma, ich wollte mich nur noch mal wegen gestern Abend entschuldigen."

„Schon gut", erwiderte ich rasch. „Das war ja nicht deine Schuld. Wie geht es Meg Fraser?"

„Anscheinend ist sie stabil. Dein Freund Lincoln Green ist der behandelnde Arzt, und er sagt, die Chancen stehen gut, dass sie durchkommt."

„War es Nikotin?"

„Sieht so aus", antwortete Devlin grimmig. „Die Symptome passen dazu, und nachdem ich mich mit Green kurz über den Fall unterhalten habe, hat er beschlossen, den Versuch zu wagen und ihr Atropin zu verabreichen, das Gegenmittel bei einer Nikotinvergiftung. Das hat wunderbar gewirkt und unseren Verdacht so bestätigt."

Ich runzelte die Stirn. „Was glaubst du, warum wurde Meg vergiftet? Wo ist ihre Verbindung zu Sarah?"

„Genau das muss ich herausfinden. Aber im Augenblick erlaubt Green nicht, dass ich sie befrage." Er schnaubte frustriert. „Sie ist dazu nicht in der Lage, behauptet er, und lässt mich nicht auf die Intensivstation."

„Was ist mit Fiona?"

„Die mussten wir gestern Abend noch gehen lassen. Wir hatten nicht genug in der Hand, um sie dazubehalten." Devlin klang noch frustrierter.

Ich konnte seine Gefühlslage gut nachvollziehen. „Denkst du, dass Fiona verantwortlich für ..."

„Nein, eigentlich nicht. Ich habe ihr von dem neuen Vergiftungsfall erzählt, bevor ich sie nach Hause gelassen habe, und da hat sie ehrlich geschockt ausgesehen. Natürlich kann es sein, dass sie einfach Schauspieltalent besitzt, aber irgendwie hatte ich den Eindruck, dass sie noch nichts von der Haushälterin wusste, ehe ich Meg erwähnt habe."

„Und da sie gestern fast den ganzen Tag auf der Polizeiwache verbracht hat, hätte sie ja auch kaum die Gelegenheit gehabt, Meg zu treffen und ihr das Gift zu geben, oder?"

„Stimmt. Natürlich könnte sie etwas mit der Post geschickt oder am Vortag für Meg deponiert haben, die es aber erst gestern geöffnet hat. Alles ist möglich ... Aber das ist sicher zu weit hergeholt. Meistens ist die einfachste Erklärung die zutreffende." Er machte eine Pause. „Was wohl bedeutet, dass Fiona keine Mörderin ist. Es erscheint mir äußerst unwahrscheinlich, dass zwei verschiedene Personen für zwei verschiedene Vergiftungsfälle verantwortlich sind und dabei das gleiche Gift verwenden. Das lässt mich annehmen, dass der Mord nicht von Fiona begangen wurde und der Mörder noch frei rumläuft."

Meine Gedanken kehrten zu Jon Kelsey zurück, den ich vermutlich in der Nähe des Hauses der Walthams gesehen hatte. *Soll ich Devlin davon erzählen?* Inzwischen war ich mir immer unsicherer, dass ich ihn wirklich erkannt hatte, und obwohl es dumm war, hegte ich die Hoffnung, dass Cassie jeden Augenblick anrufen würde, um sich mit mir zu versöhnen. Wenn ich Devlin auf Jon ansetzte, dann zerstörte ich die letzte Chance darauf. Ich war hin- und hergerissen. Mehr als alles andere wollte ich mich mit meiner besten Freundin versöhnen – es versetzte mich in Angst und Schrecken, dass ich sie womöglich für immer verloren hatte –, aber was war, wenn ich Informationen zurückhielt, die eventuell entscheidend für die Lösung eines Mordfalles waren?

„Gemma? Bist du noch dran?"

Ich zuckte zusammen. „Oh, sorry, ja. Ähm. Was machst du jetzt?"

„Bis ich mit Meg reden kann, muss ich andere Spuren verfolgen. Mit Megs Mutter und Mrs Waltham habe ich bereits gesprochen, und beide haben bestätigt, dass sie nach der Arbeit direkt nach Hause gegangen ist. Alles, was sie an dem Tag zu sich genommen hat, waren ein Sandwich, das sie sich von zu Hause mitgebracht hat, und einige Kekse mit einer Tasse Tee bei den Walthams. Die Kekse stammten aus einer Packung vom Supermarkt, die gerade erst geöffnet worden war, und Megs Tasse war noch in der Geschirrspülmaschine. Noch nicht gespült, also konnten wir sie testen. Es fanden sich jedoch keine Spuren von Nikotin oder anderen verdächtigen Substanzen."

„Also ist es unwahrscheinlich, dass sie das Gift bei den Walthams zu sich genommen hat. Vielleicht nach Feierabend?"

„Na ja, wie gesagt, sie ging direkt nach Hause. Hat mit ihren Eltern zeitig zu Abend gegessen, alle das Gleiche: Fischstäbchen, Erbsenmus und Kartoffeln. Ihre Mutter hat alles selbst gekocht und mir versichert, dass sonst niemand in der Nähe der Zutaten war. Auf jeden Fall haben beide Eltern keine Symptome."

„War sie nach dem Essen vielleicht noch irgendwo?"

„Laut ihrer Mutter nicht. Meg ist nach dem Abendessen auf ihr Zimmer gegangen und war den ganzen Abend dort. Die Mutter kam zum Glück rauf, um Meg zu fragen, ob sie eine Tasse Tee will, da ging es ihrer Tochter schon schlecht. Hätte sie nicht nach ihr gesehen, wäre es vielleicht zu spät gewesen."

Mir lief ein Schauer den Rücken hinunter. Eine schreckliche Vorstellung, wie leicht ein weiterer Mord hätte passieren können.

„Anscheinend saß sie am Computer und hat etwas auf Facebook gepostet, als ihr übel wurde. Heute Morgen haben wir ihre Kommentare im Netz überprüft, und es passt alles", sagte Devlin. „Wir müssen jetzt nur herausfinden, *wie* Meg Fraser vergiftet wurde. Genau wie bei Sarah. Wir wissen, dass beiden Frauen Nikotin verabreicht wurde, aber wie? Sobald wir das wissen, können wir besser Rückschlüsse auf den Mörder ziehen. Wenn Green mich nur mit Meg sprechen lassen würde ..." Er fluchte leise. „Ich halte dich auf dem Laufenden."

Nach Devlins Anruf war ich in Sorge und aufgewühlt. Ich konnte mich nicht mehr auf die Angelegenheiten im Tearoom konzentrieren und musste die ganze Zeit an Cassie und Jon und den ungelösten Fall denken. Die Scones servierte ich mit Marmelade und Senf anstelle von Clotted Cream, dann vergaß ich, Teeblätter in die Kanne zu geben, brachte einen Teller mit Yorkshire-Schinken-Sandwiches an einen Tisch voller Vegetarier und vergaß einen Apfelstreuselkuchen mit Vanilleeis auf der Theke, bis das Eis zu einer Pfütze geschmolzen war. Zum Glück waren die Kunden sehr verständnisvoll, aber die Silberlocken warfen mir verzweifelte Seitenblicke zu.

Schließlich schickten sie mich in den angrenzenden kleinen Verkaufsraum, damit ich dort die Kunden bediente, in der Hoffnung, dass ich weniger Schaden anrichtete, wenn es sich nicht um etwas Essbares handelte. Mein Freund Seth betrat den Laden, als ich eine Gruppe japanischer Touristen verabschiedete, die riesige Mengen Tee in den Sorten Englisch Breakfast und Earl Grey gekauft hatten, dazu Gläser mit Eingemachtem aus der Cotswolds-Region, ein Sortiment kleiner

Porzellantassen, mehrere Regenschirme mit Union-Jack-Aufdruck und T-Shirts in verschiedenen Farben mit der Skyline von Oxford.

„Hallo, Gemma." Seth wich aus und ließ die Japaner hinausgehen, die einander strahlend ihre Einkäufe zeigten, dann blickte er mich an, und tiefe Furchen durchzogen sein sonst so fröhliches Gesicht. „Was ist mit Cassie los? Als ich sie heute Morgen angerufen habe, klang sie echt komisch. Sie wurde richtig frostig und hat das Thema gewechselt, als ich deinen Namen nannte. Habt ihr euch zerstritten?"

Mit einem verlegenen Blick antwortete ich: „Ja, so was in der Richtung."

Er zog die Brauen hoch. „Ihr habt euch vorher auch schon gestritten, aber so hat sie sich noch nie benommen."

Unbehaglich verlagerte ich mein Gewicht. „Ja, diesmal ist es anders. Es geht um Jon ..."

Seine Miene veränderte sich, der Blick seiner braunen Augen wurde hart. „Was ist mit ihm?"

Ich brachte ihn auf den neuesten Stand und ließ auch meinen Verdacht gegen Jon Kelsey nicht aus.

„Wenn Jon wirklich der Mörder ist, schwebt Cassie womöglich in Gefahr!", rief Seth alarmiert. „Was ist, wenn er denkt, dass sie zu viel weiß, und sie auch loswerden will? Du musst unbedingt mit Cassie sprechen!"

„Das habe ich versucht, Seth! Sie hört mir nicht zu, redet noch nicht mal mehr mit mir." Unglücklich schüttelte ich den Kopf.

„Du musst dir was einfallen lassen, damit sie dir zuhört", beharrte Seth. „Ich rufe sie sofort an und sage ihr, dass sie sich mit dir unterhalten muss."

„Das ist keine gute Idee", unterbrach ich ihn hastig. „Im Augenblick ist sie viel zu sauer auf mich. Wenn du sie jetzt bedrängst, denkt sie doch nur, dass wir uns gegen sie verbünden."

Gefrustet ballte er die Hände zu Fäusten. „Unglaublich, wie sie sich wegen dieses Mannes zum Narren macht."

Mir entfuhr ein Seufzer. Auch ich konnte es nicht glauben. Cassie war immer so vernünftig gewesen, so bodenständig. Sie war sogar immer diejenige gewesen, die über andere gelacht hatte, wenn die sich wie unzurechnungsfähige Trottel benahmen. Vielleicht, weil sie noch nie zuvor wirklich verliebt gewesen war. Womöglich traf es ja zu, dass solche Menschen sich dann letzten Endes Hals über Kopf verknallten. Natürlich hatte Cassie zuvor schon Freunde gehabt – so wie sie aussah, hatte es ihr nicht an Angeboten gemangelt. Die hatte sie aber eher als Spaß oder Flirts betrachtet, nicht mehr. Ihrer einzigen wahren Liebe, der Kunst, hatte kein Mann das Wasser reichen können. Bis jetzt …

„Ich muss zurück zum College", sagte Seth. „Bin nur gekommen, weil ich mir Sorgen mache und mit dir persönlich sprechen wollte." Seine braunen Augen blickten mich beunruhigt an. „Hältst du mich bitte auf dem Laufenden, Gemma? Mit Cassie, meine ich."

Vorsichtig tätschelte ich ihm die Schulter. „Klar, aber mach dir nicht zu viele Gedanken. Ich bin sicher, Cassie geht es gut. Selbst wenn Jon der Mörder wäre, warum sollte er ihr schaden wollen? Sie weiß doch nichts. Sowieso würde sie kein schlechtes Wort über ihn glauben!"

„Wenn er wirklich der Mörder ist, braucht er keinen Grund dafür", erwiderte Seth düster. „Die ticken nicht wie der Rest von uns. Außerdem weißt du doch, wie Cassie ist. Selbst wenn sie es vor uns leugnet, kann es trotzdem sein, dass sie Jon Fragen stellt. Und dann beschließt er womöglich, sie zum Schweigen zu bringen, ehe sie Dinge ausgräbt, die er nicht preisgeben will."

Beunruhigt sah ich Seth nach, als die Tür hinter ihm zufiel. Ich hatte es nicht zugeben wollen, aber seine Worte versetzten mich in Angst und Schrecken. War Cassie in Gefahr? Bis wir herausgefunden hatten, wie Meg und Sarah vergiftet worden waren, konnten wir wohl kaum etwas tun. Es gab einfach zu wenige Anhaltspunkte, die uns helfen konnten, den Mörder zu überführen.

Einem plötzlichen Impuls folgend rannte ich zurück in den Gastraum und fragte die Silberlocken, ob es ihnen etwas ausmachen würde, wenn ich sie kurz allein ließ. Sie komplimentierten mich beinahe hinaus. Anscheinend war ich heute so wenig hilfreich gewesen, dass sie erleichtert waren, als ich ging. Im Laufschritt überquerte ich die Straße bis zur

Bushaltestelle vor der Schule und kam genau rechtzeitig dort an. Mit einem Blick zurück auf meinen Tearoom sprang ich in den Bus nach Oxford, zum Krankenhaus.

Kapitel 23

Ich war noch nie auf der Intensivstation eines Krankenhauses gewesen – vermutlich eine gute Sache –, deshalb blieb ich unschlüssig vor der Tür stehen und wusste nicht recht, wie ich vorgehen sollte. Um ehrlich zu sein, hatte ich das Ganze nicht bis zum Ende durchdacht, und nun stand ich hier und fragte mich, ob ich verrückt genug war, zu glauben, dass es klappen konnte.

Dann sah ich, wonach ich gesucht hatte: die hochgewachsene Gestalt von Lincoln Green, vertraut und doch so anders im Arztkittel und mit einem Stethoskop um den Hals. Er stand an der Theke und blätterte Papiere durch. Als er aufblickte, winkte ich ihm zu, und ein strahlendes Lächeln legte sich auf sein Gesicht.

„Gemma! Was machst du denn hier?", fragte er, nachdem er zu mir herübergekommen war.

„Tut mir leid, wenn ich störe", begann ich atemlos. „Aber ich habe von Meg Frasers Vergiftung gehört."

Lincolns Miene wurde düster. „Ja, ihr Leben hing eine Weile am seidenen Faden, aber sie wird durchkommen. Die meisten Patienten, die die ersten vier Stunden nach einer Nikotinvergiftung überlebt haben, erholen sich vollständig wieder. Sie wurde bereits von der Intensivstation entlassen und befindet sich in der Intensivüberwachungspflege."

„Darf sie Besuch bekommen? Um ihr einige Fragen zu stellen, meine ich?"

„Nein, O'Connor ist deswegen schon bei mir gewesen." Lincoln presste die Lippen aufeinander. „Ich habe ihm bereits gesagt, dass Meg noch viel zu schwach ist für eine Befragung."

„Bewusstlos, meinst du?"

„Nein, wach ist sie schon, aber ich will nicht, dass sie sich aufregt, weil das die Heilung beeinträchtigt. Befragungen können traumatisch sein." Er machte eine Pause, dann fügte er brüsk hinzu: „Besonders durch diesen O'Connor."

Ich sah ihn an und fragte mich, in welchem Maße Lincolns Abwehrhaltung wohl echter fachlicher Sorge um Meg geschuldet war und wie viel davon persönliche Feindseligkeit gegenüber Devlin war.

„Wenn ich sie fragen könnte, wäre es nicht das Gleiche wie bei der Polizei", beeilte ich mich zu sagen. „Ich habe mich im Garten schon ein paarmal mit Meg unterhalten, wir sind so was wie Freundinnen." Okay, das war eine Notlüge. Dass wir uns ein einziges Mal bei den Müllcontainern in der Gasse hinter den Häusern getroffen hatten, machte Meg und mich noch lange nicht zu besten Freundinnen. Was Lincoln aber nicht unbedingt wissen musste. „Vielleicht würde es ihr guttun, ein vertrautes Gesicht zu sehen", versuchte ich mein Glück.

„Ihre Eltern waren schon da, sie war also nicht allein", erwiderte er.

„Sind sie noch da?"

„Nein, sie sind vorhin ins Café runtergegangen, um eine Kleinigkeit zu essen."

„Dann könnte ich vielleicht ganz kurz zu ihr rein", bat ich.

Er seufzte ungeduldig. „Tut mir leid, Gemma, das kann ich nicht ..."

„Bitte, Lincoln! Wenn es nicht wirklich wichtig wäre, würde ich nicht fragen." Um ihn zu überzeugen, trat ich näher und legte eine Hand auf seinen Arm. „Bitte."

Er zögerte, blickte den Krankenhausflur entlang, dann wieder zu mir und stieß schließlich resigniert den Atem aus. „In Ordnung, aber nur fünf Minuten. Das zweite Bett auf der rechten Seite."

„Danke." Ich stellte mich auf die Zehenspitzen und küsste ihn flüchtig auf die Wange. Er errötete leicht, und ich eilte den Gang hinauf zu Megs Bett. Dort schlüpfte ich zwischen den Vorhängen vor ihrem Bett hindurch und war erleichtert, dass die junge Haushälterin der Walthams aufrecht zwischen den Kissen saß. Zwar wirkte sie blass und geschwächt, aber insgesamt besser, als ich erwartet hatte.

„Hi", grüßte ich zaghaft.

Ihre Augen weiteten sich vor Überraschung. „Hallo ...?" Dann schien sie mich zu erkennen. „Ach, du bist die Nachbarin der Walthams. Gemma, nicht wahr?"

Ich lächelte sie an. „Ich habe gehört, was passiert ist, und dachte, ich schaue mal kurz, wie es dir geht."

„Oh, danke." Erstaunt sah sie mich an. Offenbar fragte sie sich, woher diese plötzliche nachbarschaftliche Sorge kam.

Während ich mich auf den Stuhl neben ihrem Bett setzte, zerbrach ich mir den Kopf darüber, wie ich anfangen sollte. „Ähm ... Dr. Green hat was von Nikotinvergiftung gesagt, das klingt ja unheimlich!"

Sie nickte, ihre Miene war perplex. „Ja, das hat er mir auch erklärt, aber ich verstehe das nicht – wie kann ich eine Nikotinvergiftung haben, wenn ich nicht rauche und auch sonst niemand in meiner Familie?"

„Hast du gestern irgendetwas Ungewohntes gegessen?" Das hatte Devlin zwar schon Megs Mutter und Mrs Waltham gefragt, aber ich wollte es von ihr selbst hören.

Doch sie schüttelte den Kopf. „Wie üblich das zweite Frühstück bei den Walthams."

„Was hast du da gegessen?"

„Ich habe nur Tee mit Milch und Zucker getrunken und ein paar Kekse dazu gegessen. Die ich immer esse. Aus einer neuen Packung."

„Und dann?"

„Zum Mittagessen hatte ich ein Sandwich, das ich von zu Hause mitgebracht hatte. Mit Käse und Tomaten. Und einen Apfel."

„Und Tee am Nachmittag?"

„Dafür hatte ich gestern keine Zeit. Das Bügeln hat so lange gedauert, und ich wollte es unbedingt noch vor Feierabend erledigen. Also habe ich den Tee ausgelassen, aber als ich dann heimkam, hatte ich einen Riesenhunger!"

„Und hast dann gleich mit deinen Eltern zu Abend gegessen?"

Sie nickte noch einmal. „Ja, es gab Fischstäbchen und Erbsen. Und Kartoffeln. Zum Nachtisch hatte ich ein Tässchen Tee zum Schokoladenkuchen, den meine Mutter gebacken hatte. Aber meine Eltern haben beide auch davon gegessen und sind nicht krank geworden."

Meine Stirn legte sich in Falten. Es war mir ein völliges Rätsel, wie sie vergiftet worden sein könnte. „Okay, was hast du sonst noch gemacht? Zum Beispiel ... vielleicht hast du irgendetwas eingeatmet?"

„Eingeatmet?", wiederholte sie verblüfft.

„Du weißt schon, etwas Ungewöhnliches gerochen. Wie ..." Ich musste nach jedem Strohhalm greifen. „Wie zum Beispiel, ich weiß auch nicht, ein Parfüm oder so was? Das nicht dir gehörte?"

Sie verneinte schnell, aber etwas an ihrem Gesichtsausdruck ließ mich aufmerken.

„Meg", drängte ich sanft. „Du wirst keine

Probleme bekommen, aber es ist wichtig, dass du die Wahrheit sagst. Es kann vielleicht zur Ergreifung des Täters führen."

Sie wurde rot im Gesicht und gab zu: „Na ja, Miss Sarah hatte solche tollen Döschen in ihrem Bad. Von denen hat sie immer eins aufgemacht, ein bisschen probiert und dann das nächste benutzt. Und gelegentlich hat sie die alten Tiegel weggeworfen, obwohl sie noch völlig in Ordnung waren. Das waren teure Lotions und Cremes und so was. Für so viel Geld eine echte Verschwendung ..."

„Ja?", forderte ich sie zum Weitersprechen auf.

Verlegen zog sie den Kopf ein. „Nun, ich hätte mir die nie leisten können. Als ich mitgekriegt habe, wie Mrs Waltham gesagt hat, dass sie von dem Zeug aus Sarahs Zimmer einiges entsorgen wolle, dachte ich, ich könnte das genauso gut mit nach Hause nehmen. Cremes verderben ja nicht wie Lebensmittel."

Ich beugte mich vor. „Meg, also hast du was aus Sarahs Zimmer mitgenommen und gestern Abend benutzt?"

Sie nickte. „Na ja, um genau zu sein, nicht aus ihrem Zimmer. Da habe ich zwar ein paar Sachen mitgenommen, aber nicht die Lotion, die ich gestern benutzt habe. Bevor ich heimgegangen bin, habe ich den Müll rausgebracht und die Flasche mit der Lotion in der Mülltonne entdeckt. Die war noch fast neu! Da habe ich sie rausgefischt und an mich genommen. Die war von dem schicken Laden in der Innenstadt, mit dem französischen Namen – Loccany oder so was."

„L'Occagnes?", fragte ich.

„Ja genau die. Hat total lecker gerochen, nach Mandeln. Meine Hände waren vom Waschen und Putzen ganz trocken und schuppig, da wollte ich die mal ausprobieren. Und die Arme und Beine habe ich auch eingecremt."

Meine Gedanken rasten. Auf einmal fiel mir die Geschichte ein, die Professor Christophe mir und Seth vor drei Tagen erzählt hatte, über einen Mann, der von seiner Frau vergiftet worden war, indem sie ihm Nikotin in seine Aftershave-Lotion getan hatte. Die frisch rasierte Haut hatte die Lotion – und damit das Gift – besonders leicht aufgenommen, deswegen hatte es so schnell gewirkt.

Ich rief mir Sarahs Aktivitäten vom Samstag ins Gedächtnis: Ehe sie zur Vernissage gekommen war, hatte sie vermutlich geduscht und sich die Beine rasiert. Genau das tut eine Frau doch, wenn sie vorhat, eine Party zu besuchen, auf der sie den Mann ihrer Träume trifft. Da will sie besonders gut aussehen. Und wenn sie direkt nach der Dusche noch Lotion auf die Haut aufgetragen hatte ...

Bis das Nikotin in die Blutbahn gelangte, dauerte es einige Zeit, was erklären würde, warum der Tod erst später eingetreten war, als sie bereits in der Galerie gewesen war, obwohl sie ja schon einige Symptome aufgewiesen hatte, als sie dort ankam ...

Da schoss mir ein neuer Gedanke durch den Kopf. Vielleicht war die Haushälterin nicht vorsätzlich vergiftet worden, und alles war nur purer Zufall gewesen, ein seltener Unglücksfall, weil sie die Lotion genommen hatte, die eigentlich für das wirkliche Opfer gedacht gewesen war.

Jon Kelsey fiel mir wieder ein. Ich mochte mich zwar geirrt haben, als ich meinte, ihn letzte Nacht in der Gasse hinter dem Haus der Walthams gesehen zu haben. Wenn jemand Sarah mit einer mit Nikotin präparierten Lotionflasche hatte umbringen wollen, dann wollte der Betreffende den Beweis dafür sicher schnell loswerden ... War Jon deswegen früher aus Italien zurückgekehrt? Hatte er versucht, die belastete Lotion aus dem Haus der Walthams zu entfernen?

Mein Puls beschleunigte sich, und ich sah Meg an. „Hör zu, Meg, wo ist die Flasche jetzt? Die du gestern benutzt hast? Hast du die noch?"

„Ja." Sie zeigte auf eine große Ledertasche, die an der Lehne meines Stuhls hing. „In meiner Handtasche, denke ich."

„Darf ich die mitnehmen und der Polizei zeigen?"

Ihre Augen weiteten sich, als sie verstand, was ich andeutete. „Meinst du ...? War da das Gift drin?"

Ich gab keine Antwort, sondern öffnete die Handtasche und spähte hinein. Zwischen einem Päckchen Taschentücher, Kaugummis, Schlüsseln, Wechselgeld, Haargummis, einem Lippenpflegestift, Stiften, Kassenzetteln und einem kleinen Deofläschchen entdeckte ich eine schlanke Kunststoffflasche mit dem auffälligen silbernen

Deckel und dem Label von L'Occagnes. Ich wickelte mir ein Taschentuch um die Hand und hob die Flasche vorsichtig heraus. Auf dem Nachttisch fand ich eine kleine Mülltüte aus Plastik, in die ich sie hineinfallen ließ. Oben knotete ich den Beutel fest zu.

„Die bringe ich gleich zur Polizei", erklärte ich aufgeregt. „Sie könnte ein wichtiges Beweisstück sein."

Lincoln steckte den Kopf zwischen den Vorhängen hindurch. Seine angespannte Miene wurde weicher, als er Meg in den Kissen sitzend bemerkte.

„Ich wollte gerade gehen", versicherte ich ihm. Mit einem herzlichen Lächeln verabschiedete ich mich von Meg: „Danke für das Gespräch und gute Besserung für dich."

Draußen sagte ich, zu Lincoln gewandt: „Vielen Dank, dass du mir erlaubt hast, mit ihr zu reden."

„Hast du was rausgefunden?"

Ich bejahte und hielt die Tüte mit der Lotionflasche hoch. „Die könnte der entscheidende Beweis sein, der zur Ergreifung des Mörders führt. Ich muss nur ..." Ich verstummte und starrte die Flasche an.

Eine ähnliche hatte ich kürzlich gesehen, und zwar gestern Morgen, als Cassie uns im Tearoom von ihrer Reise erzählt hatte. Dabei hatte sie erwähnt, dass Jon ihr in Heathrow eine Creme gekauft hatte. Und dabei hatte sie mit der Flasche vor mir herumgewedelt, und die war von L'Occagnes gewesen, genau wie diese hier.

Seths Worte kamen mir wieder ins Gedächtnis:

„... kann es trotzdem sein, dass sie Jon Fragen stellt. Und dann beschließt er womöglich, sie zum Schweigen zu bringen, ehe sie Dinge ausgräbt, die er nicht preisgeben will. "

Ich erstarrte, mein Herz donnerte in meiner Brust. Die Lotion zu vergiften war ziemlich clever ... Unter Sarahs zahllosen Cremetuben und -flaschen hätte niemand je nachgesehen, und ohne den unglückseligen Zufall, dass Meg die vergiftete Flasche genommen hatte, wäre es nie herausgekommen. Und wenn Jon es für die perfekte Tötungsmethode hielt – perfekt genug, um sie ein weiteres Mal anzuwenden?

„Oh Gott!", keuchte ich. „Cassie!"

Kapitel 24

„Gemma, was ist?" Lincoln sah mich fragend an.

Ich gab keine Antwort. Wie wild tippte ich Cassies Nummer in mein Handy. Es klingelte lange, aber niemand ging ran.

„Geh ran ... geh ran. Bitte, geh ran!", murmelte ich, während ich auf das Freizeichen lauschte. Ob sie den Klingelton nicht hörte oder mich immer noch ignorierte, wusste ich nicht. *Womöglich ist sie auch nicht in der Lage, zu ihrem Telefon zu gelangen.*

Also beendete ich den Anruf und versuchte es in der Galerie. Jons Assistentin Danni nahm ab und erklärte mir, dass weder Jon noch Cassie da seien.

„Ich glaube, sie sind zu Cassie gefahren", sagte sie.

Ich bedankte mich und legte auf. Am besten fahre ich direkt zu Cassies Wohnung, beschloss ich. *Eigentlich bin ich sicher, dass ihr nichts geschehen ist. Meine Fantasie ist nur mal wieder hyperaktiv.* Die Lotion hatte sie schon seit gestern, und Seth hatte doch heute noch mit ihr gesprochen, nicht wahr? Da war es ihr gut gegangen. Es gab keinen Grund, anzunehmen, dass sie plötzlich die Creme auftragen würde.

„Gemma, was ist los?"

Lincolns besorgtes Gesicht drang in mein Bewusstsein. „Oh, Lincoln, es tut mir leid, aber ich kann dir das jetzt nicht erklären. Ich muss los, nachschauen, ob es Cassie gut geht. Später rufe ich dich an und erkläre dir alles!"

Ehe er etwas erwidern konnte, war ich schon aus der Station gerannt. Auf den Fahrstuhl zu warten, dauerte mir zu lange, ich sauste wie eine Irre die Krankenhaustreppe hinunter und wäre um ein Haar mit einem Angestellten zusammengestoßen, der einige Boxen vor sich hertrug. In der Eingangshalle wich ich eilig den Menschen aus, die sich in verschiedene Richtungen bewegten.

„Entschuldigung – Verzeihung – tut mir leid." Außer Atem kam ich an der Eingangstür an, wo ich gegen den Oberkörper eines groß gewachsenen Mannes prallte.

„Gemma!" Devlin umfing meine Schultern. „Ganz ruhig. Wohin willst du denn so eilig?"

„Oh Gott, Devlin." Ich musste kurz Luft holen. „Ich muss ... Cassie finden ... sie warnen ... die Lotion ..."

„Die Lotion?" Sein Blick glitt zu der Plastiktüte, die ich mit beiden Händen umklammert hielt und ihm jetzt in die Hand drückte. Rasch erzählte ich ihm, was ich zuvor von Meg erfahren hatte.

„Was für ein gerissener Teufelskerl." Devlin pfiff leise. „So was in der Richtung hatte ich schon vermutet, deswegen wollte ich Meg so dringend befragen, aber Green hat sich ja quergestellt." Mürrisch blickte er mich an. „Deshalb bin ich noch mal gekommen. Wahrscheinlich sollte ich froh sein, dass er für dich was übrighat."

„Jon hat Cassie auch eine Flasche von dieser Lotion geschenkt!", sagte ich atemlos. „Sie geht nicht ans Telefon, und ich muss dafür sorgen, dass sie die Lotion nicht benutzt! Ich muss …"

„Wir nehmen mein Auto, das geht viel schneller." Devlin fasste mich am Ellbogen und schob mich aus dem Gebäude und zum Parkplatz hinüber.

Nur wenige Augenblicke später rasten wir in seinem schwarzen Jaguar XK vom Klinikgelände. Devlin hatte das PS-starke Auto mit absoluter Präzision im Griff, wechselte in geübter Weise die Fahrspuren und fuhr in einem atemberaubenden Tempo. Nach weniger als fünfzehn Minuten hielten wir mit quietschenden Bremsen vor Cassies Wohnung in Jericho.

Noch ehe er das Auto vollständig abgestellt hatte, war ich schon rausgesprungen und hämmerte gegen die Eingangstür.

„Cassie! Cassie! Mach die Tür auf!", schrie ich. „Cassie, kannst du mich hören?"

Die Tür wurde unvermittelt aufgerissen, und Cassie tauchte mit missmutigem Gesichtsausdruck auf.

„Was willst du?"

„Die Creme, die Jon dir geschenkt hat – hast du die benutzt?", verlangte ich zu wissen.

Sie sah mich an, als wäre ich verrückt geworden. „Was?"

„Antworte mir einfach!", flehte ich sie an. „Hast du davon schon was genommen? Geht es dir gut?"

Irgendetwas an meinem panischen Ton schien zu ihr durchzudringen, und ihre Miene wurde weich. „Ja, mir geht es gut, Gemma. Warum?"

Ich holte tief Luft und versuchte ruhiger zu sprechen. „Hast du die Lotion benutzt?"

„Nein, ich habe sie noch gar nicht aufgemacht. Wollte zuerst die alte aufbrauchen." Perplex starrte sie mich an. „Gemma, worum geht es hier überhaupt?"

„Hast du die Lotion hier? Kann ich sie mal sehen?", meldete sich Devlin hinter mir zu Wort.

Cassies Gesichtsausdruck wurde misstrauisch. „Ist das wieder ein Versuch, Jon zu beschuldigen? Falls ja …"

„Cassie, bitte!", rief ich. „Hier geht es nicht darum, dass wir gehässig zu ihm sind. Eine Frau wurde getötet, und eine weitere liegt im Krankenhaus. Das ist eine ernste Sache!"

Kurz schien sie unentschlossen, doch dann trat sie zur Seite, ließ uns hinein und führte uns in ihr winziges Wohnzimmer.

„Cassie, Schatz, was ist los?" Jon bemerkte Devlin

und sprang vom Sofa hoch. „Inspector O'Connor!"
Einen Augenblick glaubte ich, einen Anflug von
Angst in seinen Augen zu erkennen, doch dann sagte
er aalglatt: „Wie schön, Sie wiederzusehen. Was kann
ich für Sie tun?"

„Sie können mir einige Fragen zu Ihrer Beziehung
mit Sarah Waltham beantworten", erwiderte Devlin
unverblümt. „Aber diesmal will ich die Wahrheit
hören."

Jon wurde blass. „Wie meinen Sie das, Inspector?
Ich habe Ihnen die Wahrheit erzählt. Sarah war eine
Kundin, die mich rumkriegen wollte, und als ich
ablehnte, machte sie mir übertriebene Szenen in
meiner Londoner Galerie ..."

Devlin hielt Jon die Plastiktüte mit der
Lotionflasche vors Gesicht. „Haben Sie eine ähnliche
Flasche mit Körperlotion von L'Occagnes gekauft
und Sarah Waltham geschenkt?"

Jon starrte die Tüte an. „Ich ..." Nach kurzem
Zögern gab er zu: „Ja, aber das hatte nichts zu
bedeuten! Das habe ich nur getan, um sie zu
ruhigzustellen."

„Ruhigstellen?" Devlin hob eine Augenbraue. „Mr
Kelsey, rauchen Sie?"

„Nein, also keine Zigaretten. Gelegentlich rauche
ich eine Zigarre nach dem Essen", antwortete Jon.

Typisch, dachte ich. Jon Kelsey war der Typ
Mann, der großspurig Zigarren rauchte. Und da
Zigarren die zwanzigfache Tabakmenge enthielten im
Vergleich zu Zigaretten, stellten sie auch eine Quelle

dar, an hoch konzentriertes Nikotin zu gelangen.

Devlin betrachtete Jon einen Moment lang, dann sagte er: „Sie kommen jetzt mit mir aufs Polizeirevier, Mr Kelsey, für eine weitere Befragung. Entweder Sie gehen freiwillig mit, oder ich lasse Sie festnehmen und offiziell Anklage erheben wegen des Mordes an Sarah Waltham und wegen des versuchten Mordes an Meg ..."

„Was!", brüllte Jon. „Nein, nein, ich habe niemanden ermordet! Das ist doch verrückt! Sie müssen mir glauben!" Verzweifelt blickte er zu Cassie, wandte sich dann wieder Devlin zu und hob abwehrend die Hände. „Okay, okay, ich gebe zu, dass Sarah mehr als eine Kundin war. Wir ... hatten eine Affäre."

Ich konnte spüren, wie sich Cassie neben mir verspannte.

„Aber es war nur ein kurzes Abenteuer, nichts Ernsthaftes", fügte er schnell hinzu.

Devlin hob eine Hand. „Sir, Sie haben das Recht, zu schweigen. Alles, was Sie sagen, kann und wird vor Gericht gegen Sie verwendet werden. Sollten Sie jedoch etwas verschweigen, kann das gegebenenfalls Ihrer Verteidigung schaden, falls Sie sich später vor Gericht darauf berufen wollen."

Jon nickte, dann holte er tief Luft. „Wie gesagt, Sarah kam in meine Londoner Galerie und flirtete mit mir. Ich ließ mich darauf ein und ging mit ihr essen, und danach haben wir uns eine Zeit lang getroffen, also zumindest, bis ich begriff, dass sie die

Sache sehr ernst nahm. Für mich war es nur ein Flirt, mehr nicht, sie hingegen sah mich schon als ihren zukünftigen Ehemann an. Deshalb wollte ich die Affäre beenden, und da wurde sie richtig nervig. Das, was ich erzählt habe, dass sie mir hinterhergelaufen ist und mir peinliche Szenen in der Galerie in London gemacht hat, das stimmte." Hilflos zuckte er mit den Schultern. „Ich habe versucht, vernünftig mit ihr zu reden, und ihr erklärt, dass ich nicht an einer langfristigen Beziehung interessiert sei. Aber sie wollte das einfach nicht akzeptieren. Also hoffte ich, dass alles im Sande verlaufen würde, wenn ich eine Weile nicht in London wäre. Ich hatte ohnehin vor, eine Zweigstelle in Oxford zu eröffnen. Sie können sich vorstellen, wie entsetzt ich war, als ich merkte, dass sie hier wohnt! Als sie am Eröffnungstag in die Galerie spazierte, war ich total schockiert."

„Dann haben Sie mir am Abend der Vernissage nicht die Wahrheit gesagt", stellte Devlin fest. „Damals behaupteten Sie, dass Sie keinen Kontakt mehr zu Sarah gehabt hätten, seit Sie London verlassen hätten, und dass Sie sie erst auf der Vernissage wiedergetroffen hätten. Aber in Wirklichkeit hatten Sie sich auch hier mit ihr getroffen."

„Nur zweimal", gestand Jon. „Das erste Mal, als sie in die Galerie kam, und das zweite Mal, als sie mich dazu gebracht hatte, mit ihr was trinken zu gehen. Unter der Bedingung, dass es das letzte Mal wäre, habe ich zugestimmt. Sie schien einverstanden, und ich dachte, sie kommt endlich zur Besinnung. Da habe ich ihr die Lotion geschenkt, so eine Art Abschiedsgeschenk. Dann habe ich geglaubt, jetzt wäre alles erledigt, bis sie bei der Vernissage auftauchte."

Mit einem flehentlichen Blick wandte er sich an Cassie: „Ich habe nichts gesagt, weil ich dich nicht verlieren wollte, Cassie! Ich wusste nicht, ob du mir glauben würdest, dass Sarah nur ein Flirt für mich war und ich mit ihr Schluss gemacht hatte. Bevor ich mir überlegen konnte, wie ich dir reinen Wein einschenken sollte, kam sie an diesem Abend in die Galerie und hat alles ruiniert."

Cassies Gesichtszüge entspannten sich. Sie ging auf Jon zu, aber ich stellte mich ihr in den Weg.

„Wo warst du gestern Abend?", fragte ich ihn.

Unbehaglich richtete er seinen Blick auf mich. „Gestern? In Italien. Ich bin heute Morgen zurückgeflogen."

Meine Augen verengten sich. „Du lügst. Ich habe dich mit eigenen Augen gestern Abend in North Oxford gesehen. In der Gasse hinter dem Grundstück der Walthams. Da wolltest du vermutlich gerade in das Haus der Walthams schleichen und die Lotionflasche aus Sarahs Zimmer holen."

„Was? Die Vorstellung ist doch absurd!", rief Jon. „Warum um Himmels willen sollte ich das tun?"

„Weil die Flasche vergiftet war. Mit einer tödlichen

Dosis Nikotin. Damit wurde Sarah umgebracht."

Jon starrte mich an, und sein Unterkiefer klappte nach unten. Wenn er seine Überraschung nur vortäuschte, gelang es ihm wirklich gut. „Das ... das ist verrückt! Lächerlich! Ich habe überhaupt nichts vergiftet!"

„Aber Sie haben gerade zugegeben, dass Sie Sarah eine solche Flasche geschenkt haben", erinnerte Devlin ihn.

„Ja, schon, aber ich habe kein Gift reingetan! Mit Sarahs Tod habe ich nichts zu tun, das kann ich beweisen."

„Und wie?", fragte Devlin.

„Das hier ist nicht der gleiche Duft wie der, den ich ihr geschenkt habe", erklärte Jon und zeigte auf die Flasche in der Tüte. „Auf der Flasche steht ,Süßmandel'. Der, den ich Sarah geschenkt habe, war Lavendel, genau wie der von Cassie. Außerdem ..." Er zog seinen Geldbeutel aus der Hosentasche. „Ich habe hier noch die Kassenbons. Und auf meiner Kreditkartenabrechnung können Sie das auch überprüfen, da stehen die Produktnummern der Einkäufe mit drauf. Wenn Sie im L'Occagnes-Geschäft nachfragen, werden die Ihnen bestätigen, dass ich nur Lavendel-Lotions gekauft habe."

Ich trat einen Schritt zurück und blickte verwirrt zu Devlin. Sagte Jon die Wahrheit? Bedeutete das, dass er doch nicht der Mörder war?

„Allerdings haben Sie noch nicht erklärt, was Sie

in North Oxford gemacht haben, als Sie in Italien gewesen sein wollen", fuhr Devlin in ruhigem Ton fort. „Das kann ich leicht durch einen Anruf bei den Flughafenbehörden überprüfen."

„Ich … äh", begann Jon zögernd, und erneut wanderte sein Blick zu Cassie.

Ihre Stirn legte sich in Furchen. „Mir hast du gesagt, dass du erst heute Morgen aus Italien zurückkommen könntest."

„Das war gelogen", gestand er. „Ich bin gestern zurückgeflogen. Aber nicht, um in das Haus der Walthams einzubrechen", fügte er schnell hinzu.

„Warum sind Sie früher zurückgekommen?", wollte Devlin wissen. „Und warum haben Sie diesbezüglich gelogen?"

Jon zuckte zusammen. „Nun, ich hatte … noch eine Verabredung. Falls Sie es so nennen wollen."

„Eine Verabredung?", fragte Devlin in scharfem Ton.

„Aber kein kriminelles Treffen", verteidigte sich Jon, „sondern ein romantisches."

Cassie machte ein ersticktes Geräusch.

Jon senkte den Kopf, konnte ihr nicht ins Gesicht sehen. „Für einen kleinen Seitensprung mit meiner Assistentin Danni."

„Warum waren Sie nun beim Grundstück der Walthams? Das haben Sie immer noch nicht erklärt", beharrte Devlin.

„Als ich zum letzten Mal mit Sarah was trinken gehen wollte, hatte sie mir gesagt, dass ich an der

Gartentür auf sie warten solle, damit mich niemand an der Haustür sieht. Das Schloss des Gartentürchens ging schwer zu, und da bin ich aus dem Auto gestiegen und habe ihr geholfen. Am Tag der Vernissage habe ich dann festgestellt, dass von meinen Manschettenknöpfen einer fehlte. Das Paar war von Cartier, und meine Initialen waren eingraviert. Den rechten hatte ich verloren. Davor hatte ich ihn das letzte Mal getragen, als ich mit Sarah ausgegangen war. Ich habe überall gesucht, konnte ihn aber nirgends finden. Deshalb befürchtete ich, dass er sich gelöst haben könnte, als ich mich neben dem Gartentor der Walthams an dem Schloss zu schaffen machte. Und ich dachte, wenn die Polizei alles absucht und den Manschettenknopf findet, auf dem auch noch meine Initialen eingeprägt sind ..." Er verzog das Gesicht. „Ich hielt es für besser, hinzufahren und ihn zu suchen. Normalerweise hätte ich keinen guten Grund gehabt, in der Nähe der Walthams aufzutauchen, ohne mich verdächtig zu machen, aber da alle glaubten, ich wäre in Italien, und Danni mich hinfahren konnte ..."

„Und sie kann auch bestätigen, wo Sie sich den Rest des gestrigen Tages über aufgehalten haben?"

„Ja, sie war die ganze Zeit mit mir zusammen. Hat mich vom Flughafen abgeholt, und wir haben unterwegs an ... einem Hotel angehalten." Ein kurzer Blick in Cassies Richtung.

Auch ich sah zu meiner Freundin hinüber. Ihre

Miene war versteinert.

„Es bedeutet mir nichts", flehte Jon. „Es ist nur Sex. Es ist einfach aufregender, wenn man, du weißt schon, wenn man erwischt werden könnte. Man muss sich irgendwo hinschleichen, verstecken, lügen, und das bringt so einen Nervenkitzel ..."

Plötzlich fiel mir der Dokumentarfilm der BBC ein, in dem über Menschen berichtet worden war, die „gefährlichen Sex" und den Reiz des Fremdgehens genossen.

„In dem Garten am Abend der Vernissage hast du dich mit Danni verabredet!", rief ich, als mir plötzlich die Erkenntnis kam. „Ich habe euch gehört! Und habe gedacht, ihr sprecht über einen geplanten Mord."

„Um Himmels willen, nein!", erwiderte Jon. „Das gehört einfach dazu, dass man sich rausschleicht und so darüber spricht. Also darüber, wann wir *es tun* werden." Er wurde rot. Es klang auf eine merkwürdige Art selbstgefällig, als er erläuterte: „So was törnt Danni an."

„Du Schwein!"

Alle drehten sich zu Cassie um, die Jon wütende Blicke zuwarf und am ganzen Körper bebte. Ihre dunklen Augen funkelten vor Wut. Unvermittelt ging sie zu ihm, holte aus und verpasste ihm eine schallende Ohrfeige. Er kreischte, stolperte nach hinten, fasste sich ins Gesicht und starrte sie entsetzt an.

„Ich hätte auf Gemma hören sollen, als sie mir

gesagt hat, was für ein Scheißkerl du bist", fluchte Cassie. Ihre Brust hob und senkte sich. „Kaum zu glauben, dass ich dich noch verteidigt habe! Wegen dir habe ich mich sogar geweigert, mit ihr zu reden. Was war ich für ein Idiot!" In ihren Augen schimmerten Tränen. „Verschwinde!"

Jon musterte sie noch einmal, dann lief er aus dem Zimmer. Die Tür schlug krachend hinter ihm zu. Eine angespannte Stille trat ein. Zögerlich trat ich zu Cassie und legte ihr eine Hand auf die Schulter. Schniefend wischte sie sich mit dem Handrücken über die Augen. Ich erkannte, dass sie vor Devlin nicht weinen wollte. Es würde ihrem Stolz noch mehr zusetzen, wenn wir sahen, wie sie wegen Jon Kelsey weinend zusammenbrach.

Damit sie sich einen Moment sammeln konnte, drehte ich mich diskret zu Devlin um und sagte: „Verhaftest du ihn also doch nicht?"

Er schüttelte den Kopf. „Natürlich müssen wir seine Geschichte überprüfen, aber sosehr es mir auch missfällt, anscheinend ist Kelsey nicht unser Mörder."

„Er könnte eine andere Flasche – mit Süßmandel-Duft – gekauft und bar bezahlt haben", mutmaßte ich hoffnungsvoll.

Ein erneutes Kopfschütteln. „Nein, er ist ein Feigling. So ein Typ holt sich seinen Kick durch kleine Lügen und Betrügereien, aber zu einem Mord ist er nicht fähig."

„Also haben wir keinen Verdächtigen?", stellte ich

bestürzt fest. „Alles wieder auf Anfang?"

Er grinste schief. „Willkommen in der Welt echter Ermittlungsarbeit. Es ist nicht so glamourös, wie es im Fernsehen aussieht. Aber wir haben durchaus Verdächtige. Ich werde Fionas Geschichte noch mal prüfen, und dann ist da auch noch Nell Hicks. Und da war noch was mit Mr Waltham und seiner ersten Frau, worüber ich nachdenken wollte. Bisher war ich so auf Jon Kelsey konzentriert, dass ich andere Spuren noch gar nicht verfolgt habe. In der Zwischenzeit ..." Sein Blick fiel auf Cassie und wurde sanft. „Ihr zwei macht euch mal einen ruhigen Mädelsabend zu Hause, trinkt eine Flasche Wein und schaut euch lustige Filme an. Nein, nehmt zwei Flaschen Wein."

Lächelnd ließ er uns allein.

Als nur noch Cassie und ich im Raum waren, blickten wir uns unbehaglich an. Dann sprachen wir beide gleichzeitig:

„Cassie, ich ..."

„Oh Gemma ..."

Wir lachten beide verlegen.

„Du hast jedes Recht der Welt, zu sagen: Ich hab's dir gleich gesagt", meinte Cassie mit bebender Stimme.

„Du weißt, dass ich das nicht tun werde", entgegnete ich und legte ihr einen Arm um die Schultern.

Ein unterdrückter Schluchzer entrang sich ihrer Kehle. „Oh Gemma, alles, was ich dir gestern an den

Kopf geworfen habe, tut mir so leid! Ich weiß nicht, was ich mir dabei dachte, ich war einfach nicht ich selbst. Seit ich diesen verfluchten Jon Kelsey getroffen habe, war ich nicht mehr ich selbst. Ich habe das nicht so gemeint! Du bist doch meine beste Freundin!"

„Hey, dafür sind beste Freundinnen doch da. Die können von Zeit zu Zeit Beleidigungen einstecken", erwiderte ich grinsend. „Ich wusste doch, dass du es nicht so meinst. Hoffe ich."

Mit Tränen in den Augen lächelte sie. „Du dummes Ding", sagte sie, und in ihrer Stimme lag Zuneigung.

Dann umarmten wir uns, lachten, redeten und weinten gleichzeitig. Irgendwann saßen wir schließlich auf dem Sofa, eine offene Flasche Rotwein zwischen uns und einen Pizzakarton auf dem Boden. Den restlichen Abend verbrachten wir damit, uns Schimpfwörter für Jon Kelsey auszudenken, und abwechselnd neue Möglichkeiten, ihn zu blamieren.

So viel Spaß hatte ich schon seit Ewigkeiten nicht mehr gehabt.

Kapitel 25

Ich spürte, wie etwas Raues an meinem Kinn entlanggrieb. Stöhnend rollte ich mich in meinem Bett auf die andere Seite. Nur Sekunden später war das Raue wieder da, diesmal an meiner Stirn. Unter größter Anstrengung gelang es mir, ein Auge zu öffnen, und schließlich auch das andere. Ich musste blinzeln, da grelles Licht durch die Schlitze zwischen den Vorhängen hereindrang. Neben mir lag ein graues Fellhäuflein auf dem Bett, das Geräusche wie ein laufender Motor ausstieß.

„Aua ... Müsli, hör auf", knurrte ich und versuchte, sie wegzuschieben.

Sie ignorierte mich und fing mit neuer Energie an, mich abzulecken. Ich seufzte. *Wenn ich nicht die halbe Stirn abgeschmirgelt bekommen möchte, muss ich wohl aufstehen.* Langsam hob ich meinen Kopf vom Kissen und riskierte einen verschlafenen Blick auf die Nachttischuhr. Ich blinzelte. Das konnte doch nicht stimmen. Nach einem erneuten Blick setzte ich mich schlagartig auf.

Halb elf!

Wie kam es, dass ich so lange geschlafen hatte? Warum hatte meine Mutter mich nicht geweckt?

Mit einem weiteren Stöhnen fasste ich mir an den Kopf, da der Raum zu schwanken begann, als ich aufstand. Mein Mund war trocken, und ich hatte einen Riesenkater. Nach zwei Flaschen Wein, mehreren Stücken Pizza und zwei Packungen Eiscreme hatte ich mir in den frühen Morgenstunden ein Taxi gerufen und war von Cassies Wohnung nach Hause gefahren. Nur vage konnte ich mich erinnern, wie ich ins Haus geschlichen und in mein Zimmer hinaufgestolpert war. Normalerweise trank ich nicht viel Alkohol, und als es jetzt in meinem Kopf hämmerte, wusste ich auch, warum.

Unter meiner Tür steckte ein Zettel mit einer Nachricht, den ich aufhob. Darauf stand:

Schatz,

da du gestern so spät heimgekommen bist, dachte ich mir, ich lasse dich ausschlafen. Aber mach dir keine Sorgen – alles läuft gut! Mabel und die anderen helfen mir im Tearoom. Nimm dir die Zeit, die du brauchst, und komm einfach, wenn du so weit bist.

Liebe Grüße,

deine Mutter

„Miau ... Miau ... Miau ... Miau?", machte Müsli klagend und strich um meine Beine.

Ich streckte meine steifen Glieder. „Okay, Müsli, gib mir nur eine Minute."

Schwankend verschwand ich im Badezimmer, putzte mir die Zähne und spritzte mir kaltes Wasser ins Gesicht. Dann kehrte ich in mein Zimmer zurück und grub unter einem Stapel Kleidung auf meinem Stuhl Müslis Geschirr aus. Da sie sich so wand, musste ich eine Weile herumfummeln, bis ich es ihr anlegen konnte. Ich ließ sie nach unten vorangehen und konnte kaum mithalten, als sie durch die Gartentür nach draußen flitzte. Gähnend lehnte ich mich an einen Baumstamm, während Müsli hinter einem Busch schnupperte.

Ich hatte keine Ahnung, wie ich bei der Arbeit die Augen offen halten sollte. Und es war auch noch Freitag, einer der Tage der Woche, an denen am meisten los war. Noch einmal gähnend zog ich leicht an der Leine.

„Komm schon, Müsli, wir müssen in die Gänge kommen. Wenn ich weiter hier rumstehe, werde ich noch im Stehen an den Baum gelehnt einschlafen."

Zu meiner Überraschung gab es keinen Widerstand vom anderen Ende der Leine. Als ich noch fester daran zog, wurde mir klar, weshalb. Die ganzen Riemen und Schnallen landeten in einem Haufen zu meinen Füßen. Verdutzt starrte ich das leere Katzengeschirr einen Augenblick lang an, bis ich verstand, was geschehen war. Aufgrund meiner Müdigkeit musste ich es nicht richtig geschlossen haben, und so hatte Müsli sich losmachen können.

„So ein Mist!", murmelte ich und sah mich suchend nach ihr um.

Da erspähte ich das Ende eines getigerten Schwanzes zwischen den Zweigen des Schlehdornbaumes, und eine Minute später sah ich, wie Müsli über die Mauer in den Garten der Walthams entschwand.

„Müsli!", rief ich ärgerlich. „Müsli, komm zurück!"

Ah! Ich könnte sie umbringen. Ein schreckliches Déjà-vu. War nicht erst vor einer Woche an genau derselben Stelle das Gleiche passiert?

Durch das Gartentürchen trat ich in die Gasse hinter den Häusern, wo ich beim letzten Mal Meg getroffen hatte. Diesmal war sie nicht da, aber ich versuchte mein Glück am hinteren Tor der Walthams. Zu meiner Freude ließ sich der Griff leicht herunterdrücken, und ich betrat das Grundstück und sah mich um. Es gefiel mir nicht, ungebeten hier einzudringen, aber wenn es mir gelang, Müsli zu finden und einzufangen, musste ich vielleicht nicht an der Tür klingeln und Mrs Waltham behelligen.

Suchend spähte ich umher. Der Garten war doppelt so groß wie unserer und dicht bepflanzt mit Bäumen, Büschen und mehreren Blumenbeeten. Entlang der Mauer waren Rosenbüsche aufgereiht, die in allen Rosatönen blühten. Davor führte ein Weg aus Steinplatten bis zum Haus. Auf der anderen Seite wand sich der Pfad durch den hinteren Teil des Gartens, wo sich ein Holzschuppen versteckt in die Ecke drückte.

Von der kleinen getigerten Katze war nichts zu sehen.

„Müsli", rief ich sanft. „Müsli, wo bist du?"

Hinter einem Rosenbusch tauchte ein Katzenkopf auf.

„Miau?", fragte sie.

„Komm zu mir!", zischte ich.

Mit einem verächtlichen Blick drehte sie sich um und grub in der weichen Erde unter den Rosen.

„He, Müsli, hör auf damit!"

Sie ignorierte mich und buddelte weiter. Für so ein kleines Tier konnte sie eine Menge Erde bewegen. Rund um den Stamm des Rosenbusches entstand ein ziemlich großes Loch, und die Pflanze senkte sich auf einer Seite ab. Mir fiel wieder ein, dass die Rosen Mrs Walthams ganzer Stolz waren, und ich lief entsetzt hinüber.

„Müsli, stopp! Hör auf!"

Als ich nach ihr griff, duckte sie sich und schlüpfte zwischen meinen Beinen hindurch. Sie rannte über den Weg auf den Schuppen zu. Ich wirbelte herum und sah gerade noch ihren Schwanz hinter den Büschen daneben verschwinden.

„Oh nein!", seufzte ich frustriert.

Mit wenigen Schritten war ich bei der Hütte und suchte das Unterholz ab. Müsli konnte ich nicht entdecken, aber mir fiel auf, dass die Tür des Schuppens leicht angelehnt war. War Müsli etwa hineingelaufen? Ich zog die Tür weiter auf und spähte rein. Innen war es verhältnismäßig sauber, allerdings herrschte ein großes Durcheinander: Düngersäcke, gestapelte Tontöpfe, verschiedene Gartenwerkzeuge, mehrere alte Farbdosen, Flaschen mit Unkrautvernichter und Reinigungsmitteln, eine große Gießkanne, und auf dem Holzregal, das an der Wand befestigt war, lagen Gartenhandschuhe, Schnüre, Samentütchen und anderer Krempel.

„Müsli?", rief ich im Flüsterton.

Hinter einem Sack mit Düngemittel glaubte ich ein leises Miauen zu hören. Ich betrat den Schuppen und suchte den Boden ab. Rund um die dort abgestellten Dinge gab es etliche Verstecke, und mir drängte sich der Verdacht auf, dass Müsli mit mir spielte.

„Müsli, wo bist du?", fragte ich frustriert.

War da in der Ecke eine zuckende Schwanzspitze gewesen? Ja! Hinter einer großen Flasche am Ende des Regals bewegte sich etwas. Nach vorne gebeugt nahm ich die Flasche in die eine Hand und wollte mit der anderen Müsli ergreifen. Doch ich stoppte abrupt, als ich verwirrt feststellte, dass die Ecke leer war. Dabei war ich so sicher gewesen, dass ich sie gesehen hatte! War es ein Lichtreflex gewesen?

Aus der Ferne vernahm ich ein Motorgeräusch, dann schlug eine Autotür zu. Ich überlegte, ob das Mrs Waltham war, die gerade vom Einkaufen zurückkehrte, und schämte mich mit einem Mal, weil sie mich hier finden könnte, wie ich in ihrem Schuppen herumschlich.

Rasch richtete ich mich auf und wollte gerade

wieder gehen, als ich merkte, dass ich noch die Flasche in der Hand hielt. Ich schickte mich an, sie zurückzustellen, da fiel mir etwas auf der Rückseite ins Auge – ein bekanntes Totenkopf-Symbol, unter dem stand:

GIFTIG!

Wirkstoff: NIKOTIN
(Beta-Pyridyl-Alpha-N-Methylpyrrolidin)
Außer Reichweite von Kindern und Tieren
aufbewahren. Schutzhandschuhe empfohlen.
Jeglichen Kontakt mit der Haut vermeiden. Bei
Kontakt gründlich abspülen und sofort den Arzt
aufsuchen.

Langsam drehte ich die Flasche um. Auf der Vorderseite war ein großes Bild mit roten Rosen aufgedruckt, und darunter stand in greller Schrift:

Blattlausfrei!
Natürliches Pestizid für üppige Rosenpracht

Meine Gedanken überschlugen sich. Vor meinem geistigen Auge sah ich mich mit meiner Mutter bei Mrs Waltham Tee trinken … Und meine Mutter hatte Sarahs Stiefmutter ein Kompliment über ihre Rosen gemacht und sich erkundigt, wie sie die Blattläuse loswurde … und da hatte Mrs Waltham von einem speziellen Mittel berichtet, das sie online kaufte.

Die vergiftete Lotionflasche fiel mir wieder ein.

Wenn es nicht Jon gewesen war, dann hatte jemand anders Sarah die Flasche mit dem Mandelduft geschenkt. Jemand, der ganz einfach in ihr Badezimmer hatte schlüpfen können. Jemand, der gewusst hatte, dass es ihre Art war, ständig neue Cremes und Lotions auszuprobieren. Und jemand, der die belastete Flasche leicht hatte verschwinden lassen können, bevor die Polizei Sarahs Zimmer durchsuchte, und der sie einige Tage später unauffällig in den Müll hatte werfen können. Nur dass Meg Fraser das Pech gehabt hatte, die Flasche zu finden ...

Unerwartet hörte ich im Geiste die Stimme von Nell Hicks:

„Sarah ... Sie hat ihrer Stiefmutter nie eine Chance gegeben. Manchmal war sie regelrecht gemein zu ihr. Die Frau hat alles ertragen wie eine Heilige ... nur dem Namen nach. Die echte Herrin in dem Haus war Sarah. Und natürlich ließ ihr Vater ihr alles durchgehen ...“

Ich holte scharf Luft. *Oh mein Gott. Sie war die ganze Zeit ...*

Unbeweglich stand ich da und starrte dümmlich auf die Flasche, bis ich Schritte hörte, die sich dem Schuppen näherten. Unvermittelt bekam ich Angst, und ich verspannte mich. Die Tür stand noch ein Stück weit offen.

Hinter mir knackte etwas.

Ich wirbelte herum – zu spät, schon traf mich etwas Hartes am Kopf.

Hinter meinen Augen explodierte der Schmerz.

Dann war nur noch Dunkelheit um mich herum.

Kapitel 26

Als ich wieder zu Bewusstsein kam, lag ich auf dem Boden des Gartenschuppens und war wie ein Paket verschnürt. In meinem Mund steckte ein Knebel. Ich robbte herum und versuchte, mich aufzusetzen, was beinahe unmöglich war, da meine Hände hinter meinem Rücken gefesselt waren, und um meine Fußknöchel war ein Seil gezurrt. Einige Minuten lang kämpfte ich damit, warf mich herum, doch ich musste erschöpft aufgeben.

Von draußen drang ein Geräusch herein, und ich verkrampfte mich. Die Tür war jetzt geschlossen, und mein Mut sank, während ich mich fragte, ob sie mit einem Riegel gesichert war. Das gleiche Geräusch kam noch einmal – ein Schnüffeln –, und dann hörte ich ein leises „Miau?".

Müsli!

Wieder wand und drehte ich mich und versuchte, zur Tür zu gelangen. Beinahe war ich dort, da musste ich erneut vor Erschöpfung anhalten.

„Mmm ... Mmm ... Mmmm!" Wegen des Knebels kam bei meinen Sprechversuchen nichts Vernünftiges heraus.

Müsli müsste mich eigentlich hören können, wenn nicht sogar riechen. Aber was kann sie schon ausrichten, dachte ich verzweifelt. Sie war nur ein kleines Kätzchen. Sie hatte keine Hände, da konnte sie wohl kaum die Tür entsichern, hier reinkommen und mich losbinden.

Doch dann hörte ich etwas anderes: schnelle Schritte, die den Steinplattenweg entlangkamen.

„He, geh da weg! Sch, sch!"

Es raschelte in den Büschen, als bewegte sich etwas zügig durch das Gestrüpp, und im nächsten Augenblick wurde die Schuppentür geöffnet, und Mrs Waltham trat herein. Überrascht bemerkte sie, wie nahe ich bei der Tür lag, und sie schob mich mit den Füßen wieder zur Rückwand, wo ich zuvor gelegen hatte.

„Glaub ja nicht, dass du ausbüxen kannst", fuhr sie mich verächtlich an. „Ich kann Knoten binden, und die an deinen Fesseln habe ich besonders fest gezogen. Ich kann dich ja jetzt nicht mehr entkommen lassen und riskieren, dass du mein Geheimnis verrätst." Sie grinste. „Wo doch alle glauben, dass ich eine arme trauernde Stiefmutter bin. Die Illusion wollen wir ihnen doch nicht nehmen, oder?"

Ich warf mich hin und her und brummte ärgerlich durch den Knebel.

Sie lachte. „Du musst dir reichlich dämlich vorkommen, hm? Das hättest du nicht vermutet, was? Anders als dieser Inspector O'Connor." Verärgerung legte sich über ihr Gesicht. „Er ist nicht dumm, und gestern Abend ist er noch mal vorbeigekommen und hat mir eine Menge unangenehme Fragen gestellt. Aber ich bin ziemlich sicher, dass ich ihn auf eine falsche Fährte locken konnte. Hätte diese blöde Haushälterin nicht die Flasche aus der Mülltonne gekramt, wären alle noch so schlau wie zuvor."

Sie verschränkte die Arme. „Na ja, kommt nicht darauf an. Die Lotionflasche kann niemand zu mir zurückverfolgen. Sarah hat sie sich selbst in dem Laden in Oxford gekauft, ich musste lediglich im richtigen Moment das Gift reinmischen." Ein Kichern, dann fuhr sie fort: „Ein Glücksfall, dass sie sich noch die Beine rasieren wollte, bevor sie zur Vernissage ging. So war es noch leichter."

Entsetzt starrte ich die Frau über mir an. Was war aus der ruhigen, verschüchterten Mrs Waltham geworden? Diese Frau war eine komplette Psychopathin! Keine Gewissensbisse, keine Schuldgefühle wegen des von ihr begangenen Mordes. Die ruhige Art, mit der sie darüber sprach, wie sie Sarah getötet hatte, war Furcht einflößend.

Die Flasche mit dem Schädlingsbekämpfungsmittel, die ich gefunden hatte, kam mir in den Sinn. Zwar konnte die Lotion nicht zu ihr zurückverfolgt werden, aber durch den

Kauf des Pestizids mit ihrer Kreditkarte gab es eine Spur zu ihr!

Sie musste die gleiche Überlegung angestellt haben, denn ihr Blick wanderte nachdenklich zu der Flasche auf dem Regal. „Hmm", sagte sie gedankenverloren. „Dieses Spray hätte ich vermutlich auch entsorgen sollen, anstatt es hier im Schuppen zu lassen, aber es ist so schade drum. Es wirkt so gut bei den Rosen und ist so schwer zu bekommen. Trotzdem, besser, ich werde die los ... sicher ist sicher ..."

Mit einem Schritt war sie beim Regal, nahm die Flasche in die Hand und wandte sich dann zu mir um.

„Darauf wird sowieso keiner kommen. Von dem Blattlausspray habe ich nur dir und deiner Mutter erzählt. Mir wurde zwar schnell klar, dass ich damit einen Fehler begangen hatte, aber du warst ja zum Glück von diesem Jon Kelsey abgelenkt. Ha!" Ein selbstzufriedenes Lachen. „Hätte nicht gedacht, dass ich noch mal froh sein würde über dein Herumschnüffeln, aber es hat sich als nützlich erwiesen. Hat geholfen, dass du die ganze Aufmerksamkeit auf ihn gelenkt hast. Gestern Abend habe ich deine Mutter getroffen, die mir von dem Drama im Haus deiner Freundin erzählt hat. Ein Glück für mich, dass dieser Kelsey Sarah eine Lotionflasche von der gleichen Marke geschenkt hat! Das hatte ich gar nicht geplant." Sie machte eine Pause und dachte nach. „Hmm ... ob es noch eine

Möglichkeit gibt, ihm was anzuhängen ..."

Ich knurrte wütend.

Ihr Lachen klang verächtlich. „Ich weiß, was du meinst – dass ich damit nicht durchkomme. Da irrst du dich. Keiner hat dich heute auf dem Weg hierher gesehen, stimmt's?" Zufrieden glitt ihr Blick über mich. Ich steckte immer noch im Schlafanzug. „Es schaut so aus, als wärst du direkt mit dieser dämlichen Katze rausgegangen, wie jeden Morgen. Hab dich beobachtet. Und deine Mutter hat mir heute Morgen erzählt, dass du gestern erst spät zu Hause warst und ausschlafen sollst, weshalb sie dich noch nicht so bald im Tearoom erwartet. Da du offensichtlich das Gartentürchen genommen hast, kann dich niemand an meiner Haustür gesehen haben. Also kannst du, bis es dunkel wird, hier im Schuppen bleiben. Dann werde ich mir etwas dazu einfallen lassen, wie ich deine Leiche loswerde."

Ein Schauer durchlief mich. Als sie das bemerkte, gingen ihre Mundwinkel nach oben, und sie grinste.

„Na, du hast ja wohl nicht gedacht, dass ich dich dem Schicksal überlasse, oder? Vorhin habe ich dein Fahrrad weggebracht – hab es in Cowley auf dem Kirchhof abgestellt. Wenn deine Mutter später zurückkommt, sag ich ihr einfach, dass ich gesehen habe, wie du mit dem Fahrrad weggefahren bist, und wenn sie dein Fahrrad dann dort finden, ist die Polizei erst mal damit beschäftigt, in der falschen Richtung zu suchen." Ihr berechnendes Lächeln jagte mir einen kalten Schauer über den Rücken.

„Also mach bloß keine Dummheiten. Ich habe bereits an alles gedacht. Jetzt bist du ein braves Mädchen und wartest hier, während ich mein Alibi für heute Abend regle."

Sie beugte sich vor, überprüfte erneut meine Fesseln, und als sie zufrieden damit wirkte, ging sie aus der Hütte und schloss den Riegel fest hinter sich. Ihre Schritte entfernten sich.

Einen Moment lang musste ich die in mir aufsteigende Panik bekämpfen, die mich zu überwältigen drohte. Ich lag da, bekam keine Luft, meine Brust hob und senkte sich, und ich fühlte mich wie eine Ertrinkende, als ich durch den Knebel hindurch verzweifelt nach Luft rang. Ich schloss die Augen und versuchte mich zu konzentrieren.

Atmen, Gemma, atmen. Ein. Aus. Ein. Aus.

Ich machte die Augen wieder auf. Alles würde gut werden, sagte ich zu mir. Irgendjemand würde mich finden. Was auch immer meine Mutter glaubte, wie lange ich schlafen würde, sie würde dennoch nicht erwarten, dass ich gar nicht mehr im Tearoom aufkreuzte. Wenn das Nachmittagsgeschäft vorbei und ich noch nicht dort war, würde sie mich anrufen, um zu fragen, ob es mir gut ginge. Mein Handy lag noch auf meinem Nachttisch, und wenn niemand ranging, würde sie sich Sorgen machen und sicher kommen und nach mir sehen.

Aber wenn Mrs Waltham doch nicht bis abends wartete, bis sie mich umbrachte? Sie hatte nur gesagt, dass sie meine Leiche später loswerden wolle

– nicht, dass sie mich später umbringen würde. Aber für wann plante sie den Mord an mir? Wann würde sie wiederkommen? Und wie wollte sie mich töten? *Um Gottes willen, wenn Mutter mich erst spät am Nachmittag anruft, bin ich vielleicht schon tot!*

Meine panischen Gedanken wurden von dem schnüffelnden Geräusch vor der Tür unterbrochen.

Müsli!

Mit neuer Energie drehte ich den Kopf zur Tür, die jetzt in den Angeln gerüttelt wurde. Ich wusste, dass Müsli sich an der Tür entlanggrieb. Wäre sie doch nur ein Hund! Dann könnte sie durch Bellen auf sich aufmerksam machen. Taten die Hunde in den Filmen das nicht immer? Lassie zum Beispiel, die irgendeinen schlauen Trick vollführte und so ihr Herrchen rettete. Aber was konnte eine Katze schon tun? Um Hilfe schnurren?

Ich hörte noch ein fröhliches „Miau" von Müsli, dann war plötzlich alles still. Sie war fort.

Wo war sie hingegangen? Ich bereute meine undankbaren Überlegungen. Auch wenn sie nicht wirklich etwas ausrichten konnte, hatte allein das Wissen, dass mein kleines Kätzchen da draußen war, dafür gesorgt, dass ich mich etwas besser fühlte. Jetzt war ich völlig verlassen und allein.

Verzweiflung drohte mich wieder zu überwältigen, und ich kämpfte dagegen an. *Nein, ich werde nicht daliegen und auf meinen Tod warten!* Kriechend bewegte ich mich auf die Gartenwerkzeuge zu, die in der gegenüberliegenden Ecke des Schuppens standen. In Büchern und Filmen fanden die Menschen schließlich auch Mittel und Wege, wenn sie gerade keine schlauen Katzen hatten, die sie retteten. Da scheuerten sie die Seile, mit denen ihre Hände verschnürt waren, an scharfen Kanten durch oder sägten Fesseln auseinander. Das konnte ich auch probieren. Wenn es mir gelang, in die Nähe von Spaten oder Grabgabel zu kommen, schaffte ich es vielleicht, die Seile zu durchtrennen.

Es bereitete mir Schmerzen, über den Boden zu robben, und ich zuckte zusammen, als meine Bemühungen dazu führten, dass das Seil mir am Handgelenk in die Haut schnitt. Aber wie ein hilfloses Opfer am Boden liegen konnte ich auch nicht. Nach wenigen Minuten musste ich eine Pause machen. Ich schwitzte, und an meinen Handgelenken war die Haut wund gerieben. Mir sank der Mut, als ich sah, dass ich noch nicht einmal einen Meter weit gekommen war. Aber Aufgeben war keine Option für mich. Mit geschlossenen Augen versuchte ich all meine Kraft zusammenzunehmen. Dann, als ich gerade wieder von Neuem losrobben wollte, erstarrte ich.

War das die Stimme eines Mannes?

„Gemma!"

Ja! Das ist Devlin!

Kapitel 27

Außer Devlins Stimme hörte ich auch noch ein lautes, konstantes Miauen. Müsli! Wie war es ihr gelungen, Devlin aufzutreiben? Ich wusste es nicht, und es war mir gerade auch ziemlich egal – ich wollte nur, dass Devlin merkte, dass ich hier in dem Gartenhaus war.

Suchend drehte ich den Kopf herum. Mit irgendetwas musste ich Lärm machen. Ich versuchte, mit meinen zusammengebundenen Beinen auf den Boden zu stampfen, aber es fiel mir schwer, sie hoch genug anzuheben, außerdem dämpfte der harte Boden jegliches Geräusch.

Da erkannte ich, dass ich gegen die Wände des Schuppens schlagen musste. Und gleichzeitig bemerkte ich, dass ich mich bei dem Versuch, an die Gartenwerkzeuge zu gelangen, in die Mitte der Hütte bugsiert hatte, weg von den Wänden. Ich musste zurückrobben, bis ich mit den Füßen an die Wand treten konnte.

Also rollte ich mich herum und machte mich auf den Rückweg. Von draußen konnte ich Müslis hartnäckiges Miauen und Devlins Rufen hören. Anscheinend kam er näher – seine Stimme wurde lauter –, und dann vernahm ich eilige Schritte auf dem Steinplattenweg.

„Inspector O'Connor! Was machen Sie denn hier?"

Nur wenn man genau darauf achtete, bemerkte man die Nervosität in Mrs Walthams Stimme.

„Hallo, Mrs Waltham, entschuldigen Sie bitte, dass ich hier eindringe, und das auch noch auf einem so ungewöhnlichen Weg, durch den Garten, aber haben Sie vielleicht Gemma gesehen?"

„Gemma?" In Mrs Walthams Stimme lag genau die richtige Mischung aus Überraschung und Ahnungslosigkeit. „N-nein, ich glaube nicht ..."

„Ihre Mutter macht sich Sorgen, weil sie nicht im Tearoom angekommen ist und auch nicht an ihr Handy geht. Und ihre Katze habe ich ganz allein im Garten gefunden. Die scheint sich wegen irgendetwas ziemlich aufzuregen."

„Oh, das dumme kleine Ding! Macht immer so einen Krach, das kleine lärmende Kätzchen. Falls Sie das Miauen meinen, das heißt bei ihr nichts. Das macht sie immer."

„Tatsächlich? Ich hatte den Eindruck, dass sie mir irgendetwas sagen will."

Ein lautes Lachen. „Sie haben wohl zu viele Disney-Filme gesehen, Inspector. Das ist doch typisch für eine Katze. Sie kennen sich mit Katzen wohl nicht so gut aus?"

„Nein, ich war immer mehr der Hundetyp, muss ich zugeben. Über Katzen weiß ich nicht viel."

„Na, ich schon, und ich kann Ihnen versichern, dass Müsli gerade einfach frech ist und ausprobiert, wie weit sie es treiben kann. Wahrscheinlich hofft sie auf ein paar Leckerlis. Ach, ich habe noch leckeren Dosen-Thunfisch in der Speisekammer. Wollen wir reingehen? Ich hole den Thunfisch für Müsli und mache uns eine schöne Tasse Tee."

„Vielen Dank, Mrs Waltham, aber das ist nicht nötig. Ich wollte nur nachsehen, ob Gemma hier bei Ihnen im Garten ist."

„Warum sollte sie denn in meinem Garten sein?" Die Stimme klang diesmal etwas schärfer.

„Aus keinem besonderen Grund, außer dass er eben neben Gemmas Garten liegt. Und weil ihre Katze an der Mauer zwischen den beiden Gärten entlanglief und mich anjaulte." Ein verlegenes Lachen von Devlin. „Vermutlich habe ich wirklich an Disney-Filme gedacht, als ich glaubte, Gemma würde verletzt irgendwo liegen und ihre Katze würde versuchen, mich darauf aufmerksam zu machen ..."

Die Stimme von Mrs Waltham war aalglatt. „Nun, Sie sehen ja selbst, Inspector, dass sie nicht hier ist. Gerade fällt mir ein, dass ich bemerkt habe, wie sie vor einer Stunde mit dem Fahrrad weggefahren ist."

„Wirklich?"

„Jetzt, wo Sie es sagen ... Zu dem Zeitpunkt habe ich nicht besonders darauf geachtet, aber es war definitiv Gemma. Richtung Süden in die Stadt ist sie gefahren."

„Merkwürdig." Zwar konnte ich es nicht sehen, aber ich wusste auch so, dass er die Stirn runzelte. „Warum sollte sie Richtung Süden fahren? Der Tearoom liegt doch nördlich von Oxford. Und das erklärt auch nicht, warum die Katze frei herumläuft."

„Vielleicht hat Gemma beschlossen, ihr ein bisschen Freilauf zu gönnen. Ich finde es ziemlich grausam, Tiere die ganze Zeit im Haus einzusperren, Sie nicht?"

Devlin schien zu zweifeln. „Ja, schon, aber ich weiß, dass sie mal gesagt hat, sie legt Müsli ein Geschirr an, wenn sie mit ihr rausgeht."

„Vielleicht fand sie es an der Zeit, dem kleinen Ding ein wenig mehr Freiheit zu gewähren. Wieso stehen wir eigentlich die ganze Zeit hier in der Kälte? Wollen Sie bestimmt nicht auf eine Tasse Tee mit reinkommen? Ich habe auch sehr leckere Madeleines dazu."

„Nein danke, Mrs Waltham. Ich muss zurück und noch mal Mrs Rose anrufen, ob Gemma inzwischen im Tearoom aufgetaucht ist."

Seine Stimme wurde leiser, als er sich abwandte und seine Schritte sich langsam entfernten. Mein Herz wurde schwer. *Nein! Nein!* Ich warf mich gegen die Wand, kroch und wand mich wie eine Verrückte. Irgendwie musste ich Lärm machen, sodass Devlin mich hörte, ehe er zu weit weg war!

Da zerriss ein fürchterliches Jaulen die Stille.

Das war Müsli!

Sie veranstaltete einen fürchterlichen Lärm vor der Schuppentür. Sie schrie und jaulte markerschütternd, sodass mir die Haare zu Berge standen. Herbeieilende Schritte waren zu hören.

„Müsli, was zum Teufel ist denn los?" Devlins Tonfall änderte sich. „Ist da was im Gartenhaus?"

„Nein, nein, da kann nichts drin sein. Wir schließen die Tür immer ab." Die Stimme von Mrs Waltham klang nun nicht mehr so aalglatt und ruhig. „Da ist nur altes Zeug drin. Ich bin sicher, da ist nichts ..."

Devlin sagte in hartem Ton: „Trotzdem, Mrs Waltham, muss ich Sie bitten, die Tür jetzt für mich aufzuschließen und mich reinsehen zu lassen."

Einen Moment lang war es still, dann erwiderte Mrs Walthams angespannte Stimme: „Natürlich, der Schlüssel zu dem Vorhängeschloss ist in der Küche. Ich hole ihn."

Ich hörte sie weggehen. Plötzlich fragte ich mich, ob sie ihre Flucht plante. Sicher würde sie nicht zurückkommen, Devlin die Schlüssel geben und ihn die Tür aufschließen lassen, damit er mich gefesselt und geknebelt auf dem Boden vorfand.

Letztendlich war es mir egal. Im Augenblick wollte ich Devlin einfach nur wissen lassen, dass ich hier drin war. Noch einmal rollte ich mich hinüber und fand dabei heraus, dass ich leichter vorankam, wenn ich die Beine streckte und mich seitwärtsbewegte, statt kriechend vorwärtszurobben. Also warf ich mich auf die Seite und rollte mich immer weiter, bis ich mit der Schulter gegen etwas Hartes stieß. Die Wand. Eine Welle aus Erleichterung und Hochgefühl erfasste mich. Ich drehte mich um mich selbst, bis ich meine Füße gegen die Wand stemmen konnte. Als ich die Knie angezogen hatte, konnte ich mit den Absätzen meiner Schuhe gegen die Seite des Schuppens schlagen.

Bum! Bum! Bum!

Müsli ließ noch ein markerschütterndes Kreischen hören, und dann warf sich Devlin gegen die Tür.

„Gemma? Gemma, bist du da drin?" Er hämmerte an die Tür. Sie klapperte in den Angeln, und ich hörte, wie jemand an dem Riegel herumfummelte. Dann wurde sie erneut erschüttert. Offensichtlich versuchte Devlin, sich Zutritt zu verschaffen, aber ich wusste, dass der Riegel sicher und fest saß. Ohne den Schlüssel für das Schloss – oder einen Bolzenschneider – würde er die Tür nicht aufkriegen.

Von draußen waren raschelnde Geräusche zu hören, und plötzlich tauchte Devlins Gesicht vor dem kleinen Fenster hoch oben an der Wand auf. Als er mich sah, weiteten sich seine blauen Augen.

„Gemma!"

Sein Gesicht verschwand, dann hob er seinen Ellenbogen und zertrümmerte die Glasscheibe. Er fasste hindurch und öffnete die Verriegelung. Mit einem Quietschen der rostigen Scharniere schwang das Fenster auf.

Devlin steckte den Kopf durch die Öffnung. „Gemma, alles okay?"

Als Antwort machte ich Jubellaute durch den Knebel. Devlin versuchte, durch das Fenster einzusteigen, aber seine Schultern waren zu breit. Frustriert stieß er den Atem aus und sprang nach unten.

„Warte, ich rufe Verstärkung. In ein paar Minuten bist du draußen."

Ein kleines Fellknäuel erschien auf dem Fensterbrett, drückte sich an Devlin vorbei und hüpfte hinunter in die Hütte. Müsli!

Sie kam zu mir und beschnüffelte ängstlich mein Gesicht, dann fing sie laut zu schnurren an. Von draußen war zu hören, wie Devlin telefonierte, um einen Krankenwagen zu rufen und Verstärkung anzufordern, damit die Tür aufgebrochen und Mrs Waltham festgenommen wurde. Erleichtert atmete ich tief durch und ließ meinen Kopf auf den Boden sinken. Ich entspannte mich. Endlich war es vorbei und ich in Sicherheit.

Müsli rollte sich neben mir ein, ganz nah an meinem Körper, und schlang ihren Schwanz um sich. Mit den Pfoten machte sie tretelnde Bewegungen und blinzelte mich gleichzeitig an.

Trotz des Knebels lächelte ich sie an. *Ich nehme alles zurück, Müsli. Lassie wäre stolz auf dich.*

Kapitel 28

Obwohl ich eine durch und durch emanzipierte, moderne Frau bin, muss ich doch zugeben, dass es etwas Schönes und, na ja, Romantisches hatte, von Devlin auf den Armen aus dem Gartenschuppen getragen zu werden. Trotz meines Protests bestand er darauf, mich im Krankenwagen zu begleiten, und wachte über mich wie ein Schutzengel, als ich in die Notaufnahme des Krankenhauses eingeliefert wurde.

„Ich bin okay. Das wird schon wieder, Devlin", erklärte ich, als sein Handy zum dritten Mal innerhalb von fünf Minuten klingelte. „Mit der Verhaftung von Mrs Waltham hast du alle Hände voll zu tun, das weiß ich. Sicherlich wirst du am Tatort erwartet. Mach dir keine Sorgen um mich!"

Er zögerte und sagte dann: „Ich komme nachher noch mal bei dir vorbei. Deiner Mutter habe ich Bescheid gegeben und sie ist unterwegs – so wie Cassie, die habe ich auch angerufen. Du bist also nicht lange allein."

„Es macht mir überhaupt nichts aus, allein zu sein", versicherte ich ihm lachend. „Wirklich. Hör auf, dir Gedanken zu machen! Mir geht es gut, und ich bin sicher, sobald die mich durchgecheckt haben, entlassen sie mich sofort wieder."

In dem Punkt hatte ich mich allerdings geirrt. Kaum war Devlin fort, da musste ich feststellen, dass ich lediglich einen überfürsorglichen Mann gegen einen anderen eingetauscht hatte! Lincoln hatte mitbekommen, was geschehen war, und war sofort in die Notaufnahme geeilt, um nach mir zu sehen. Dort nervte er die diensthabende Ärztin, weil er jede Untersuchung nachprüfte, die sie an mir vornahm, und darauf bestand, dass sämtliche Tests für Patienten mit Gehirnerschütterung durchgeführt wurden. Das ging so weit, dass ich meinte, ich müsste von der British Medical Association einen Schlichter kommen lassen, doch dann einigten sie sich auf ein CT meines Kopfes.

„Lincoln, mir geht es gut!", protestierte ich.

„Aber du hast schlimme Kopfschmerzen, oder nicht?", entgegnete er stirnrunzelnd.

„Ja", gab ich zu und fasste mir an den Hinterkopf. Es stimmte, in meinem Kopf pochte es fürchterlich. So schlimme Schmerzen hatte ich noch nie gehabt. Sie hatten sich tatsächlich noch verstärkt, seit ich aus dem Schuppen raus war. Eventuell hatte das Adrenalin dort alles überlagert. Jetzt, da alles vorbei war, schlug die Realität über mir zusammen. Und dennoch wollte ich nicht zugeben, wie zittrig ich mich fühlte. Vielleicht war ich meiner Mutter doch ähnlich.

Um die Situation runterzuspielen, grinste ich Lincoln an. „Ist ja wohl nicht erstaunlich, dass ich fürchterliche Kopfschmerzen habe, nachdem sie mir mit einer Gartenschaufel eins übergezogen hat!"

„Starke Kopfschmerzen sind auch ein Anzeichen für eine Gehirnerschütterung, und damit ist nicht zu spaßen", erklärte Lincoln grimmig, der jetzt ganz der professionelle Arzt war und nicht der höfliche Freund aus Kindertagen, der zu meiner Familie zum Abendessen kam.

„Gut", sagte ich mürrisch und ließ mich widerwillig in eines dieser demütigenden Krankenhaushemden stecken und dann in die Radiologie schieben. Die Ergebnisse meines CTs waren zwar unauffällig, aber zu meinem Missfallen verständigte sich die Notfallärztin mit Lincoln darauf, dass meine starken Kopfschmerzen eine Nacht zur Beobachtung im Krankenhaus rechtfertigten. Lincoln beharrte darauf, dass er nicht zu seinen eigenen Patienten auf der Intensivstation zurückkehren würde, bevor ich nicht zugestimmt hatte zu bleiben.

Seufzend gab ich nach, und die Pfleger brachten mich in einem Bett auf die Station. Auch die Schmerzmittel, die sie mir gaben, nahm ich gehorsam. Kaum hatten sie die Vorhänge rund um mein Bett zugezogen, wurde der Stoff schon wieder zur Seite geschoben. Meine Mutter trat herein und schwenkte eine Wärmflasche, einen Blumenstrauß und eine Tüte Muffins durch die Luft. Und ein lindgrünes Nackenkissen mit Memory-Foam-Funktion.

Mein schwacher Protest wurde vollkommen ignoriert, und ich ergab mich der liebevollen Fürsorge meiner Mutter. Okay, zugegeben, das Nackenkissen war sehr bequem. Es schien meine Schmerzen tatsächlich etwas zu lindern.

Zusammen mit meiner Mutter waren auch die Silberlocken aus Meadowford-on-Smythe eingetroffen und hatten Cassie die letzten Gäste des Tages im Tearoom überlassen. Alle waren entsetzt und gleichzeitig aufgeregt und brannten darauf, zu erfahren, wie knapp ich dem Tod entronnen war, obwohl sie wie üblich schon sämtliche Details über die Verhaftung und die Hintergründe des Verbrechens zu kennen schienen.

„Mein Schatz, wie schrecklich!" Meine Mutter fasste sich an den Hals. „Wer hätte das gedacht? Mrs Waltham! Ich bin so schockiert. Ich meine, ihre Rosen sind doch so wunderschön!"

In den Augen meiner Mutter konnten Menschen, die einen grünen Daumen hatten, unmöglich Psychopathen sein.

„Sie wirkte in der Tat ruhig und freundlich", stimmte Florence zu. „Ich habe sie ein paarmal im Gartencenter im Ort getroffen, und sie war ein angenehmer Mensch und so bescheiden! Irgendwie tat sie mir leid, weil sie mit so vielem fertigwerden musste, besonders wegen ihrer Stieftochter. Ich hätte mir nie vorstellen können, dass sie einen Mord plant!"

Ja, dachte ich, das war wohl die Geheimwaffe von Mrs Waltham. Ihr schmuckloses Aussehen und dass sie ein unscheinbarer Typ war, der mit so viel zu kämpfen hatte.

„Also ich habe immer gedacht, dass sie nichts Gutes im Schilde führt", bemerkte Mabel und rümpfte überheblich die Nase. „Man muss sich doch nur den Altersunterschied zwischen ihr und David Waltham vor Augen führen, dann weiß man, dass da was faul ist!"

„Einen älteren Mann zu heiraten ist in meinen Augen nicht automatisch ein Anzeichen für eine kriminelle Persönlichkeit", protestierte ich.

„Sie hatte das alles genau geplant", sagte Mabel. „Hat sogar versucht, den alten Waltham dazu zu bringen, sein Testament zu ändern, obwohl er es dann nicht so getan hat, wie sie sich das gedacht hatte."

„Was meinen Sie damit?", fragte ich.

„Sie hatte erwartet, dass er sein Testament dahin gehend ändert, dass sie den Großteil seines Anwesens erbt, wenn er stirbt. David Waltham hat es dann auch geändert, aber nicht so, wie sie gehofft hatte. Er hat trotzdem fast alles Sarah vermacht – einschließlich des Hauses in North Oxford –, und seine zweite Ehefrau würde das Grundstück nur dann erben können, wenn Sarah vor ihr starb."

„Woher wissen Sie das alles? Ich dachte, Testamente wären vertraulich", erkundigte ich mich stirnrunzelnd.

Wieder rümpfte Mabel die Nase. „Ich habe meine Quellen."

„Das muss an dem Tag gewesen sein, als ich sie bei der Anwaltskanzlei gesehen habe!", fiel meiner Mutter plötzlich ein. „Weißt du noch, Schatz? Ich habe sie gesehen, als sie gerade rauskamen, und ich weiß noch, dass Mrs Waltham sehr unzufrieden wirkte."

„Ja, das muss eine herbe Enttäuschung für sie gewesen sein", überlegte ich. „Als sie hinging, war sie der Meinung, dass ihr Ehemann sein Testament zu ihren Gunsten ändern würde, und dann muss sie feststellen, dass er sich immer noch seiner verwöhnten Tochter verpflichtet fühlt."

Ich hielt inne. Dann rief ich aufgeregt: „Jetzt weiß ich! Als ich Devlin fragte, ob Sarah eine Lebensversicherung gehabt hätte, hat er erwähnt, dass sie das Vermögen ihres Vaters geerbt hätte – dabei habe ich gar nicht daran gedacht, zu fragen, wer das Ganze nach Sarahs Tod erbt."

Meine Mutter keuchte auf. „Meinst du, dass sie von Anfang an vorhatte, Sarah zu ermorden?"

„Keine Ahnung ... vielleicht nicht direkt ‚vorhatte'", antwortete ich. „Vielleicht ist ihr die Idee erst später gekommen. Vielleicht war sogar ihre Enttäuschung über das Testament der Auslöser dafür ..."

„Und als dann David Waltham nach seiner Operation die Blutvergiftung entwickelt hat und es ihm schlechter ging, muss sie in Panik geraten sein", fügte Glenda atemlos hinzu. „Wenn er sterben sollte, würde plötzlich alles Sarah gehören, auch das Haus."

Ethel nickte. „Sie hatten ja auch diesen schrecklichen Streit, bei dem Sarah gedroht hat, ihre Stiefmutter aus dem Haus zu werfen, sobald ihr Vater tot war."

„Doch wenn Sarah erst mal aus dem Weg geräumt war, spielte es keine Rolle, ob David Waltham im Krankenhaus starb. Seine zweite Frau würde alles erben", sagte Florence.

„Letzte Woche muss sie angefangen haben, den Mord an Sarah zu planen, nachdem David Waltham die Blutvergiftung bekam, und letzten Samstag hat sie ihren Plan in die Tat umgesetzt", sagte Mabel. „Was für ein Glück für sie, dass sie das Gift schon zur Hand hatte."

„Wie kriminell!", rief meine Mutter.

„Wer ist kriminell?" Cassies Kopf tauchte zwischen den Vorhängen an meinem Krankenhausbett auf.

„Cassie!" Ich strahlte vor Begeisterung, meine beste Freundin zu sehen.

Sie trat herein, hinter ihr kam Seth, und beide umarmten mich.

„Ich habe den Tearoom heute früher geschlossen", erzählte Cassie. „Das ganze Dorf wusste sowieso schon Bescheid. Keiner wollte wirklich was bestellen, alle machten sich nur Sorgen um dich und fragten, ob es dir gut geht."

„Sie sorgen sich um mich?" Das berührte mich, und ich musste lächeln.

Die Vorstellung, dass die Menschen im Dorf mich doch noch als eine der Ihren akzeptierten, gefiel mir. Es war zwar nicht so, dass ich eine völlig Fremde gewesen wäre – schließlich lebte meine Familie in der Gegend, seit ich ein Kind gewesen war –, aber die acht Jahre, die ich in Australien verbracht hatte, machten mich zu einer „Außenseiterin", und kurz nach meiner Rückkehr hatte es Zeiten gegeben, da hatte ich geglaubt, ich würde sie nie für mich gewinnen.

„Aber klar mögen sie dich, Gemma", sagte Cassie mit einem verschmitzten Blick. „Besonders, weil du die Erste in Meadowford bist, die ein riesiges Wasserspiel besitzt!"

„Ah ja, da wir gerade von dem Wasserspiel sprechen", warf meine Mutter strahlend ein. „Ich hatte eine ganz fantastische Idee! Lass uns doch ein paar Goldfische für den Teich anschaffen."

Beunruhigt blickte ich zu meiner Mutter. „Goldfische?"

„Ja, von Helen weiß ich, dass Fische im Feng-Shui Reichtum und Wohlergehen symbolisieren. Daher dachte ich, es wäre geradezu ideal, Goldfische in dein Becken zu setzen, das ja das Vermögen vermehren soll ..."

„Wie wäre es mit einem Gemälde mit Goldfischen darauf?", schlug Seth vor.

„Nein, gar keine Goldfische", sagte ich verzweifelt.

„Gemälde – das bringt mich auf eine andere Idee, die ich hatte, Gemma", sagte meine Mutter. „Als Cassie mir erzählt hat, dass sie ihre Ausstellung in der Kelsey-Galerie beendet, dachte ich ... warum hängen wir nicht ihre Bilder im Tearoom auf?"

Ein breites Lächeln legte sich auf mein Gesicht. „Das ist in der Tat mal eine wunderbare Idee, Mutter", stimmte ich zu und wandte mich an Cassie. „Wärst du damit einverstanden, Cass? Deine Gemälde würden echt gut zum Ambiente im Tearoom passen, finde ich."

„Ja", sagte auch Cassie, deren Wangen vor Freude rot wurden. „Das wäre super. Vielen Dank! Ich könnte auch eines mit Goldfischen extra für den Tearoom malen", fügte sie zwinkernd hinzu.

Ich funkelte sie an. „Wage es ja nicht."

Sie lachte. „Aber worüber habt ihr denn zuvor gesprochen? Wer ist kriminell?"

Rasch brachte ich Cassie und Seth auf den neuesten Stand. Als ich fertig war, zog Cassie die Augenbrauen zusammen.

„Eines verstehe ich aber immer noch nicht. Nell Hicks hatte also doch nichts mit den Giftmorden zu tun, oder?"

Ich nickte.

„Warum hat sie dann Sarah Shortbread ins Krankenhaus gebracht?"

„Vielleicht hat sie gehofft, dass sie sich bei Sarah wieder einschmeicheln kann und ihren Job zurückbekommt", mutmaßte Seth. „Sagt man nicht, Liebe geht durch den Magen? Das gilt wohl auch für Frauen." Er grinste.

„Das ist eine gute Theorie, junger Mann." Mabel nickte ihm anerkennend zu. „Ich werde das bei meinen Quellen überprüfen, aber Ihre Erklärung trifft es, glaube ich, ganz gut."

„Jetzt sollten wir gehen, damit Gemma sich ausruhen kann", sagte Ethel, die bemerkt hatte, dass ich verstohlen gähnte.

„Nein, nein, alles gut", widersprach ich, obwohl ich ein weiteres Gähnen nicht unterdrücken konnte.

In Wahrheit fühlte ich mich auf einmal völlig zerschlagen. Vielleicht holte mich gerade alles ein. Ich wollte einfach nur noch die Augen schließen und eine Weile schlafen.

Doch da fiel mir noch etwas ein. „Müsli ... was ist mit Müsli?"

„Oh, mach dir keine Gedanken, Schatz. Inspector O'Connor hat mir berichtet, dass er seinem Sergeant aufgetragen hat, Müsli in dein Zimmer zurückzubringen. Und er wollte selbst nach ihr sehen, wenn er zum Haus zurückkommt." Meine Mutter zögerte, dann fuhr sie fort: „Weißt du, Liebes, vielleicht ist es langsam an der Zeit, dass wir in Erwägung ziehen, Müsli durch das ganze Haus laufen zu lassen. Ich meine, das arme kleine Ding ist den ganzen Tag in deinem Zimmer eingesperrt, und nachdem sie dir das Leben gerettet hat, hat sie sich eine Belohnung verdient, finde ich."

Dankbar blickte ich meine Mutter an. „Das findet sie bestimmt super! Aber bist du dir wirklich sicher, Mutter? Was ist, wenn sie das Sofa zerkratzt oder die Sessel oder die Vorhänge?"

„Dafür habe ich schon eine Lösung." Meine Mutter wischte meinen Einwand mit einer anmutigen Handbewegung beiseite. „Ich habe diesen großartigen Onlineshop für Haustierbedarf entdeckt, in dem es alle möglichen Sachen für Katzenbesitzer gibt! Wenn du einen Kratzbaum kaufst, dann wetzt deine Katze ihre Krallen anscheinend nicht am Sofa." Sie strahlte vor Stolz über ihr neu erworbenes Wissen.

„Hmm", machte ich und brachte es nicht übers Herz, ihr zu erzählen, dass Katzen niemals etwas benutzen, das man extra für sie anschafft, wie ich leidvoll erfahren hatte. Als ich das Gespräch auf etwas anderes lenken wollte, musste ich ein weiteres Mal gähnen.

„Wir lassen dich erst mal schlafen", entschied meine Mutter, während die Silberlocken Cassie und Seth hinausschoben. Mir fielen bereits die Lider zu, als sie sich zu mir beugte und mir einen Kuss auf die Wange gab.

Kapitel 29

Als ich wieder aufwachte, war nur eine einzelne Person bei mir, und mein Herz machte einen kleinen Sprung, als ich Devlin erkannte. Er saß auf dem Stuhl neben meinem Bett und betrachtete mich, und ich wurde rot, weil ich mich plötzlich fragte, wie ich aussah. War mir im Schlaf Spucke aus dem Mund getropft? Standen meine Haare wirr ab? Oh Gott, wieso musste ich nur dieses schreckliche Krankenhaushemd tragen?

„Hey." Er lächelte. „Gut, dass du wieder bei uns bist."

„Wie spät ist es?", fragte ich und versuchte, mich aufzusetzen. Auf der Station schien es still zu sein.

„Gegen elf", antwortete Devlin. Er wirkte erschöpft. Vermutlich hatte er pausenlos gearbeitet, seit er mich vorhin verlassen hatte.

„Wie ist es gelaufen? Hast du ...?"

„Mrs Waltham wurde verhaftet", antwortete er. „Sie wird wegen des Mordes an Sarah Waltham angeklagt werden, und wegen des versuchten Mordes an dir. Und ich bezweifle, dass es ein Problem wird, sie schuldig zu sprechen."

Ich stieß erleichtert den Atem aus. „Das sind doch gute Neuigkeiten! Fast war es das wert, gefesselt in einem Schuppen zu liegen", scherzte ich.

Devlin machte einen ärgerlichen Laut. „Ich fühle mich schuldig, Gemma. Obwohl ich Mrs Waltham in Verdacht hatte, habe ich nicht schnell genug reagiert."

„Wie bist du auf sie gekommen? Ich hatte sie gar nicht auf dem Schirm."

„Deine Frage über Sarahs Lebensversicherung war es, die mich nachdenklich gemacht hat."

„Aber sie hatte doch keine! Ich weiß noch, wie du geantwortet hast, wenn jemand auf das Geld ihres Vaters aus wäre, täte er besser daran, Sarah zu heiraten, da sie den Großteil des Vermögens erben würde."

„Genau." Devlin schnippte mit den Fingern. „Deswegen habe ich überlegt, was mit dem Geld geschieht, wenn Sarah stirbt – wer es dann bekommt. Leider haben Sexton, Lovell & Billingsley mir Schwierigkeiten gemacht. Sie wollten mir die Einzelheiten des Testaments von Mr Waltham nicht verraten. Anwaltliche Schweigepflicht und so. Ich sollte erst gute Gründe für die Offenlegung anführen, und dafür hatte ich nicht genug Beweise ..."

„Da hättest du die Silberlocken fragen sollen", erwiderte ich trocken. „Die hätten dir alles erzählen können, was in seinem Testament steht – und außerdem, was er letzte Woche zum Frühstück gegessen hat –, und hätten dafür nicht mal fünf Minuten gebraucht."

Devlins Lachen klang ärgerlich. „Ich weiß einfach nicht, woher sie ihre Informationen beziehen. Langsam glaube ich, wir sollten ihnen die Ehrenmitgliedschaft des Oxfordshire CID anbieten!"

„Mir fällt es immer noch schwer, zu glauben, dass diese ruhige, unscheinbare Frau die Mörderin sein soll", sagte ich kopfschüttelnd. „Ich meine, manchmal verzweifeln Menschen und stellen dumme Sachen an. Aber als sie in dem Gartenhaus mit mir gesprochen hat, da klang sie gar nicht ängstlich oder verzweifelt. Eher selbstgefällig und selbstzufrieden."

„Ich halte es nicht für eine Verzweiflungstat", sagte Devlin. „Ich werde die Exhumierung von David Walthams erster Ehefrau beantragen."

Ich starrte ihn an. „Glaubst du ...?"

Er hob die Schultern. „Wir sollten das überprüfen, denke ich. Psychopathen werden nicht von einem Tag auf den anderen so. Mich würde es nicht überraschen, wenn Mrs Waltham nicht zum ersten Mal Gift verwendet hätte, um jemanden loszuwerden. Der Tod der ersten Mrs Waltham kam ihr ja sehr gelegen." Er erhob sich. „Aber es ist schon sehr spät, und ich sollte dich jetzt ausruhen lassen."

Ich wünschte mir, dass er blieb, wusste aber nicht, was ich sagen sollte. Als er gerade durch den Vorhang schlüpfen wollte, hielt er inne und drehte sich noch mal zu mir um.

„Es tut mir leid, dass ich unser Date neulich abbrechen musste, Gemma." Nach kurzem Zögern sprach er weiter. „Die nächsten Tage werden noch etwas hektisch bleiben, mit der Festnahme und so, und da du auch einige Tage zur Erholung brauchst ... Wie wäre es, wenn wir für nächste Woche was planen? Ich habe gehört, dass das Moscow City Ballet im Oxford Playhouse auftritt – hast du Lust, hinzugehen?"

Ich spürte, wie sich ein Lächeln über mein Gesicht legte. Gerade als ich antworten wollte, klingelte mein Handy. Ich warf Devlin einen entschuldigenden Blick zu und ging ran. Innerlich zuckte ich, als ich die Stimme am anderen Ende erkannte. Es war die letzte Person, mit der ich telefonieren wollte, während Devlin dabei war: Lincoln.

„Hallo, Gemma, ich hoffe, ich habe dich nicht geweckt", sagte er.

„Nein, nein, ich war schon wach." Ich schaute zu Devlin und hoffte, er merkte nicht, mit wem ich sprach.

„Ich wollte nur hören, wie du dich fühlst. Vorhin habe ich kurz vorbeigeschaut, aber da hast du geschlafen, und ich musste um zehn Uhr los, um meine Mutter von ihrer Bridgeparty abzuholen. Ich hatte es ihr versprochen, weil ihr Auto gerade in der Werkstatt ist."

„Mir geht es gut. Die Kopfschmerzen scheinen

verschwunden zu sein." Ein weiterer Blick auf Devlin, auf seine zusammengezogenen Augenbrauen, ließ mich ahnen, dass er durchaus wusste, mit wem ich sprach.

„Super! Ich komme am Morgen und sehe nach dir, bevor du entlassen wirst. Ach übrigens, ich habe von meiner Mutter heute Abend erfahren, dass das Moscow City Ballet nach Oxford kommt. Und da habe ich mich gefragt ... würdest du nächste Woche mit mir hingehen?"

„Ähm ..."

Das kann jetzt nicht wahr sein. Als ob das Schicksal sich über mich lustig machen wollte. Oder mich vielmehr zwingen, mich zu entscheiden ...

„Danke, Lincoln, das ist lieb, dass du fragst." Ich zögerte, schaute zu Devlin. Mit seinen blauen Augen erwiderte er ruhig meinen Blick, und ich traf meine Wahl. „Aber ich habe schon was ausgemacht."

„Oh." Seine Enttäuschung war spürbar. Dann verabschiedete er sich fröhlich: „Nun, dann halt ein anderes Mal. Ich lasse dich jetzt mal in Ruhe. Gute Nacht, Gemma, schlaf gut."

„Gute Nacht."

Ich legte das Handy weg, aber nicht gleich aus der Hand. Mit einem Mal war ich aus unerklärlichen Gründen schüchtern und konnte Devlin nicht in die Augen sehen.

„Welche Ehre für mich, dem Herrn Doktor vorgezogen zu werden", sagte er.

Ich hob den Kopf und bemerkte das Funkeln in

seinen Augen.

„Komm nicht auf dumme Gedanken", erwiderte ich schnell. „Du hast zufällig zuerst gefragt, und aus Gründen der Höflichkeit ..."

Süffisant hob er eine Augenbraue und beugte sich zu mir. Ich hielt den Atem an – würde er mich jetzt küssen?

„Weißt du, was, Gemma?", fragte er sanft. Sein Mund war nur wenige Zentimeter von meinem entfernt.

„Was?", flüsterte ich.

„Du bist eine ganz schlechte Lügnerin." Er grinste, drückte seine Lippen kurz auf meine Stirn und verschwand hinter den Vorhängen.

Epilog

Ich nahm meine Teetasse von der Theke in der Küche, angelte mir einige Orangenkekse aus dem Glas neben dem Toaster und ging zu meinen Eltern ins Wohnzimmer hinüber. Die Fernsehgeräusche verrieten mir, dass sich mein Vater vermutlich mal wieder eines seiner mir endlos erscheinenden Kricket-Testmatches ansah. Ich hatte immer noch Gewissensbisse, weil ich nicht besonders viel Zeit mit meinen Eltern verbracht hatte, und das wollte ich an diesem Wochenende nachholen. Sowieso sollte ich mir noch nicht viel vornehmen, das hatte man mir eingeschärft, als ich gestern Morgen aus dem Krankenhaus entlassen worden war. Noch einige Tage lang sollte ich die Dinge langsam angehen.

Im Wohnzimmer blieb ich abrupt stehen bei dem Anblick, der sich mir bot. Mein Vater, der es sich normalerweise in seinem Lieblingssessel gemütlich machte, hatte sich unbequem auf ein Ende des Sofas gequetscht und sah leicht unglücklich aus, während meine Mutter auf einem Polsterschemel saß und in ihrem Tee rührte.

„Dad, was ist los?", fragte ich und zog die Brauen zusammen. „Warum sitzt du nicht in deinem Sess…"

Ich verstummte, denn inzwischen konnte ich erkennen, wer es sich auf dem Lieblingsplatz meines Vaters bequem gemacht hatte: ein kleines getigertes Kätzchen, das sehr zufrieden mit sich selbst wirkte.

„Müsli! Raus aus Dads Sessel!", rief ich.

„Nein, nein, lass sie nur", warf meine Mutter schnell ein. „Sie sieht so süß aus und hat es so gemütlich dort."

„Aber …"

„Ist schon in Ordnung, Liebes, deine Mutter hat recht", sagte auch mein Vater. „Es macht mir nichts aus, ein Weilchen hier zu sitzen, wenn es Müsli in meinem Sessel gefällt."

Ich verdrehte die Augen. *Ich glaube es nicht. Seit zwei Tagen darf sie frei herumlaufen, und schon hat sie das ganze Haus im Griff!* Seufzend begab ich mich zum anderen Ende des Sofas und setzte mich dorthin.

„Warte. Setz dich nicht dorthin!", rief meine Mutter.

Ich hielt inne, mein Hintern schwebte über dem Sofa. „Wieso nicht?"

„Na ja, manchmal liegt Müsli lieber dort als im Sessel. Das ist ihr zweitliebster Platz. Falls sie gleich dort hinüberwill."

Das muss ein Scherz sein.

Und so kam es, dass ich mich unbequem auf einen Stuhl mit gerader Lehne setzte, während meine Katze in dem Polstersessel neben mir lümmelte.

„Glaub nicht, dass du damit durchkommst", zischte ich ihr leise zu.

Müsli gähnte und zeigte dabei ihre kleinen weißen Zähne. Dann wandte sie mir den Kopf zu. Ich weiß, dass Tiere nicht grinsen können, und doch hätte ich schwören können, dass sich unter diesen Schnurrhaaren ein Grinsen verbarg.

„Miau", erwiderte sie.

Rezept für Cheesecake

Ganz einfach und superlecker.

ZUTATEN:

Für die Füllung:
- 250 g Doppelrahmfrischkäse *(z. B. Philadelphia)*
- 250 g Curd-Cheese-Weißkäse (Kann durch Philadelphia Balance ersetzt werden, das funktioniert prima. Vorsicht aber bei Ersatzprodukten – im Internet wird beispielsweise Ricotta vorgeschlagen –, damit wird es zu flüssig, und der Kuchen fällt auseinander.)
- 2 Eier
- 120 g Zucker
- 1 EL (ca. 15 g) Mehl
- Saft von 1 Zitrone + etwas geriebene Zitronenschale
- einige Tropfen Vanilleextrakt
- eine Prise Salz

Für den Teig:
- eine kleine Packung Butterkekse
- 56 g geschmolzene Butter
- 30 g Zucker

Für die Glasur:
- Sauerrahm

• Obst zum Dekorieren, z. B. Erdbeeren, Himbeeren, Brombeeren; alternativ mit Fruchtspiegel überziehen

ANLEITUNG:

1)   Den Ofen auf 205 °C vorheizen.

2)   Die Kekse zerbröseln (z. B. in einem Mixer) und mit der geschmolzenen Butter und dem Zucker vermengen. Auf den Boden einer Springform geben und festdrücken. Für 10 Minuten ins Tiefkühlfach stellen.

3)   Alle Zutaten für die Füllung in einem Mixgerät oder mit dem Handrührer glatt rühren.

4)   Die Springform aus dem Tiefkühlfach nehmen und die Füllung auf den Keksteig streichen.

5)   Im vorgeheizten Backofen 30–45 Minuten backen (bis die Füllung fest ist).

6)   Herausnehmen, den Springformrand lösen und leicht abkühlen lassen. Dann direkt in den Kühlschrank stellen.

7)   Einige Stunden im Kühlschrank kalt werden lassen, dann herausnehmen und Sauerrahm darübergießen, auch über die Seiten. Zurück in den Kühlschrank stellen und fest werden lassen.

8)   Wenn die Glasur fest ist, nach Belieben mit Obst oder Zuckerguss dekorieren.

Guten Appetit!

Über die Autorin

Die USA-Today-Bestsellerautorin H. Y. Hanna schreibt britische Cosy Mystery voller Humor, schrulliger Charaktere, spannender Mordfälle und charakterstarker Katzen! Nach ihrem Abschluss an der Oxford University hat H. Y. Hanna eine Reihe von Jobs ausgeübt: Sie war in der Werbung tätig, Model, Englischlehrerin, Hundetrainerin ... bevor sie sich wieder ihrer ersten großen Liebe zuwandte: dem Schreiben. Seit einigen Jahren arbeitet sie als freiberufliche Autorin und hat mit ihren Gedichten, Kurzgeschichten und journalistischen Beiträgen mehrere Preise gewonnen.

Hsin-Yi wurde in Taiwan geboren und ist ihr ganzes Leben lang eine Globetrotterin gewesen, die in einer Vielzahl von Kulturen gelebt hat, von Großbritannien über den Nahen Osten, die USA bis nach Neuseeland... doch inzwischen wohnt sie mit ihrem Ehemann und ihrer Katze Muesli glücklich in Perth (Westaustralien). Mehr über H. Y. Hannas Bücher erfährst du unter: www.hyhanna.com

Trage dich für meinen Newsletter ein, dann bist du immer über Neuerscheinungen auf Deutsch, Buchverlosungen und andere Neuigkeiten zu meinen Büchern informiert!
www.hyhanna.com/german-newsletter

www.ingramcontent.com/pod-product-compliance
Lightning Source LLC
Chambersburg PA
CBHW030246120726
47903CB00005B/1645